一树梅花一放翁

陆游

华籽——著

天津出版传媒集团
天津人民出版社

图书在版编目(CIP)数据

陆游 : 一树梅花一放翁 / 华籽著. -- 天津 : 天津人民出版社, 2022.2
ISBN 978-7-201-18117-2

Ⅰ. ①陆… Ⅱ. ①华… Ⅲ. ①传记文学-中国-当代 Ⅳ. ①I25

中国版本图书馆CIP数据核字(2022)第017246号

陆游 : 一树梅花一放翁
LUYOU:YISHU MEIHUA YIFANGWENG
华籽 著

出　　版　天津人民出版社
出 版 人　刘　庆
地　　址　天津市和平区西康路35号康岳大厦
邮政编码　300051
邮购电话　(022)23332469
电子邮箱　reader@tjrmcbs.com

责任编辑　王昊静
策划编辑　李　根
装帧设计　三形三色

印　　刷　三河市兴国印务有限公司
经　　销　新华书店
开　　本　880毫米×1230毫米　1/32
印　　张　11
字　　数　200千字
版次印次　2022年2月第1版　2022年2月第1次印刷
定　　价　48.00 元

序

意难平

陆游的一生，可谓意难平。

他的爱国之心，尤为炽热。由始至终，忧国忧民，然心中大志，终不得施展。

成就他的，却是他无意登顶闻名的诗词歌赋。

这便是“有心栽花花不开，无心插柳柳成荫”最为贴切的诠释吧！

陆游的仕途之路，颇为坎坷。

虽年少聪慧，满腹才学，师承多位名师，考学时却因多次遭奸臣秦桧打压排挤而落选。直到秦桧离世，他才得以踏入仕途。

前半生，官职低微，壮志难酬。

多次献策主张北伐，抗金意志坚定，希望国家出兵收复失地统一国土。然而染上是非，触怒龙颜，以“结交谏官、鼓唱是非”之罪被罢免官职。

陆游心中的愤懑和无奈，唯有寄情于诗词之间。

“千年史册耻无名，一片丹心报天子”，他满腔爱国激情，渴望一身戎装，持剑策马，上阵杀敌。

终于等到机会，陆游得以加入王炎幕府，到前线参与军事活动。

他日夜钻研兵书，视察地形，大胆谏言，可惜终无用武之地。

朝廷否定了他的作战计划，幕僚解散，陆游结束了短短的军旅生活，带着遗憾和无奈回归后方。而后入蜀为参议官，官职清闲，朝廷对他投闲置散，让他一度心如死灰，甚至起了归隐之心。

朝廷主和派弹劾他“不拘礼法，燕饮颓放”，他干脆在蜀州寻个菜园种地，在田园山水间，感叹生不逢时，报国无门。

尽管如此，绝笔前的最后一首诗，还不忘告诉后人，他那颗爱国的心，永远不会改变。

满腔的豪情壮志，化作一首传唱千年的《示儿》：

死去元知万事空，但悲不见九州同。
王师北定中原日，家祭无忘告乃翁。

陆游自言“六十年间万首诗”，存世有九千三百余首，多数在迁徙奔波中烧毁。

他的作品，几乎涵盖了他所处年代的方方面面，大到战争上

的立场，小到田园中的一草一木。不拘于形式，感情丰富。生动、传神、跳跃、富有色彩和张力……

他既能在爱国诗词里，豪迈奔放，气势恢宏，充满战斗气息和爱国激情；又能在田园风光里，清旷淡远，细腻优美，悠远深长。

譬如一句“山重水复疑无路，柳暗花明又一村”，不知激励了多少后人。

陆游曾在《放翁词自序》中自谓：“予少时汩于世俗，颇有所为，晚而悔之，然渔歌菱唱，犹不能止。”

他是瞧不起宋词的，但是不可否认他在宋词上的影响力。

他的词虽不多，却落笔成精品。

“红酥手，黄縢酒，满城春色宫墙柳。”那种儿女情长的哀伤，凄婉动人，挣了多少热泪。

“无意苦争春，一任群芳妒。零落成泥碾作尘，只有香如故。”写出了陆游淡泊明志，无谓生死的奉献精神。

许多人爱陆游的诗，我却偏爱他的词，不刻意，带着一股仙风道骨的雅致。

安雅清赡，无可方比。

无论是官场失意，还是情场失意，人生浮沉，壮志难酬，这些都是陆游，像梅花一样的陆放翁，性情真挚的他，像极他的诗词，丰富多彩，值得细细品味。

目录 contents

第五章 夜阑卧听风吹雨，铁马冰河入梦来

第六章 王师北定中原日，家祭无忘告乃翁

第一章

平生万里心，执戈王前驱

金兵南下，北宋灭亡，时局动荡。陆游生于乱世，一生颇具传奇色彩。他从小就立下"上马击狂胡，下马草军书"的雄心壮志。陆氏一族是藏书世家、书香门第，诗人从小深受家族爱国主义熏陶，立志为国效力，只可惜初入仕途就非常坎坷，加上爱情的打击，使他在盛年时期就初生归隐的念头。诗人早年的诗歌不多，词倒是较为出色。

兵荒马乱

宣和七年（公元1125年），北宋，汴梁。

深秋的风刮得城楼上的旗子猎猎作响，鸽灰的天空，将整个皇宫笼罩得更加阴郁和凝重。金兵南下的消息一传来，当朝天子宋徽宗六神无主。

兵临城下，这个软弱无能的皇帝，急忙把皇位传给太子赵桓，自己仓皇而逃。

而此时，爱国诗人陆游，还是个襁褓中的婴孩，刚随父陆宰入京。

陆宰原是淮南东路转运判官，朝廷命他卸任回京复命。

就在回京途中，官船行至淮河，在一个狂风大作、暴雨倾盆的日子，陆母唐氏生下了孩儿，取名陆游。

如此与众不同的出生经历，似乎预示着陆游的一生也是不同凡响的。

后来陆游在《剑南诗稿》中记录当时状况："予生于淮上，是日平旦，大风雨骇人，及予堕地，雨乃止。"

次年，金兵攻打北宋。

此时朝政紊乱，内忧外患，宋钦宗昏庸无能、举棋不定，太原、开封等地陆续沦陷，北宋灭亡已是定局。

陆宰因主张抗金，被朝中主张议和的官臣们排挤，并多次受到汉奸的攻击和诬陷，还曾遭罢免，心中愤恨郁结，渐渐无心官途，干脆辞官回乡。

陆宰是一个为人处世高风亮节，道德情操很高的知识分子。他不仅通晓诗文，在藏书和儒家学术方面有不俗的成就，而且又是爱国之士，本应前途光明，只可惜他还没能在朝中站稳脚跟，北宋就灭亡了。

而后靖康之乱爆发，金兵俘虏了逃走的宋徽宗和举旗投降的宋钦宗以及后宫乃至一众的官臣，北宋的命运彻底了结在战火硝烟中。

京城失守，陆宰带着家人回乡避难。

建炎元年（公元 1127 年），康王赵构即位，是为宋高宗，在越州建立南宋。可是好景不长，金兵又紧逼而来，没有给南宋任何喘息的机会。宋高宗只好马上带着官僚们出逃。

时局动荡不安，陆宰再次带着一家老小逃奔避难。

就在这样颠沛流离的逃难中，陆游已经长到四岁了。

经历了北宋的灭亡，南宋的建立，以及金兵的虎视眈眈，矛盾、战争、杀戮、掠夺、丧国、流离……在这样的时代出生、成长，对于陆游来说，无疑是不幸的。

幸而，陆游出生在名门望族、藏书世家，高祖、祖父、父亲都曾是朝中的重臣。祖父陆佃还曾师从北宋著名的文学家、改革家及诗人王安石。陆佃不仅精通经学，还著有《春秋后传》《尔雅新义》等重要的典籍。

而陆宰在辞官之后，心思就放在藏书和读书之中，在府上建了专门用于藏书的藏书楼，名曰“双清堂”，藏书之多，已逾万卷，是名副其实的藏书世家。

在这样书香浓厚的家族里成长，耳濡目染，陆游从小就通晓诗文，满腹学识。

据说，陆游的名字，也有些来头。

陆游，字务观，号放翁。

关于他的名字，有几种说法。

其一，宋人叶绍翁在《四朝闻见录》中记载：“陆游，字务观……盖母氏梦秦少游而生公，故以秦名为字，而字其名。或曰公慕少游者也。”

其意为，陆母在怀着他的时候，曾梦见著名诗人秦观，字少游。陆游的父母认为这是秦观投胎，于是就给他们的儿子取名“游”，取字时，也用了“观”字。(《山阴陆氏族谱》记载)

其二，因为陆游非常敬佩秦少游，便根据他的名字来取自己的名字。这种说法来自陆游的一首诗，题曰《题陈伯予主

簿所藏秦少游像》：

晚生常恨不从公，忽拜英姿绘画中。

妄欲步趋端有意，我名公字正相同。

这首诗表达了陆游对秦观的敬仰之意。他恨不能早点认识秦观，那样便可向他学习，现在偶然看到了秦观的画作，为自己的名字和秦观的名字相同而感到荣幸。

这种说法，比较符合史实。

爱情悲剧

陆游的童年乃至少年时代，都是灰色调的。

绍兴四年（公元1134年），陆游十岁，开始上学堂。其父注重教育，特别是儒家思想的培养。来往的友人大多是有学识的爱国人士，陆游从小受到熏陶，也有着一颗爱国的炽热之心。

陆游十二岁就能诗能文。

十七岁时跟随老师鲍季和学习，十八岁遇到恩师曾几。那时曾几年逾六十，陆游对他崇拜得五体投地。此后很长一段时间，他都跟从曾几，并学有所得。

陆游十九岁时，曾到临安参加礼部考试，但没考上。

考试结束后，他留在临安过年，住在舅舅唐仲俊府里，就在那时，他与表妹唐琬一见钟情，两情相悦。

时值南宋的灯节，一派繁华热闹的景象，舅舅带他出去

观灯。

深坊小巷，绣额珠帘，巧制新装，竞夸华丽。公子王孙，五陵年少，更以纱笼喝道，将带佳人美女，遍地游赏。人都道玉漏频催，金鸡屡唱，兴犹未已。甚至饮酒醺醺，倩人扶着，堕翠遗簪，难以枚举。

这是南宋吴自牧在《梦粱录》里对当时盛况的记载。

良辰美景，既有喜庆的气氛，又有佳人和美酒相伴，在少年陆游的心里，当然是乐不思蜀。

春去秋来，陆游和唐琬结为夫妻。

那一年，他二十岁，以为彼此的爱情就此修成正果，他开始畅想着以后的幸福生活。

可是偏偏陆母不喜欢唐琬。本是门当户对，才子配佳人，再适合不过的姻缘，而且又是郎情妾意，该是令人艳羡的一对，无奈遭到陆母的棒打鸳鸯。

陆游是个孝子，母亲的命令他不敢违抗，只能和心爱的妻子分开。

两人离散之后，在父母的安排下，陆游娶了第二任妻子王氏，而唐琬也改嫁给赵士程。

红酥手，黄縢酒，满城春色宫墙柳。东风恶，欢情薄，一

怀愁绪，几年离索，错、错、错。

春如旧，人空瘦，泪痕红浥鲛绡透。桃花落，闲池阁，山盟虽在，锦书难托，莫、莫、莫！

这首凄美的词，是陆游三十一岁时写下的。

他与唐琬分开十年后，再次偶遇。

那时陆游去沈园游览。正是春光明媚的日子，到处绿意盎然。陆游忽见不远处一个熟悉的倩影，定睛一看，居然是自己一直念念不忘的旧恋人。

陆游心中一紧，她的身旁是如今的夫君赵士程，他们看上去，如此登对。经年相隔，她还是那么美貌动人，只可惜已经不再属于他。两人只能远远相视，心头的千言万语，都随着杯中酒，一饮而尽。

这首词，借景抒情，非常凄婉。上阙的“红酥手”指唐琬红润纤细的双手，曾为陆游倒酒；“黄縢酒”是一种宫廷酿造的美酒。这里写出了陆游对原本的佳人美酒，以及和深爱的妻子曾经在一起的生活点滴的留恋，美好而令人艳羡。

宫墙之下，满园青翠的柳丝在春风里飘扬着。这番美景令人想起当初的温存和诺言，如今已无法回到过去。诗人心中该是多么悲伤！

“东风恶”，“恶”字用得非常妙，把东风拟人化，暗指陆母，曾残忍地拆散他和唐琬，就如同那凶猛的东风，把昔日春光无限好的百花和杨柳无情地吹残。

此处，恰如晚唐诗人李商隐的“东风无力百花残”。东风，把这一切美好都吹散了、破坏了。东风，这所有爱情悲剧的刽子手！

“欢情薄”，正好衬托出东风的无情。

据说那日他们在沈园偶遇时，赵士程也看到了陆游，还命小厮给陆游送了一壶酒，以示友好。陆游大方地收下了酒，让小厮回去代为道谢。（陈鹄的《耆旧续闻》、刘克庄的《后村诗话续集》以及周密的《齐东野语》对诗人的爱情悲剧均有所载）

陆游看着眼前的那壶酒，真是黯然神伤啊！

三个“错”字连用，多么用力，不难想象，他心中对这段感情的悔恨。命运的捉弄，让这一切看上去多么讽刺！

下阙主要是传情，陆游站在唐琬的视觉上而写。

这满园的春色和往年一样，没有什么变化，还是那么的美，可是人的心却因思念而变得难受，人的模样也因为这深切的思念而变得憔悴不堪，一年比一年衰老。

陆游和唐琬真心相爱，所以他们彼此能感知对方的思念。他在词句里，写出了分别后唐琬独自神伤好多年的情景，就算她已经有了新的夫君，就算赵士程对她温柔体贴，可是陆游始终是她心里最深的那个印记。

对于陆游来说也是这样，就算娶了别的女人为妻，唐琬始终是他心里一根拔不掉的刺。

有人说，初恋对于一个男人来说，是一辈子不能抹去的记

忆，也是一场解不开的魔咒，在古代亦是如此。至少对于陆游来说，唐琬是他一生都无法忘却的印记。

自己都这么沉痛，对方也一定流干了眼泪吧，手帕都被眼泪沾湿了。“桃花落，闲池阁”，上阙的东风，使桃花纷纷落下，和园子里已经荒置的闲庭楼阁融为一体，此景就像他们曾经美好的姻缘被拆散之后，落得如今的凄清下场。

曾经的山盟海誓，曾经的美好憧憬，一切都已经消失了。作为一个柔弱女子，在封建社会里经历了如此遭遇，也只能躲在深闺里以泪洗面，郁郁寡欢，还要面对外界的闲言碎语，所要承受的压力一定比男人沉重得多。已经改嫁，也不能再用书信继续来往了，怕是会被人说闲话。“莫、莫、莫”，道尽彼此心中的无可奈何。

这首词便是著名的《钗头凤》。

而后，唐琬回了一首，同是《钗头凤》，亦是无限悲情。

世情薄，人情恶，雨送黄昏花易落。晓风干，泪痕残。欲笺心事，独语斜阑。难！难！难！

人成各，今非昨，病魂常似秋千索。角声寒，夜阑珊。怕人寻问，咽泪装欢。瞒！瞒！瞒！

唐琬的落笔更加直接。“世情薄，人情恶”，写出了在封建思想下，冷漠的人情世故多么令她反感和深恶痛绝。唐琬对

陆母的确是有怨恨的，陆母把她和陆游之间美满的婚姻拆散，使她的命运变得悲惨。

下着阴雨的黄昏，花朵更加容易掉落，就像自己一样，经历了这么悲惨的事情，更加容易变得憔悴不堪。

“晓风干，泪痕残”，花草被这阴雨打湿之后，被风一吹就干了，脸上的眼泪已经流干，但还残留着痕迹无法抹去。她很想把这份思念和悲伤的心事全部写下来寄给陆游，独自倚在栏杆上纠结着，要不要寄给他呢？但，还是算了吧，身在这样的时代，做女人这么难，想想自己改嫁的这种境况就更加难了！

曾经相爱的两个人，如今各有归宿，已回不到当年，只能遥遥相思。

“病魂常似秋千索”，离别后日思夜想，想到生病，也只能独自流泪，这当中的苦，只有自己品尝得到。彻夜难眠的思念，不能被别人知道，在人前还要装作平常那样欢笑，不如就这样一直瞒下去吧，永远也不要叫人看出来罢了！

自古红颜多薄命，过了不久唐琬病逝，从此陆游只能在心中无限地怀念她。而这段感情永远都不会消失，被封存在内心深处，没有人能够动摇。

岁月无情

在爱情中遭受了沉重打击的陆游，仕途之路亦非常坎坷。

爱国的他，年轻的时候就已经立志要考取功名，报效祖国。

可是他的考试之路却有诸多阻滞，据记载，从中作梗的人是当时的宰相秦桧。(《宋史》卷三百九十五：锁厅荐送第一，秦桧孙埙适居其次，桧怒，至罪主司。明年，试礼部，主司复置游前列，桧显黜之，由是为所嫉。)

秦桧是一个奸臣、卖国贼。他属于主和派，奉行割地、称臣、纳贡的议和政策，不仅拉帮结派，斥逐异己，还以权谋私。更重要的是，他很早就对陆氏一族不满。

陆宰曾经被一个叫李光的好友向朝廷举荐过，可是秦桧对他们不满，所以就算陆宰是非常有名的藏书家，也没有得到朝廷的表彰。

而秦桧对陆宰的不满，也牵扯到陆游。

陆游当年参加科举落选，正是因为秦桧从中作梗，不然以他的才学理应早就进士及第。

绍兴二十三年（公元 1153 年），陆游二十九岁，他再次整装待发，前往临安参加科举考试。

在此之前，他的父亲在绍兴十八年（公元 1148 年）的夏天去世了。同年，他的第一个儿子出生，取名子虡。他的次子子龙，三子子修也在这两三年里陆续诞生。

陆游再次去临安应试时，已经是个小有名气的才子，拿第一的名次似乎是预料之中的事情。如果他通过了这次省试，明年就能去参加殿试，一切看上去并不难。

然而，老天似乎和他开了一个玩笑。

在这次省试中，秦桧的孙子秦埙也参加了。秦桧为了让自己的孙子得状元，又一次使用卑鄙手段让陆游落选了。

言语日益工，风节顾弗竞。
杞柳为桮棬，此岂真物性。
病夫背俗驰，梁甫时一咏。
奈何七尺躯，贵贱视赵孟！

这是《和陈鲁山十诗》其中的一首，写的就是陆游对于秦桧在科举考试中多次使用卑劣手段让他落选而感到愤懑。就算是饱读诗书，满腹才学，但他只是一个手无寸铁的书生，又怎么斗得过位高权重的秦桧呢？

考试结束后，陆游在回山阴的路上心灰意冷，在驿站停歇的时候，心中有着无限的感伤和愤慨，执笔写下了一首《卜算子·咏梅》，借以抒情。

驿外断桥边，寂寞开无主。已是黄昏独自愁，更著风和雨。
无意苦争春，一任群芳妒。零落成泥碾作尘，只有香如故。

这首词表面咏梅，实质咏怀。

上阕描写自己当下看到的情景，在驿站停留驻足时，荒凉的驿亭旁边是断桥，断桥之处有梅花安静地开放，没有人过问。已是黄昏，独自看着这同样孤独的梅花，陷入沉思。又遭受到风雨无情摧残，更衬托出几分凄凉冷落。

下阕赞誉梅花高尚的品格。盛放的梅花，不去极力和百花争艳，任由百花嫉妒和排挤也无所谓。等到凋零的时候，宁愿融入泥土里贡献自己，孕育出新的枝芽，只留下淡淡的清香在人间。

“零落成泥碾作尘，只有香如故”和王安石的咏杏“纵被东风吹作雪，绝胜南陌碾成尘”有异曲同工之妙。

诗人以这无人问津的梅花自喻，即使受到摧残和嫉妒，即使被碾作尘土，也会把芳香留在人间。自己如今的这番处境和梅花多么相像，看似势单力薄的样子却不可侵犯，不惧怕恶势力和旧权贵，不与俗世同流合污，大有宁为玉碎，不为

瓦全的气节。

陆游对未来还是抱有希望的，他心中有一团火，渴望着施展自己的才华，渴望着为国家贡献自己的力量。

不过，他又总是暗自神伤。

古训云“三十而立”，可他觉得自己还只是个落选的考生，想来也有些悲惨。或许正因如此，才有了“穷山读兵书”这种境况。

《夜读兵书》：

孤灯耿霜夕，穷山读兵书。
平生万里心，执戈王前驱。
战死士所有，耻复守妻孥。
成功亦邂逅，逆料政自疏。
陂泽号饥鸿，岁月欺贫儒。
叹息镜中面，安得长肤腴？

夜幕降临，灯光照亮这寂静的秋夜，在人迹罕至的深山里看兵书，寒夜苦读，努力钻研，学习军事知识，等待有朝一日能够报效祖国。

“平生万里心，执戈王前驱”写出了诗人内心的热血，想要出征沙场，就算为国捐躯也在所不辞的决心。

然而现实状况那么糟糕，随着岁月的蹉跎，眼睁睁地看着政府腐败、奸佞当道、民不聊生，却无能为力。

究竟什么时候能够建功立业是无法预测的，要靠机会和运气，硬是要事先去猜想结果会怎样是不切实际的。

“陂泽号饥鸿，岁月欺贫儒”，人们生活在饥寒交迫之中，而自己却没有能力去改变这一切。“陂泽”指低层的老百姓，“饥鸿”是饥饿的大雁，比喻饥饿的人们，和后面的“贫儒”相互映衬，“贫儒”是诗人的自称。意思是流逝的岁月，分明欺骗了像我这样贫穷文弱的书生。

最后一句，看着镜中憔悴衰老的面容，不禁叹息着，怎么能够永远保持着肌肤的年轻丰润呢?

时间就这么飞快地流走，自己已经开始衰老了，纵然雄心壮志还在，却不得不感叹岁月的无情。

此诗写得委婉深沉，寥寥几句，却扣人心弦，令人读来不禁为之感慨和叹息。

即便如此，陆游依旧拿起兵书继续研读，他相信终有一日定有用武之地，让自己施展才华，让内心那颗热血的心沸腾起来。

陆游落选回乡不久，传来秦桧的死讯。

秦桧的死似乎让南宋的政局有了微妙的变化，原本压迫的气氛一下子明朗起来。宋朝的前景趋于清明。

他的死，也让陆游迎来人生中非常重要的机会。曾经三番五次在他入仕的道路上诸多阻挠的大山已经消失，陆游很快就踏入仕途，出任福州宁德县主簿。(《宋史》卷三百九十五：桧死，始赴福州宁德簿，以荐者除敕令所删定官。)

师友之情

在陆游被授官职之前，他非常敬重的老师曾几应召要前往临安。陆游非常不舍，作长诗送别，题为《送曾学士赴行在》：

二月侍燕觞，红杏寒未折。
四月送入都，杏子已可摘。
流年不贷人，俯仰遂成昔。
事贤要及时，感此我心恻。
欲书加餐字，寄之西飞翮。
念公为民起，我得怨乖隔？
摇摇跂前旌，去去望车轭。
亭障郁将暮，落日淡陂泽。
敢忘国士风，涕泣效臧获？
敬输千一虑，或取二三策。

公归对延英，清问方侧席。
民瘼公所知，愿言写肝膈。
向来酷吏横，至今有遗螫；
织罗士破胆，白着民碎魄。
诏书已屡下，宿蠹或未革。
期公作医和，汤剂穷络脉。
士生恨不用，得位忍辞责？
并乞谢诸贤，努力光竹帛。

曾几是有名的学者，同是爱国志士，陆游对他非常敬重和崇拜，受他的影响最为深远。

而曾几也非常看好和欣赏这位学生。

当年曾几也曾受秦桧一党的排挤，罢官整整七年，定居在江西上饶，直到秦桧死了，他才被任命为台州知府。

此诗前半段主要写离别在即，心中不舍。后半段主要感叹民间疾苦，希望曾几到京后能够为民请命，建功立业，留下好名声。

“二月侍燕觞，红杏寒未拆。四月送入都，杏子已可摘。”诗人回忆了此前的日子，犹记得二月的时候，天气非常寒冷，杏花还未开放，诗人侍奉曾几宴饮的场景历历在目。如今四月了，杏树上的果子都已经可以摘了，时间流逝得如此之快。

“事贤要及时，感此我心恻。”贤能的人要离开了，要争取时间好好侍奉和款待，不然就没有机会了。一想到这，诗人心

里就满是悲怆和难过。由此可看出，诗人对恩师的感情是非常深厚的。诗人劝恩师要保重身体，彼此之间不要断了联系。

从“念公为民起，我得怨乖隔？”这两句开始，写陆游心中希望恩师可以为民请命，为贫苦老百姓谋福利的心愿。想到您是去京城任职，我又怎能怨恨这次离别呢？看着马车摇摇晃晃地离去，越走越远，路边用来休息的亭子以及远处的城堡，都已经被黄昏笼罩，夕阳静静地照着山坡和湖泊。我哪里敢忘记自己是身为国家的志士，还像那些奴仆小人一样只会哭哭啼啼的呢？

“敬输千一虑，或取二三策。”诗人恭敬地提出自己的建议，希望曾几会采纳其中的一些。那些官吏曾经横行霸道、残忍无情的习气至今还未清除，仍然残留余毒，还有些人无中生有，编织谎言诬陷他人，或者对老百姓进行剥削，这些政治弊端未得到清除。希望您能做一个良医，开出良方，对症下药，解救疾苦中的老百姓。

“士生恨不用，得位忍辞责？并乞谢诸贤：努力光竹帛。”士人生在世上，只恨不能被重用，又怎么忍心将这份责任推卸掉呢？最后请您代为问候朝中各位官僚，并和他们一起为人民、为国家而努力，让自己的好名声流传于后世。

从这首诗可以看出陆游的爱国之心非常炽热。他知道曾几和他一样都是爱国的，志同道合，一定会在朝中做出对百姓有利的事情。只恨自己没能像曾几那样，不过终有一日，自己一定也可以亲自在皇帝面前为人民说话，解救苍生。

送别曾几之后，三十四岁的陆游出任福州宁德县主簿，他从山阴前往宁德。到了那里，他和好友朱景参在北岭一座佛寺相会。

宁德是个比较偏远荒凉的地方，陆游初次出任官职，就被派到这样的地方，心中难免失落。理想和现实总会比自己预想中的落差要大得多。

在这荒凉的地方，西风瑟瑟，幸好有友人的陪伴，才不至那么孤独和凄凉。他们对饮畅聊，陆游就在此时此景，写了一首《青玉案·与朱景参会北岭》：

西风挟雨声翻浪。恰洗尽、黄茅瘴。老惯人间齐得丧。千岩高卧，五湖归棹，替却凌烟像。

故人小驻平戎帐，白羽腰间气何壮。我老渔樵君将相。小槽红酒，晚香丹荔，记取蛮江上。

陆游早年的诗不多，词反而较为出色。

入蜀川后便出现大量的诗歌，壮年乃至整个晚年，都是诗歌创作的鼎盛时期，留下了数量惊人的传世诗作。

而他作这首《青玉案·与朱景参会北岭》的时候，虽然才三十出头，却已经感到自己的衰老，这和他仕途之路不顺以及未能施展心中的抱负有着不可忽略的关系。

此词上阕头三句，描写当下的景象，落笔直接，自然流畅。

寒冷的西风呼啸着，夹杂着冰凉刺骨的细雨，在耳边响起。声音就像翻滚的骇浪一样，恰好扫去这秋季茅草散发出来的瘴气。

随着年龄的增长，人渐老，经历的事情也多，就觉得世间一切都是浮云，将世事和得失看得很淡，荣辱不惊。在壮年时期诗人就有这种悲叹，光阴虚度，前途渺茫，让他有了归隐的念头。

从下一句“千年高卧，五湖归棹”可以看出来这种心思。“凌烟像”是指唐太宗贞观十七年（公元 643 年），在长安建立了凌烟阁，将文武功臣魏徵、尉迟恭等二十四人画在这个地方，以此褒扬纪念。

诗人情愿用游访高山峻岭、泛舟于湖海来代替肖像画于凌烟阁被纪念。可见，他对于现实有着很大的压力和烦恼，因为不能轻易解决，才想归隐到山林里，情愿对着山山水水，过着闲适生活，不以物喜，不以己悲。

但他心中却还是有抱负和希望的，内心是非常矛盾和复杂的。

下阕的故人指至交好友朱景参。好友暂时居住在军营里，腰间配箭，这气势多么雄赳赳、气昂昂。而我却一事无成，就这么老去。你日后若是功成名就，可千万不要忘记了我这个朋友，我们曾经在北岭的闽江边，一起把酒言欢一边观赏着这一串串压满枝头的晚红荔枝。这是诗人与好友之间开玩笑的戏言，足见二人友谊深厚。

在玩笑话中，能感觉到那种既消极又对未来带着希望的复杂情绪。

次年，陆游调到福州，任福建路提点刑狱公事属员，公事繁忙，没有闲情逸致饮酒作诗。这种生活对一个诗人来说或许是一种折磨，想来他的心情大概非常忧郁。幸好不久，他就被调回临安。

离开福州的时候，他的心情是欢快的，有诗《东阳观酴醾》为证。

福州正月把离杯，已见酴醾压架开。
吴地春寒花渐晚，北归一路摘香来。

正月离开福州，途经东阳。“酴醾”本是酒名，这里意指花名。走时已经看到树上开了花朵，吴地的春天非常很冷，连花开都延迟，可是一路回到临安，却能闻到花的香气。可见诗人的心情非常愉悦和欣喜。“摘”字使整首诗都鲜活起来。

此时心情，一首诗是无法都表达出来的，于是他又写下了另一首诗——《溪行》，来表达心中这种憧憬未来的积极情绪。

篷蒻鸣春雨，帆蒲挂暮烟。
买鱼寻近市，觅火就邻船。
愁卧醒还醉，滩行却复前。

长年殊可念，力尽逆风牵。

坐船途中，恰逢下起了春雨，正是黄昏时候，可以看到远处的小村庄袅袅升起的炊烟。买鱼的话就要找附近的集市，而要生火做饭，直接去相邻的船里就可以了。他在这个时候已经不愁这些生活的琐屑小事，一心想着回到京城，开始新的篇章。

前四句描写当下所见的情景，后四句借景抒情。当船只遇上逆流、险滩或者风雨等各种阻滞，难以前行时，船工却没有放弃的念头，而是继续前进，用尽力量和这逆境搏斗。

看着船工逆风撑船，不惧险阻苦难，他感悟到生命的顽强。也许，这种不屈的力量打动了他，使他重燃对未来仕途的希望，心中的那团爱国之火燃烧得越发旺盛。

此诗生动丰富，感情真挚。

陆游的诗歌可读性强，语言流畅明快，或雄浑悲怆，或凄美哀婉，世人对他的诗有着很高的评价和赞赏。

他笔下的世界，具有现实主义和浪漫主义两者相融合的丰富色彩。

他的一生见闻和情感的起伏都表现在了诗歌中。

第二章

山重水复疑无路，柳暗花明又一村

调回临安的陆游，任敕令所删定官、隆兴府通判等职，因坚持抗金，屡遭主和派排斥，曾两度罢官，回家乡山阴闲居。这段时期国家又被金人侵袭，局势紧张。这个时期的诗歌词作也多是描写战事状况，表达内心的激愤和爱国之情。诗人在乡下闲居时，诗歌词作大多是田园诗，色彩秀丽，自然清新。

初入仕途

绍兴三十年（公元 1160 年），春，山阴。

春风又绿江南岸，陆游怀着轻松愉快的心情和对未来美好的希望下了船，往陆府走去。

离开山阴两年，家乡一切如旧，只是树木茂盛了些，孩子们成长得更茁壮了些。

陆游在家乡度过闲适的春天。五月，他启程去临安，任职敕令所删定官，负责编纂已经公布的法令。

此次调任临安，对他来说是人生中一次小小的转折。虽然职位不高，但是能够在临安任职，对他来说已是十分难得的机会，他可以接触更多朝中之人，这对他日后的官场生涯多少有些作用。

他的工作很轻松，生活很安定，有闲暇时间游西湖、饮酒作诗、和友人畅谈人生或时事。在这期间，他认识了不少朋

友，比如住所相邻的周必大。

周必大，字子充，自号平园老叟，庐陵人，南宋的政治家、文学家。

他比陆游小一岁，晚年官至左丞相，封益国公。

他和陆游之间交往甚深，就算后来他做了丞相，位高权重，仍和陆游关系亲密友好。

周必大的诗作不少，共六百余首。受江西诗派的影响，他写诗也喜欢用典，这点倒和陆游有相似之处。

江西诗派，是中国文学史上第一个有正式名称的诗文派别，属于北宋的文学流派，创始人是著名诗人及书法家黄庭坚。

黄庭坚也是一个爱国的忠义志士，他对诗歌理论主张“夺胎换骨”和“点铁成金”，引用典故，创作出新的作品，也叫“以故为新”。思想内容方面可以自由地发挥，或是描写个人生活经历，或是抒发作者的思想感情。

北宋的很多诗人都受到这种文学流派的熏陶，陆游的恩师曾几也是，就连陆游的一部分诗作也秉承了江西诗派的风格。

诗作上有共同点，又志同道合，使得陆游和周必大来往频繁，友谊深厚。

陆游重情重义，他写过一篇《祭周益公文》，记录他和周必大来往的点滴。

某绍兴庚辰（三十年），始至行在，见公于途，欣然倾盖。得居连墙，日接嘉话，每一相从，脱帽褫带，从容笑语，输写肝肺。邻家借酒，小圃锄菜，荧荧青灯，瘦影相对。西湖吊古，并辔共载，赋诗属文，颇极奇怪。淡交如水，久而不坏，各谓知心，绝出流辈。

陆游对周必大的才能非常赏识和钦慕，两个人一见如故，又发现住在隔壁，便经常来往。二人聊得非常投机，常一起饮酒聊天，切磋诗词歌赋。

当时的南宋，异常的平静，却是正处于暴风雨来临之前的那种平静。

宋高宗以为只要和金国签订和平协议，每年进贡钱财珠宝，就能够满足金国，从此高枕无忧，夜夜笙歌。

就像诗中描写那样，“山外青山楼外楼，西湖歌舞几时休。暖风熏得游人醉，直把杭州作汴州”。

真是一派好景象，只可惜美景良辰都是短暂的。

战争很快就要爆发了。

陆游任删定官的次年，公元 1161 年五月，宋高宗生辰，金国派使者来贺寿。

宋高宗热情地款待了他们，而他们却带来了一个引发两国战争的“火药桶”，金国使者告诉宋人，金国皇帝完颜亮想要南宋割让长江以北的土地而此后又多次以出兵来威胁宋国。金国的贪得无厌让朝中许多大臣愤愤不平。

七月，陆游调任大理司直，这仍是一个地位很低的官职，

还未能参与中央政事。(《宋史》卷三百九十五：迁大理寺司直兼宗正簿。)

国家此时处于非常时期，陆游如此爱国，当然不会袖手旁观。

当时他和丞相陈康伯有来往，知道其中的局势和消息。

宋高宗不想再割让土地，但这势必会引发战争。陈康伯和一众大臣召开了会议，商量对策和部署战事。不久，完颜亮率兵南下，战争很快就打响了。

陆游在临安和同僚们一起做着一些无足轻重的幕后工作。他非常关注战况，日夜担忧国家安危。

在一个寒风凛然的冬日，他听说洛阳那边打了胜战，喜极而泣，有感而发，作了一首诗——《闻武均州报已复西京》：

白发将军亦壮哉，西京昨夜捷书来。
胡儿敢作千年计，天意宁知一日回。
列圣仁恩深雨露，中兴赦令疾风雷。
悬知寒食朝陵使，驿路梨花处处开。

“武均州”是当时均州的知府兼安抚使，名叫武巨。国难当前，匹夫有责，他领导了一支由爱国民众团结起来的队伍，趁着战争处于混乱的局面，在邓州、卢氏县一带和金兵的后方队伍做斗争，一直向北边进军，最后意外地占领了洛阳。

“白发将军”就是武巨，白发可见武巨已经年迈。即使是满头白发，也英勇地持枪上阵杀敌，多么豪迈。寒夜收到来

自洛阳的捷报，使陆游非常振奋。

“胡儿”意为胡人，指金人。可恶的金人以为自己能够永远地占领宋的土地，可是天意难测，想不到一日之间，洛阳的土地就回到宋人自己的手里。

宋朝历代以来的皇帝们，所做出的善事恩泽，比雨露还深。中兴有望，下令大赦天下，这消息传得比疾风雷雨还要快。当时正巧金国爆发内乱，女真部族起义，拥立完颜雍为帝，内部局势非常混乱，金兵叛变，后来完颜亮被杀。

“悬知”是预测、料想的意思。“寒食”是指寒食节，在清明的前一两天。寒食节也叫冷节，用来纪念一个叫介子推的忠臣义士。

相传在春秋时期，晋国的君王晋文公曾流亡在外，在他非常凄惨落魄的时候，介子推曾经割股为他充饥，而晋文公回到晋国登上王位之后，却忘了给介子推封赏，介子推也不屑于这些名利权位，带着老母亲隐居深山。

后来晋文公亲自去山里请他出山，可是介子推不想做官，一直不出来，晋文公就命人放火烧山，想用这个方法逼他出来。

然而介子推很坚持，抱着老母亲被烧死在一棵树下。晋文公为了纪念他，就下令禁止在介子推被烧死的那一天生火，只能吃冷食，所以寒食节也叫禁火节。

金兵内乱北退，南宋得以收复自己的土地，这是胜利的希望。

陆游不禁料想明年寒食节的景象。朝廷会派出朝祭陵墓的专门使者到洛阳，而使者到达洛阳的时候，一定是沿路都开

满了梨花。最后一句充分表现出陆游对祖国未来的美好希望。

短短的几句诗，既赞誉了武臣和民兵的功劳，又对当时国家的战争局势进行了分析，还乐观地展望了国家的未来，可见诗人的乐观和积极。

国家正逢战乱，身处临安的陆游担心家人，而回乡路途不遥远，他偶尔回去探亲，顺便探望恩师曾几一家。

曾几一家上下几百口人，在这种局势之下，自然也是人心惶惶的，可是每次陆游和曾几谈论起国事，曾几担忧的并不是自己或者曾家那几百口人而是国家安危。

那时曾几已经快八十岁了，仍心系祖国，陆游由衷佩服，也从他身上沿袭了这种高尚的爱国情操。

次年春，南宋的局势稍微稳定，工作之余，陆游经常作诗。当时他的哥哥陆濬去扬州赴任，他写下一首《送七兄赴扬州帅幕》，以作送别。

初报边烽照石头，旋闻胡马集瓜州。
诸公谁听刍荛策，吾辈空怀畎亩忧。
急雪打窗心共碎，危楼望远涕俱流。
岂知今日淮南路，乱絮飞花送客舟。

虽然表面是送行诗，但意不在离别的悲伤，而是在抒发自己的抗金意志坚定，却难以有上阵杀敌的机会，这种不得志的无奈和痛苦折磨着他。

“边烽”指边境用来报警的烽火，“石头”指石头城。石头城的消息刚传来，边境的烽火就已经燃起来，紧接着就听说胡人的兵马已经聚集到瓜州渡口了。瓜州在扬州的南边，位处长江、运河的交汇点，与镇江相对，是非常重要的军事之地。

“诸公”意为朝中执政的人，相对一词是“刍荛”，采薪的人，意为普通老百姓。“策”是指意见。朝中执政的有哪个愿意听听普通老百姓的意见呢？“畎亩”是指在田间耕种的人，我们这些在田间的人，白白替朝廷担忧。这句体现出诗人的无奈之情。

“急雪”“碎”“危楼”这些字眼都说明诗人内心是非常悲伤的。狂风急雪敲打着窗户，我的心也如同这窗户一样，被风雪给猛然击碎。

登上高楼眺望那烽烟四起，我们不禁都留下滚烫的眼泪来。

前途未知，目前战况混乱，看上去安定的日子，不知什么时候又开始支离破碎，还好这些都不算太坏，国家的未来还是有希望的。

此时陆游的心情是矛盾和复杂的。这两句借景抒情，为自己无计可施而感到愤懑和痛苦。

在这种分别时刻，一面是炮火带来的毁灭和惨状，一面是战争胜利的喜悦，多种情绪此刻在心中发酵，让他心中产生出非常复杂的感情。

“淮南路”，地域名，指淮河以南的地区，东路是去扬州的方向。谁料到今日会在这柳絮飘飘，花瓣纷飞的日子里送你的客船离开去扬州！

乱絮飞花里，正是陆游满满的感情，前一句还触景生情，后一句便将情寄托在景物上。诗人的心情难以捉摸。可他忧国忧民的情绪，从未减退。

送别七兄后，陆游回到临安，却听到刘锜大将军的死讯。

刘锜是当时南宋非常出名的大将军，金兵南下时之时，南宋的军队中已经没有什么靠谱的将领了。刘锜已是个重病缠身的老将，可身上还担负着国家重任。他是个爱国的将领，到了这种时候，还依然亲自上阵。

刘锜有多厉害呢？听说当时金兵在发兵之前，完颜亮和女真部族的将领一听刘锜的名字，都没有人敢迎战。

后来他们内乱，完颜亮的部下宁可杀死完颜亮，也不敢与刘锜硬碰硬。

刘锜部署周密，不仅保全住了南宋的主力军，而且掌握着整个局势，使敌人不敢轻举妄动。

陆游将这局势看得清楚透彻，对军事的认识非常独到和深刻，虽然没有亲身参与战役，但他绝对不像一般的政客和文臣那样，只会指手画脚、纸上谈兵。

刘锜将军的死，让陆游感到很惋惜，为了悼念他，随即写下诗作《刘太尉挽歌辞》二首。

其一

羌胡忘覆育，师旅备非常。
南服更旌节，中军铸印章。
驰书谕燕赵，开府冠侯王。
赫赫今何在，门庭冷似霜。

其二

坚壁临江日，人疑制敌疏。
安知百万虏，锐尽浃旬余？
智出常情表，功如定计初。
云何媢公者，不置箧中书？

这两首是回忆金兵南下时南宋如何应对的情景，叙述了当年刘锜将军在前线作战，路过镇江，全城人们都焚香迎接他，大家对他多么敬爱。但是有着这么赫赫战功的人如今已经不在了，最后一句表现出对贤人已逝、门庭清冷的惋惜。

此次回临安，陆游把家眷顺道接过来安顿。

他喜欢写示子诗，对儿辈们进行思想教育和行为规范，勉励和鞭策他们，并且寄予厚望。在他和孩子们一起度过家庭时光期间，当然少不了诗词的点缀，一首《喜小儿辈到行在》就这么诞生了。

阿纲学书蚓满幅，阿绘学语莺啭木。
截竹作马走不休，小车驾羊声陆续。
书窗涴壁谁忍嗔，啼呼也复可怜人。
却思胡马饮江水，敢道春风无战尘。
传闻贼弃两京走，列城争为朝廷守。
从今父子见太平，花前饮水勿饮酒。

从这首诗的题目就可以明显看出陆游当下的喜悦之情，从这个“喜”字开始，父母和孩子相处的时光，总有说不出的欢乐和温馨。

“行在”是指南宋的京城临安。阿纲，是陆游的第四子，是年大约七岁。阿绘排行第五，还是个牙牙学语的孩童。阿纲开始学习写字，笔力不足，写得歪歪扭扭的，形态就像蚯蚓一样。而还在学讲话的阿绘，声音就像树上的黄莺鸣叫那样婉转。

调皮活泼的阿纲，把砍下来的竹子当作马来骑，精力充沛地满院子跑，不愿停下来，而且还学着驾驶羊车的人那样不断地吆喝。这几处描写阿纲的句子，充分显现出小孩子的灵动活泼，简单快乐。

孩子的天性是单纯的，在桌上、墙上、窗上等地方乱涂乱画，难免弄脏家里的地方，可是谁又忍心去责怪小孩子呢？这句体现出陆游教育孩子时宽松的一面。

小孩子本来就爱玩爱闹，情绪阴晴不定，容易啼啼哭哭，如果责怪他们，惹他们不开心，为人父母的心里也不好受。此处可看出陆游是个慈父，不忍因这么小的事情就责怪小孩。

下半段诗笔锋一转，纵然自己在享受天伦之乐，也不忘心系国家安危。陆游回想到不久前的战事，金兵的军马还在南宋的土地上肆意侵略，谁敢说这飘来的春风里没有战火残留的硝烟。此处有些忧伤，但马上又恢复正能量。

听说金兵撤退了，武巨率领民兵收复了西京和河南这两个地方，他的心情非常激动。

民众集结起来的义军纷纷趁着金兵撤退而反攻，为守护国家而贡献自己的力量。从今往后，父子一起过着太平的日子，想想就是非常值得开心的事情。

最后一句引自黄庭坚的《以小团龙及半挺赠无咎并诗用前韵为戏》中的那句“幸君饮此勿饮酒”。

这首诗又一次彰显出陆游作诗的特点，感情十分丰富，充分把复杂的内容和多彩的感情世界倾注在字里行间，表面写孩童玩乐的场景，但当中蕴含着深沉的意味。

由家庭生活的点滴小事，写至国家大事，使这诗歌寓意更加深远。因为只有国家安定了，千千万万的老百姓的家庭才能安定，才会有今天这番温馨欢乐的家庭时光。

在那些战事连连、动乱不安的年代里，安稳是人民最迫切的希望。

触怒龙颜

绍兴三十二年（公元 1162 年），秋冬。

敌军撤离淮南，南宋很多城池都因战争受到严重破坏，要重建是个艰巨的任务。

宋高宗已失去收复沦陷地区的信心，只想偷安度日。

他懦弱无能，当金兵南下，国土岌岌可危时，胆怯的他虽下令应战，但又随时准备投降。秦桧没死时尚且有主和派给他撑腰，而如今的丞相陈康伯主张抗金，老百姓的呼声也是对抗外敌，他有些孤立无援，更无心朝政。

陆游当然也是站在迎战那一边，主张抗金，收复沦陷地区。

同年九月，陆游被调去枢密院，任编修官兼编类圣政所检讨官，官阶依旧低下，主要担任编写工作。他的好友范成大和周必大都一同在任这个官职。

范成大也是陆游至交，虽然出身贫寒，但满腹才学，和陆游一样被誉为南宋的中兴诗人。

当时，小人物或者是官阶低下的臣子想要发声，说出自己的意见和想法，要先写一个札子，日后有觐见的机会，便可以呈给皇帝。

陆游早就准备好这样的札子，阐述自己对眼下局势的看法，还有抗金的主张，并且劝宋高宗要采纳民众的意见，不要一意孤行去和金国议和。

虽然他一直没得到觐见圣上的机会，但他在这个札子里面所提出的问题，也正是当下朝廷以及整个南宋所面临的问题。

恍惚间，眼前仿佛重现了二十多年前北宋末年的局势，主和派和抗金派互相对立着。

而陆游还没等到觐见宋高宗的机会，这朝堂之上的主人就已经换了脸孔。

心力交瘁的宋高宗无心继续执政，把皇位传给太子赵昚后，自己做起了太上皇，从此不再过问朝中大事。

三十六岁的太子即位，是为宋孝宗，改年号为隆兴。

新的君主，新的气象。

宋孝宗比宋高宗贤明，至少遇事不会一味退缩，多少能够镇住场面。

宋孝宗是养子，早年在民间生活过，体恤老百姓的痛苦，有意收复沦陷失地。

周必大觐见宋孝宗的时候，曾和他讨论文学诗词，周必大

夸奖陆游的才学可与李白相提并论，因此陆游便有了“小李白”之称。

陆游交友甚广，比如他的上司史浩，与他交好。因有史浩的举荐，陆游得赐进士出身。(《宋史》卷三百九十六：三十二年，上还临安，立建王为皇太子，(史)浩荐枢密院编修官陆游、尹穑，召对，并赐出身。)

借此机会，他写了一篇《上殿札子》，劝谏宋孝宗整肃纲纪。

隆兴元年(公元1163)，史浩封为右丞相，当时掌领军事大权的是老将张浚。

宋孝宗信任这位老将军，将重要的军权交予他，于是陆游便对张浚提出收复沦陷失地——中原。

宋孝宗登基以来，南宋朝廷内外对于“收复失地”的想法基本一致，经过大臣们的商议，很快就有了计划。

这期间，陆游的精力花在起草各种文书上，比如《与夏国书》《蜡弹省札》等，所以诗作甚少。他虽官职如旧，工作并无太大变化，但不同的是他已经亲身参与到政事当中。

三月，陆游调圣政所，参与修录太上皇实录的工作。

他和史浩走得很近，两人投机，无话不谈。偶尔会聚在一起闲聊宫中的八卦之事，某次二人恰好谈起了近日发生在宫中的一起关于宫女和内臣的是非，而此事和宋孝宗的亲信曾觌有关。

后来陆游与朝中好友张焘闲聊，也谈及过此事。

可偏偏碰上宋孝宗准备提拔他的两个亲信：一个叫龙大渊，另一个就是曾觌。但因这是非传言，提拔之事受到其他大臣的反对。

宋孝宗龙颜大怒，刚好张焘觐见，他便质问张焘，张焘就说自己也是从陆游那里听来的。

宋孝宗认为陆游是个无聊小人，煽风点火，鼓动生事，气头上的他对陆游非常反感，于是就降了陆游的职，把陆游调离京城，任镇江府通判。(《宋史》卷三百九十五：言者论游交结台谏，鼓唱是非，力说张浚用兵，免归。)

离到任还有一段不短的时间，陆游便先回了山阴。

可以想象他离开时的心情，一定是非常忧郁和愤恨的。

降职罢官

回到山阴后，陆游越想越愤闷，自己为国家为朝廷殚精竭虑却换来如此下场。他产生了消极念头，饮酒自吟一句“高枕看云一事无”。

此刻的他大概被悲伤控制了头脑，无暇顾及国家大事。

心境有了变化，创作出来的作品自然也跟着变化，变得更加写实和直白。

而被贬之后的低落心情，一直延续到他离开山阴去镇江府上任。

江左占形胜，最数古徐州。连山如画，佳处缥缈著危楼。鼓角临风悲壮，烽火连空明灭，往事忆孙刘。千里曜戈甲，万灶宿貔貅。

露沾草，风落木，岁方秋。使君宏放，谈笑洗尽古今愁。

不见襄阳登览，磨灭游人无数，遗恨黯难收。叔子独千载，名与汉江流。

刚到镇江府，他提笔写下这首《水调歌头·多景楼》。

多景楼，位于镇江北固山上的甘露寺内。四十岁的放翁，在秋风瑟瑟的日子里，陪同镇江知府出游，登多景楼，心中无限感触。

这首词，上阙从分析地理形势下笔，将眼前所见的祖国大好河山勾勒出来。

“江左”是指长江最下游的地方，江东一带。

整句是说，江东这片地方占据军事中最险要之处就要数这雄伟的镇江了。一座座山相连在一起，就像水墨画里的意境，景色绝美之处高高耸立着建筑物，云烟渺渺。

登上这高楼，放眼远眺，看到的是险峻的山河，壮丽的景色，明明灭灭的烽火在天边闪烁，不禁让人联想到前尘往事，悲怆之情油然而生。

他想起三国时期，曾联手打败曹操的英雄人物孙权和刘备。“千里”“万灶”“戈甲”“貔貅”这些词语描绘出一副雄浑的画面，烽火忽明忽暗，照耀着军营中的盔甲和兵器，营垒中住的全是勇猛的战士们。当年智勇双全的孙权和刘备，强强联手，大破曹军，创下伟绩。

诗人巧妙地把江山与人物结合，使词句更加厚实有意蕴。

表面追忆历史往事，实际联想到国家的局势。虽然被贬后

心情苦闷，壮志难酬，但还是希望国家能够自强振奋，团结一致抗金。

下阙用风露草木来过渡到眼下的情景和心情。

寒露沾湿了花草树木，秋风吹落了树上的枯叶，才知道秋天已经来了，冬天也不远了。“使君”是指同游的镇江知府方兹。方兹是个气量宽宏、爽快豪迈的人，与他谈笑之间，很快就忘却了刚才追忆往事和感伤当下的悲愁。

与上阙相照应，此处也引入了战功显赫的历史人物，西晋大将羊祜。

羊祜当年镇守襄阳整整十年，无时无刻不储备好军粮，为作战准备，但直到他去世，都没能实现灭吴的愿望。闲时他喜欢登岘山，饮酒作诗。他死后，后人为了悼念他，在岘山给他立了碑。

“遗恨黯难收”这一句不仅是写羊祜因到死都没能实现灭吴之愿而感到遗憾愤恨，同时也在抒发自己那种满心壮志却迟迟未能实现丰功伟业的痛苦和遗憾情绪。

最后两句赞誉羊祜有政绩、得民心，名声流传千载不灭，与江水一样长流不息。

整首词含蓄地表达出诗人心中的爱国之情，以江山人物作比，自然流畅地引出想要表达的感情。

画面恢弘，意味深沉厚重。

这个时期，诗人的心情抑郁不平，理应产生大量的诗词作

品，但事实上却不多。

大抵是因为他所处的镇江是江防前线，金兵还据守在淮北，局势并非表面那么安定，就算他调离了中央，心里依然牵挂国家大事。

当然，苦闷时，写诗也是一种寄托。比如一首《逍遥》，道尽他的消极心事。

台省诸公日造朝，放慵别驾媿逍遥。
州如斗大真无事，日抵年长未易消。
午坐焚香常寂寂，晨兴署字亦寥寥。
时平更喜戈船静，闲看城边带雨潮。

在镇江这个边远的地方，闲来无事，每日的时间就像一年那么长，要怎么打发过去呢？“寂寂”和“寥寥”两个互相对应的叠词，明显表达了诗人内心的失落和苦闷。

每日早晨坐在案前写字，午后点燃熏香，孤寂地等着时间过去。

闲时划着小舟安静地行驶在江河上，或者下雨的时候在城楼边看雨中的景色，每天就是这么无聊地过去。

这首诗笔法淳朴，情感自然，诗人用白描的手法，直接将当下的生活情景和心情记录下来，别有一番清丽的感觉。

从何时起，诗人的生活竟变得这么凄清呢？心中的抱负要等到什么时候才能实现呢？未来看起来真的让人感到茫

然啊！

时间就这么寂寞地流走，陆游听到了消息，老将军张浚去世了。

张浚被罢斥后，于回乡的途中病逝。

这个消息是王质告诉陆游的。

王质是个人才，是张浚的幕僚，虽仅二十几岁，却有主张有抱负又不畏权贵，他与陆游交好。

眼下，宋金之间因为张浚北伐失败的事情而再度处于尴尬的局面。

出兵还是议和？宋孝宗举棋不定，没了当初的果断，还频频地换丞相。

当年主战派的丞相陈康伯已经病重，新任丞相汤思退是主和派的。

陆游送别王质的时候，悲从中来，又念及张浚的死，不禁写道：

张公遂如此，海内共悲辛。
逆虏犹遗种，皇天夺老臣。
深知万言策，不愧九原人。
风雨津亭暮，辞君泪满巾。

在这首《送王景文》的诗中，陆游感叹：曾英勇一世，堂

堂正正的爱国将领，竟然落得如此凄清的下场，他去世，所有人都会感到悲伤。还未将所有敌人消灭，老天爷就带走这个老将军。“皇天”也暗指朝廷，不念旧功，废除张浚。

诗句中表露出诗人对将军之死感到惋惜，也暗藏一点儿责怪朝廷和宋孝宗的意思。

“万言策”是指王质上疏的札子，他为人刚正不阿，非常正直和忠诚，劝谏宋孝宗要坚定态度，主张鲜明，不可左右摇摆。陆游对他敢于直言劝谏君主的胆量极为欣赏和佩服。

最后两句写景抒情。离别的时候正是刮着风下着雨，暮色也渐渐暗下，分别的时候眼泪都沾满了手帕。此处流露出一腔悲伤之情。

这年底，宋金议和达成，宋国又面临着另一个大问题——建都。

关于建都的地方，朝廷的大臣因主张不同，又分化出几派。主和派主张建都临安，而主战派却极力反对。陆游上疏提出建都建康，自始至终都那么坚定。

无可置疑，陆游的爱国之心是炽热而忠诚的，可是这个札子并没有使局势有一丁点儿的变化。

没过不久，年号改成乾道，但这并不意味着朝廷有了任何改变。

忙日苦多闲日少，新愁常续旧愁生，客中无伴怕君行。

陆游心中无限孤寂，就算和友人游览山水，也总想着国

事，以及自己的境遇。

年号可以轻易改变，但是有些东西要改变真的很难，比如腐朽的封建思想，腐朽的朝廷，腐朽的人心。他越努力越积极，反而跌得越惨痛。

乾道元年（公元1165年），夏，陆游改任隆兴府通判。官阶如旧，任职地方不同。比起镇江，隆兴离前线更远，无疑是自己更加不被重视。

隆兴在江西南昌，从镇江过去，中途要经过建康、繁昌、铜陵等地。

五更颠风吹急雨，倒海翻江洗残暑。
白浪如山泼入船，家人惊怖篙师舞。
此行十日苦滞留，我亦芦丛厌鸣橹。
书生快意轻性命，十丈蒲帆百夫举。
星驰电骛三百里，坡陇联翩杂平楚。
船头风浪声愈厉，助以长笛挝鼍鼓。
岂惟澎湃震山岳，直恐澒洞连后土。
起看草木尽南靡，水鸟号鸣集洲渚。
稽首龙公谢风伯，区区未祷烦神许。
应知老去负壮心，戏遣穷途出豪语。

这首《夜宿阳山矶，将晓大雨，北风甚劲，俄顷行二百余里，遂抵雁翅浦》描写的就是当时途中的场景。

船只逆风而上，行得非常艰难和缓慢。船到达一个叫阳山矶的地方，天色渐暗，非常闷热，叫人透不过气来，过了一阵便下起了瓢泼大雨。

从第一句便可看出天气酷热和无常。“吹”和“洗”两个动词使整个场景都生动鲜明起来。前四句白描，船在风雨中行驶的场景一下展现在眼前。

这次路途十分艰辛，目的地遥远，诗人的心情怎么可能不低落呢？

整首诗浑然壮丽，却流露出诗人落魄的心境。

诗中用了大量的笔墨写景，直至最后两句才道出复杂的心情。尽管知道自己的年纪渐渐衰老，但仍然要背负着雄心壮志。即使到了穷途末路的境地，也不忘说出一些豪言壮语！

经历几番调任，陆游的官职依旧很低，虽然曾经上疏谏言，却也没做什么足以影响朝廷的事情。他的主张和意见还没起到可以改变局势的作用。

从前因为宫里一些事情而触怒皇帝，得罪皇帝的心腹曾觌和龙大渊一党，如今主和派得势，他们趁机在皇帝面前弹劾他，导致他被发配到可有可无的位置去。

政治的斗争，比后宫那些勾心斗角、尔虞我诈更加残酷。

陆游原以为只要在这个偏远的地方安分做个通判，完成轻松的工作之后，其他大部分时间可以用来读书、学道、游览

附近山水、作诗写词，清寂度日，等待机会。可是他没想到，曾觌一党竟然会继续打压他，直接把他踢出这场政治游戏。

那是乾道二年（公元1166年），陆游四十二岁。

尽管他已经躲得远远的做个无足轻重的小通判，但似乎有人还不满意他的下场，在皇帝面前又参了他一本，说他“交结台谏，鼓唱是非，力说张浚用兵”。

皇帝听信这不可理喻的罪状，下令除去陆游的官职。陆游无辜被贬谪，有口难言。

虽已是闲官一个，别人还咬着他不放，非要将他拉下马，真是人心叵测、仕途凶险啊！

宋孝宗虽贤明，却也一时昏庸，任人唯亲，听信谗言，分辨不清是非黑白。

陆游怀着无奈的心情离开南昌。

离开时正好是夏天，想想来时，也正是这样闷热的季节，曾艰辛涉水历经风雨险阻才到达，如今离去，已是无官闲人罢了！

诗人提笔寥寥数语，寄情于诗词之间，写下了《鹧鸪天》：

插脚红尘已是颠，更求平地上青天。新来有个生涯别，买断烟波不用钱。

沽酒市，采菱船。醉听风雨拥蓑眠。三山老子真堪笑，见事迟来四十年。

从这首词可以看出诗人心中的悲愤和消极。

他本是个心系国事、热血的红尘中人，却可以把词写得颇具仙风道骨。正是因为他活得热烈，才有本事将简单平实的语句写活吧！

在这人世间奔波多年，他已然心力交瘁，更别说想要得到更高的权力。

他最近有一种和之前不一样的生活状态。向来研究道经，从中得到精神的支撑和寄托。此处“买断烟波不用钱”和李白的“清风朗月不用一钱买”有着相同的意境。

下阙是描绘自己的近况：去集市买酒喝，或者坐船到江上采菱，下雨的时候喝着酒，听着雨声慢慢地入睡，这种生活多么令人向往。不要笑我到了四十岁才明白这种生活是最好的。

闲居四年

五月，陆游回到家乡山阴。

从这个时候开始，到乾道六年（公元1170年），他在家乡闲居整整四年。

虽无官职，但生活是不成问题的，在这期间他还建了新宅。

陆府本是大户人家，世代簪缨，又是藏书世家。陆宰留有几处房屋，陆游回乡之后，住在山阴西九里镜湖附近。

这个时期，他创作的大部分诗歌都是田园诗、纪游诗，也被称作“镜湖诗”。

就算你不了解陆游，但也一定听过“山重水复疑无路，柳暗花明又一村”，这句千古传唱留存至今的诗句正是出自他在罢官之后刚回到家乡定居时所写的《游山西村》：

莫笑农家腊酒浑，丰年留客足鸡豚。
山重水复疑无路，柳暗花明又一村。
箫鼓追随春社近，衣冠简朴古风存。
从今若许闲乘月，拄杖无时夜叩门。

这首七言律诗可谓是陆游的代表作，也是他众多田园诗当中最出色的一首。

整首诗的情感基调是明亮的，和此前所作的抒怀诗有所不同，表露出诗人心中对生命豁达、对生活积极乐观的态度。虽然是题材普通的田园诗，却别有一番清丽的感觉，且意境不俗。

此诗开头两句描写农家淳朴的传统习俗和待客之道。

不要小看农村里过年那些菜肴和酒水，虽然是极其普通之物，但他们是以丰收的食材和淳朴的热情来招待客人的。虽然酒水浑，但人情厚，农家那种对待客人的热情远比那些佳肴和美酒要来得有意思。此处流露出诗人对农村的这种气氛和民风的欣赏和喜欢。

接下来的两句是整首诗歌的灵魂和精华，深含哲理。

山重水复疑无路：诗人游于景色宜人的大自然中，郊外山色迷蒙，连绵的山峦和茂密的树丛中道路蜿蜒多变，错综复杂，草木繁茂，越走越有一种难以分辨前方是哪里的感觉，仿佛走入了迷宫一样，前方是未知的，不晓得有没有出路。

柳暗花明又一村：以为走到了绝路，困顿失意时，在幽暗

的地方忽然找到了出口，看到了崭新的道路，以及林间几家农舍草屋，诗人喜形于色，心中豁然开朗。

借景抒情，简单几个词勾画出一幅明丽的画面，流畅地表现出其中的意蕴。

人生总要经历各种事情，在遭遇失意时，迷茫、绝望，陷入困境，不应该那么快就意志消沉。或许多走一步，就会走到出口，看到另一番美景，看到新的希望。

遇到困难、感到茫然的时候，如果自暴自弃，就永远无法到达即将到来的康庄大道了。

大自然的风光总是千变万化，更别说世间万事万物，也总在转瞬流转无常。

陆游用这两句启示后人，否极泰来，绝处逢生。

这两句话，和唐朝诗人刘禹锡的“沉舟侧畔千帆过，病树前头万木春”有着相同的意境和哲理，都是在见识过官场斗争，经历过职场失意之后，回归大自然，深深品味出人生的浮沉后，有感而发，警惕后人的。

同时表露出诗人对未来仍心存希望和美好憧憬。经历过这些，反而更加乐观，对生命的态度更加积极豁达，精神意志更加高远。

下半段又回归到农村的风俗描绘当中，“春社”是指立春之后农村里一个祭祀的日子，这个古老的节日，农村的人们还非常尊重和盛行，人们击鼓吹箫祭奠这个祭日，诗人再次对这简单淳朴的民风进行赞扬。

相比昔日城里的景象，这村庄乡里更加让人悠然自得，心情闲畅。在这种十分宁静悠闲的日子，诗人想着，若是空闲的时候可以趁着月夜清明出去游玩时，拄着拐杖随时去敲友人家的门去拜访。

虽然安于眼下简朴宁静的生活，但是心中却还想着国事，他并没有因为罢官而从此一蹶不振，反而将思想也上升到另一种高度，这些变化和情绪，在这首田园纪游诗里表现得淋漓尽致。

后世对这首诗的评价很高，《唐宋诗醇》卷四十二评此诗云："有如弹丸脱手，不独善写难状之景。"

清代方东树《昭昧詹言》里面说："以游村情事作起，徐言境地之幽，风俗之美，愿为频来之约。"

还有近代文学家钱钟书在《宋诗选注》评此诗颔联："陆游这一联才把它写得'题无剩义'。"

而和此诗有异曲同工之妙的作品也是不少的，比如《霜风》《观村童戏溪上》和《闻雨》，虽然用词没有《游山西村》那么绝妙，但也各具特色。

先说《霜风》：

十月霜风吼屋边，布裘未办一铢绵。

岂惟饥索邻僧米，真是寒无坐客毡。

身老啸歌悲永夜，家贫撑拄过凶年。

丈夫经此宁非福，破涕灯前一粲然。

此诗作于乾道三年（公元1167年）十月，开篇第一句就交代了写作环境和背景，山阴的十月，风已经非常凛冽，在屋外肆意吹着，眼看就要入冬了，可是过冬的厚衣服还没有置办好。

由此看出陆游的生活出现了贫困的状态，不过依我之见，他可能是写某个贫苦农民的家庭境况，或者用夸张的手法来渲染气氛。因为依前文所见，陆游虽然罢官，但是作为官僚子弟，有家产也有积蓄，也不至于一下子变得穷困潦倒。

此处夸张的描写，传神地表现出了艺术色彩。

此诗应该是诗人回想当年曾经历过灾荒，不仅目睹过饥民暴动，自己也体验过困苦的生活，所以记忆非常深刻。

三四句中，岂止是贫困饥饿到去附近的寺院借粮食那么简单，而是连给客人坐的毡子都没有！陆游将困窘之境描写到极致。

此处引用杜甫的诗作，“才名四十年，坐客寒无毡”，出自《戏简郑广文虔兼呈苏司业源明》一诗。

五六句中，漫漫长夜，高唱着悲叹人生的歌，处于闹水灾的日子，就算多么贫困多么艰苦，这日子还是要过下去。这些苦难就当作人生的一种历练吧，好的日子总会来临的。

岁月长，衣裳薄，人生在世，总会有无常困苦的境况，而时间不会停下来等你悲伤，做人应该向前看。

诗人的心情并未因为遭遇生活的苦难而感到失落，他相信一切都会有所好转，便有最后两句“丈夫经此宁非福，破涕灯前一粲然”的感叹。

大丈夫经历这些就当作人生磨炼，诗人竟然在灯前破涕一笑，足见他的乐观和积极。

这里给后人启发，有如孟子的教诲所云：“故天将降大任于斯人也，必先苦其心志，劳其筋骨，饿其体肤，空乏其身，行拂乱其所为也，所以动心忍性，增益其所不能。”

经历过这些困境，必将柳暗花明，和前诗所想要表达的人生含义是相同的。

再看《观村童戏溪上》：

雨余溪水掠堤平，闲看村童谢晚晴。
竹马踉跄冲淖去，纸鸢跋扈挟风鸣。
三冬暂就儒生学，千耦还从父老耕。
识字粗堪供赋役，不须辛苦慕公卿。

这首诗是陆游在山阴闲居时，于溪边看到孩童们玩乐有感而发所作。

雨后溪水漫过堤坝，傍晚时分，天空放晴，村童们在溪边玩闹，诗人眼中所看到的农村生活场景，就是这么简朴而自然。

村童们戏闹着，有的跌跌撞撞追逐着，冲到泥沼里；有的放风筝，风筝在空中飘扬跋扈，夹杂着风呼啦啦地飞过天际。

在农村里，只有到了冬天那三个月，父母才让孩子们去私塾念书，到了农忙的时候，孩子们还是得跟着父母在田里帮忙。

认识的字，学到的知识只要够租税劳役所用就好了，不必为了做官而辛苦拼搏。这样的生活，反而使诗人羡慕起来。

一想到官场的尔虞我诈，他不禁厌恶起来，倒不如像村里的人那样，简简单单地生活，懂得知足常乐，心境自然明朗一些。

当然，他的出身和前半生以及心中未实现的抱负都提醒着他，只能作为旁观者去羡慕和观赏这种淳朴的生活方式和人生。虽然他觉得这种生活方式好，但未必去要亲身体验，其实他心中仍然非常清醒，仍然想要为国家实现自己的一番作为。

从官场斗争抽离出来，在乡间沉寂，更容易激发内心真实的想法，更能看清自己、改变自己，提升思想高度和深度。

官场的险恶与农村生活的简朴形成鲜明的对比，这些不同的人生体验，使诗人的思想更加澄明。

这个时期，他笔下的田园诗就像这首一样，表面描绘了自然风光，赞赏农村生活的色彩美好，但当中暗含着自己的真实心态。他想，总有一日，会回归到中央，再次拥有实现热血抱负的机会。

陆游在记录自己闲居生活的同时，也不断提醒和鼓励自己，日子就这么淡泊宁静地流逝，不知不觉间，已经过去两年。

《闻雨》写于乾道四年（公元 1168 年），陆游的生活依旧平淡，没有什么惊艳之处，但在他的诗词歌赋中，总能找到一丝为国事思虑的忧伤。

慷慨心犹壮，蹉跎鬓已秋。
百年殊鼎鼎，万事只悠悠。
不悟鱼千里，终归貉一丘。
夜阑闻急雨，起坐涕交流。

这首五言律诗色彩悲凉。虽然内心还有豪言壮志和抱负，但岁月被虚度，不知不觉中他已经老了，头发变得像秋霜那样白。

生命短暂，即便是百年，人生也不过是非常短促的一瞬，经不起蹉跎，有很多想要做的事情，想实现的理想，可是就这么眨眼间，时间便浪费掉了，万事想要实现也变得渺茫。心

犹壮，鬓已秋，年华老去，壮志难酬，他无奈、伤感。

五六句有自责之意。“鱼千里”指陶朱公池中的鱼，怎么游都在一个小池子里，还以为已经游了千里。这里引用了一个小典故，春秋时期，楚国人陶朱公范蠡，发明一种养鱼法，可以将鱼养得肥大。凡鱼远游则肥，所以命人在池子里用石头弄了许多假山，使鱼绕之，日行千里。

诗人觉得自己就像这个池子里的鱼一样，以为付出努力游了很远很远，其实来来回回还是在原地绕圈子；以为进步了很多，却没想到只是在原地踏步。这种想法相当悲观，是对自我的一种否定。

下一句延续了上一句消极的态度，但又有超脱之意。

诗人觉得人都是一样，无论经历什么样的浮沉，有着怎样的命运，富贵还是贫贱，贤明或者愚笨，到最后终将回归大自然。正所谓殊途同归，怎么样来，怎么样走。

诗人本来沉浸在这种思考人生的状态里，忽然狂风急雨，敲击着窗棂，打破了宁静，也打断了他继续深入思考人生，将他拉回现实。

而现实是，他一想到国事就忧心忡忡，郁闷和纠结的情愫涌上心头，不禁鼻头一酸。岁月匆匆流去，自己也不再年轻，已经四十四岁，却未能报效祖国，实现理想。《论语》云：四十而不惑。本该到了不惑的年纪却还觉得前路茫茫。

他的心境复杂多变，感情色彩非常丰富，所创作的诗歌词

赋也如此多彩，可读性高，几乎将生活的全部融入其中，使平凡变得不一般。

很多田园纪游诗是直接对景色进行白描，清丽婉约，一草一木都充满灵性。

十日苦雨一日晴，拂拭拄杖西村行。
清沟泠泠流水细，好风习习吹衣轻。
四邻蛙声已合合，两岸柳色争青青。
辛夷先开半委地，海棠独立方倾城。
春工遇物初不择，亦秀燕麦开芜菁。
荠花如雪又烂熳，百草红紫那知名。
小鱼谁取置道侧，细柳穿颊危将烹。
欣然买放寄吾意，草莱无地苏疲氓。

这首题为《雨霁出游书事》的长诗，记录了寻常的一天他出游所见的大自然景象。连日来都是下雨天，今日终于放晴，使出去呼吸新鲜的空气。往西村走去，溪边的流水慢慢地流淌着，微风习习，轻轻吹起衣角，多么惬意的画面。岸边的柳树垂下的青色枝条随风摇曳，草丛中传来青蛙的叫声。百花争艳的时节，海棠艳压群芳。

万物在春天都开始发芽生长，生命力在这个季节是最旺盛的了，无论是田里的庄稼还是野外的植物。

花草盛开得那样烂漫，溪涧的小鱼被农家打捞起来放在盆

中拿去叫卖，陆游想，那小鱼很快就会变成人们餐桌上的食物，有些不忍，就买下来放走了。

诗人心中的悲悯之情，从诗句间自然地流露而出。

闲居的日子，诗人游山玩水、写诗作词、研究道经，从大自然中悟出生命的意义和真谛。看似闲暇无事的心态下却藏着一颗躁动的心。他一直在做思想斗争，四年了，被投闲置散四年，一切仿佛又回到虚无之中。

调任夔州

乾道四年（公元1168年），陆游得知昔日友人陈俊卿做了右丞相，替他感到开心，还写信去庆贺。

陈俊卿曾是张浚的幕僚，是个非常有责任感的大臣，和陆游十分交好。

见到好友如今的前途一片光明，陆游欣慰之余，难免替自己感到忧伤。他心中盼望自己能早日复职。

不过一直到乾道五年（公元1169年）年底，朝廷才出了通知，终于把他召回去，任夔州通判。

官位与罢免之前一样。

复职本是一件高兴事，况且他也期盼许久。可陆游却高兴不起来，因为夔州是一个比镇江和隆兴更加偏僻、环境更加恶劣的地方。

这个时候他所作的诗歌，满是忧虑和伤怀。

往岁淮边虏未归，诸生合疏论危机。
人材衰靡方当虑，士气峥嵘未可非。
万事不如公论久，诸贤莫与众心违。
还朝此段宜先及，岂独遗经赖发挥。

这首诗写于乾道六年（公元1170年）初，陆游还未出发去夔州。

他在送别国子监芮国器时有感，作了《送芮国器司业》二首，这是其中一首。

首联回忆旧事，六年前，张浚北伐失败，金兵由淮河南侵。一班爱国的太学生联合起来上疏皇帝，历数主和派汤思退的罪状，指出他排挤主战派的张浚等人，导致北伐失败，危害国家，奏斩汤思退。

颔联是诗人对这些爱国太学生们的看法。人才缺乏是一件值得忧虑的事情，所以太学生们爱国的士气如此高昂，是非常珍贵的，不应该压制和责备他们。

颈联是所有的事情都没有比公众的呼声和舆论更加有长远的价值，应该予以重视，朝中的各位大臣官员不应该忽视和违背民心。

尾联是对芮国器的寄望。他对芮国器说，希望你回到临安工作之后，首先考虑培育人才的事情，不要一味传授经典中的知识。

陆游意识到，国家要发展要强大，首要是有人才。他对芮国器寄予了厚望，因为他即将要去偏远的地方任职，没办法像芮国器那样到临安去工作，他想做的事情，也希望朋友可以代为尽力。

其二：

此心知我岂非天，双鬓皤然气浩然。
曾见灰寒百僚底，真能山立万夫前。
洛城霜重听宫漏，霅水云深著钓船。
拈起吾宗安乐法，人生何处不随缘。

这首前两联是赞扬友人芮国器，因为两个人的志向一样，经历颇为相似，在官场同样被排挤过，这位朋友纵使头发开始发白，仍然有浩大刚正的精神。在那么多的官宦之中，算得上是一位真正的大丈夫，敢于站出来发表主张，不畏权贵。

后两联切合景物，感伤油然而生，最后一句“人生何处不随缘”流露出诗人的无奈之情。

在启程去夔州上任之前，陆游的心情从最初的伤感中慢慢调整过来。他这一生的抱负莫过于到前线去报国。如果他是一名将军，可能早就征战沙场无数，立下汗马功劳。

时值初夏，陆游准备出发，给梁参政写了这首诗——《投梁参政》：

浮生无根株，志士惜浪死。
鸡鸣何预人，推枕中夕起。
游也本无奇，腰折百僚底。
流离鬓成丝，悲咤泪如洗。
残年走巴峡，辛苦为斗米，
远冲三伏热，前指九月水。
回首长安城，未忍便万里。
袖诗叩东府，再拜求望履。
平生实易足，名幸污黄纸，
但忧死无闻，功不挂青史。
颇闻匈奴乱，天意殄蛇豕。
何时嫖姚师，大刷渭桥耻？
士各奋所长，儒生未宜鄙。
复毡草军书，不畏寒堕指。

梁参政是梁克家，丞相的副职。他与陆游交好，担任参知政事兼枢密院事。他的政治主张和陆游一样，是个立场非常坚定的人物。

诗人开篇对人生作了一番感叹，人生就像没有根的浮萍一样，四处飘荡，不能稳定。心中有抱负的人舍不得就这么寂寂无闻、毫无作为地死去。

每天鸡啼时分就醒来用功，闻鸡起舞，发愤图强。我陆游本来就是个平平无奇的小人物，是朝廷中众多官宦中的一个而已。

岁月匆匆，诗人的头发早已发白，年华老去，身体衰弱，诗人为时光流逝之快而感到悲伤，加上没能实现理想，就显得更加可悲了。

已经步入晚年，还要四处奔走，为了生计而不得不劳累。三伏天是最炎热的时候，还要头顶烈日向远方而去。前面正好遇上了枯竭的长江水，九月是长江的枯水期，船只不好行驶，非常艰难。

回望京城，已经离得很远。此去道路遥远，袖子里带着诗卷，去宰相府拜见。非常谦卑地跪拜在帐幕之下，只求能够看到尊长的鞋子就已经非常满足，不敢抬头仰视。

诗人的名字能够有幸被记录在官册上就已经很满足，可见对于调任夔州一事，他的心情恢复平静，不像开始得知消息那样难受。毕竟已经复官，有了施展抱负的机会。这样就不用忧虑死后无人问津，也不用担心史册上没有自己的名字。

听说金国内乱，老大的意思也是想火绝他们吧！我们什么时候才能拥有像霍去病带领的英勇军队呢？国家什么时候才能奋起反抗，洗刷金国侵略而不抗衡的耻辱呢？

应该让这些读书人发挥各自的才能和本领，不应去鄙视和忽略他们的影响力。我愿意在寒冷的冬天里披着草毡子写军中文书，就算手指会被冻坏也无所谓。

诗人爱国的热心依旧坚贞不移，主张坚定。

乾道六年（公元1170年），陆游写的诗歌还有几首，比如《黄州》：

局促常悲类楚囚，迁流还叹学齐优。
江声不尽英雄恨，天意无私草木秋。
万里羁愁添白发，一帆寒日过黄州。
君看赤壁终陈迹，生子何须似仲谋！

五月出发去夔州，途经黄州看见赤鼻矶旧迹，深有感触，便作诗寄情。

这是一首爱国诗，基调悲怆低沉，哀婉悱恻。

首联诗人想到自己的命运感到悲伤。因为调任夔州通判，要去的地方那么偏远艰险，就好像被朝廷流放一样。而自己到夔州还要讨好别人，看别人脸色。诗人叹息自己被流放，还要学齐国的优伶那样去讨好尊上。

颔联诗人借景抒发心中的愤恨不平。奔流的长江水，令诗人想起那些曾经叱咤风云的英雄人物，江水流不尽他们的遗恨，也流不尽诗人心中那种壮志未酬的恨。

大自然没有偏爱任何东西，秋天到了草木依旧枯萎凋零。就算怎么感叹，世间万物还是遵循它们的轨迹。诗中蕴含着满满的伤感之情。

虽然从山阴到夔州并没有万里远，但回望前半生，所经历过的旅程又何止万里呢？半生的路坎坷颠簸，宛若浮萍，所有的愁绪使诗人平添了许多白发。乘着孤舟在寒冷萧杀的秋天经过黄州，诗人看着眼前的景色，怀古、自伤。

尾联诗人再次感叹当年的赤壁旧址就在眼前，而英雄不再，早已物是人非。

赤壁之战在史上尤为出名，苏轼曾作《赤壁赋》怀古，此处陆游也借此史事，怀古之余，更多的是借景言志。“生子何须似仲谋”：若是男儿不建功立业的话，又何必以孙权为榜样呢！“生子”出自《三国志》：“曹公望权军，叹其齐肃，乃退。”裴松之注引《吴历》：“公见舟船器仗军伍整肃，喟然叹曰：‘生子当如孙仲谋，刘景升儿子若豚犬耳。’”

意思是说孙权是个人才，人人都想像他那样，优秀有本领。诗人用在此，有点暗讽的意味，他想，既然朝廷都没有北伐收复失地的意向，有像孙权这样的人又有何用呢？

到最后，诗人心中的那根刺，还是南宋朝廷不思进取，君主只会苟且偷安，不收复祖国的失地，任由敌人肆意妄为。而他又被流放偏远之地，多年来有志却不能实现，这就是英雄恨啊！

这首诗表面咏史怀古，其中意蕴的却是愤恨不平，报国无门的愁思，是陆游众多爱国诗篇里非常哀痛低沉的一首。

山阴到夔州路途遥远，五月到十月，经历了一百六十天，这是一个漫长的旅途。

在这个过程中，陆游每日都进行记录，后来整理成《入蜀记》，收录于他编撰的《渭南文集》中。路途遥远而艰辛，饮酒作诗，聊以自慰。以下是《哀郢》二首：

其一：

远接商周祚最长，北盟齐晋势争强。
章华歌舞终萧瑟，云梦风烟旧莽苍。
草合故宫惟雁起，盗穿荒冢有狐藏。
《离骚》未尽灵均恨，志士千秋泪满裳。

其二：

荆州十月早梅春，徂岁真同下阪轮。
天地何心穷壮士，江湖从古著羁臣。
淋漓痛饮长亭暮，慷慨悲歌白发新。
欲吊章华无处问，废城霜露湿荆榛。

这组诗作于九月，是诗人在经过湖北江陵时所写的爱国诗篇。

《哀郢》一题是借用屈原《九章》中的篇名。当年秦军白起攻陷楚国的都城，屈原看着楚国即将灭亡，屈原心中无限哀伤，就写了《哀郢》。陆游也借用这个题目，直抒心中哀伤。

其一首联，回顾楚国的兴起和发展。楚国的祖先来自商周两个朝代，楚国和北方的齐国、晋国联盟，一起对抗强大的秦国。

颔联接着上联继续写楚国的兴衰。曾经歌舞升平的章华台终究是消失了，凄冷萧条。

云梦泽是楚国一个出名的湖泊，依旧风光迷蒙，苍茫寥廓。诗人用章华台短暂的美好来映照云梦泽的风光依旧，形成了鲜明的对比，抒发世间万物变化无常之感。

颈联从历史的感叹回到眼前的景色。当年楚国的宫殿如今已经被杂草围绕起来，荒无人烟，只有大雁从那儿经过。被盗掘的坟墓，如今成了狐狸和兔子的藏身之地，那样的衰败荒凉，就像当年的楚国衰落时一样凄凉。

忠心爱国的屈原，被朝廷流放，看着国家被灭亡，心中有无限的愤恨，写下了爱国诗篇《离骚》。

诗人觉得一首《离骚》并未能够写尽屈原心中的怨恨。楚国亡国的教训使这么多年来的无数志士感到忧伤，热泪沾满了衣裳。他对楚国的兴亡感到可惜和悲痛，在南宋身上看到楚国的影子，担忧南宋会落得像楚国这样的下场。他在诗中流露出和屈原同样的感叹。

再看第二首。

首联写郢都的十月，已是早梅盛开的初春，时间流走就像下坡的车轮一样飞快。诗人总是感叹时间飞逝，只因他胸怀抱负，热爱祖国，迫切想要为国家效命，但是一直都没有机会，看着大自然的万物不断变化和流逝，才会不断有这样的感慨。

颔联又联系到历史当中去，伤古悼今。从古到今，多少像屈原这样的志士，因为人事之非，没能实现远大的抱负，被

放逐江湖，从此只能在异乡飘零，最后含恨而终。

颈联诗人在暮色笼罩的长亭中淋漓痛饮，慷慨悲歌，独自惆怅。因心中苦闷，不禁又增添了几缕白发，那种报国无门的怨愤和无奈始终无法释怀。

尾联又回到写景上面，勾画了这么一副惨淡的画面，想要找回当年章华台的美景已经不可能了，郢都已是霜雾迷蒙，荆榛满地，凄凉至极。

第三章 逆胡未灭心未平，孤剑床头铿有声

陆游应四川宣抚使王炎之邀，投身军旅，他的这段军旅经历，是属于他的峥嵘岁月，日后无数次在诗歌中被提及。次年，幕府解散，他连续调任几处地方做州官。后来被弹劾，他干脆自号放翁。大起大落的经历，让诗人的笔触更加狂放。

诗的转变

乾道六年（公元1170年），十月，经过长途跋涉，陆游终于抵达夔州。

夔州在如今的四川。

这一路，陆游心境颇为复杂，诗歌里透露出惆怅。一路过去，他有种被流放的感觉。在那个交通不发达的年代，到一个偏远地方，艰辛可想而知，确实是“道路半年行不到，江山万里看无穷”！

故乡回首已千山，无可奈何，路总是要走下去。

陆游的诗词，从这时开始转变，情感变得更加饱满，属于他的特色更加明显。

早年的诗歌中，他的风格效仿李白和杜甫，到这里开始形成自己的风格。

陆游从江西诗派入门，恩师曾几非常看好他，教给他很多

写诗的方法。曾几早在陆游罢官还乡那年仙逝了。当时跟曾几学诗的场景仍历历在目。他回忆："忆在茶山听说诗，亲从夜半得玄机。"

到乾道九年（公元1173年）春，陆游一直在夔州任职。这个时期他创作了大量的诗词，笔法成熟老练，富有张力，各种情感的表现和驾驭已经非常自在，他的诗词已自成一家了。

在到达夔州这一年的十月二十六日晚，陆游来到瞿塘关，于是有感而发，作诗一首——《入瞿唐登白帝庙》：

晓入大溪口，是为瞿唐门。
长江从蜀来，日夜东南奔。
两山对崔嵬，势如塞乾坤。
峭壁空仰视，欲上不可扪。
禹功何巍巍，尚睹镌凿痕。
天不生斯人，人皆化鱼鼋。
于时仲冬月，水各归其源。
滟滪屹中流，百尺呈孤根。
参差层颠屋，邦人祀公孙。
力战死社稷，宜享庙貌尊；
丈夫贵不挠，成败何足论？
我欲伐巨石，作碑累千言。
上陈跃马壮，下斥乘骡昏，

虽惭豪伟词，尚慰雄杰魂。

君王昔玉食，何至歆鸡豚？

愿言采芳兰，舞歌荐清尊。

这首五言诗，用典咏史，借史抒怀，表达了爱国之心。

诗中所写人物是白帝公孙述。东汉年间，公孙述自立为帝，后来又和光武帝刘秀争夺帝位，但最终堕马而死。“力战死社稷，宜享庙貌尊”，陆游认为他死得壮烈，是位英雄，应该建庙悼念他。从“我欲伐巨石，作碑累千言”这两句可看出陆游对公孙述的敬佩。

陆游觉得作为一个英雄最重要的是不屈不挠，而不是计较成败。最后两句表示对南宋的君王还有所期待。

陆游在夔州的工作比较闲适，有很多时间写文章、研究道经、饮酒作诗，生活似乎回到罢官之前在镇江和隆兴做官时那样，一直以来都没有得到朝廷的重用，想想还真是十分可悲。于是，陆游赋诗一首——《晚晴闻角有感》：

暑雨初收白帝城，小荷新竹夕阳明。

十年尘土青衫色，万里江山画角声。

零落亲朋劳远梦，凄凉乡社负归耕。

议郎博士多新奏，谁致当时鲁二生？

这首七言律诗写于乾道七年（公元1171年），陆游来夔州已有大半年。

此诗从写景着笔，刚刚下完雨的白帝城，初露的小荷和刚刚发芽的竹子在夕阳的照耀下明净清新，勾勒出一幅非常清丽的景象。

三四句写景抒情。做了十年官，还是一个职位低下的闲官。一声声的号角在耳边响起，提醒着陆游，如今国家并不是很太平。

五六句由近及远，表达了他对故乡山阴的思念，对亲人抱有愧意，自己在这个偏远的地方做官，不能回去帮忙耕种。

最后两句用典，表现出诗人内心对国家还抱有希望。根据《史记》里面记载，汉高祖刘邦称帝后，儒生孙叔通为之定朝仪，征召鲁国儒生三十多人来参加这个工作，有两个儒生不肯来，他们认为天下初定，死者未葬，伤者未起，还不是定朝仪的时候，指责孙叔通这样做完全是为了自己的地位而奉承天子。

诗人用这个典故，是想说南宋没有像这两个不应召的鲁国儒生一样有气节的人。朝廷缺乏这样的人，朝廷里面都是一些不思国家大事的人，连皇帝都苟且偷安，更别说那些为求自保趋炎附势的大臣了。

陆游是一个无时无刻不在为国家担忧的忠臣。

朝衣无色如霜叶，将奈云安别驾何！

钟鼎山林俱不遂，声名官职两无多。

低昂未免闻鸡舞，慷慨犹能击筑歌。

头白伴人书纸尾，只思归去弄烟波。

从《自咏》这首诗歌里可看出，就算陆游是一个闲官，对国家大事依旧充满着热情和关心。

虽然他时不时地发出“只思归去弄烟波”的消极感叹，但又怎么舍得完全放下对国家的忧虑而归隐山湖之间呢？他明白自己始终是一个官，是南宋的一分子，为官的责任，对国家的责任，他时时刻刻都放在心上。

他所表现出来的政治思想还是当初那样，依旧是主战派的主张，始终未变。

时间悄然而过，陆游不得不为自己做打算，如果等到三年通判任满，朝廷没有给出指示，他又得下岗。本来可以找好友陈俊卿帮忙，但他早已卸任宰相一职。当今的宰相是虞允文，和陆游没有什么交集。但为了自己的前途，陆游还是给虞允文写了一封信，请求他帮忙。

在虞允文的提名下，四川宣抚使王炎邀请陆游加入他的幕府，参加四川宣抚使司的工作。朝廷授予的官职是“左承议郎、四川宣抚使司干办公事、兼检法官”。陆游得知这个消息后非常激动。这是一次非常光荣的调职，他终于被调到前线参加工作，这是他一直以来的夙愿。

乾道八年（公元1172年）春，陆游从夔州前往南郑，四川宣抚使司在南郑。

沿路，陆游的心情很激动，遂作了一首《饭三折铺铺在乱山中》：

平生爱山每自叹，举世但觉山可玩。
皇天怜之足其愿，著在荒山更何怨。
南穷闽粤西蜀汉，马蹄几历天下半。
山横水掩路欲断，崔嵬可陟流可乱。
春风桃李方漫漫，飞栈凌空又奇观。
但令身健能强饭，万里只作游山看。

这首诗的语言风格有如李白诗那样豪迈飘逸，也有诗人本身的语言特点，清丽而又生动。陆游不喜用晦涩的语言，总是开门见山，直白简明。

这首诗是他途经三折铺时所作，他看到四周都环绕着一座座山，景色宜人。这个时候他心情愉悦，诗句中都是跳动的色彩。“春风桃李方漫漫，飞栈凌空又奇观”把眼前的山景描绘得让人亲临其境。

经过三折铺之后，到了岳池县，于是他又作了一首《岳池农家》来展现一幅和谐的农村画面。

春深农家耕未足，源头叱叱两黄犊。
泥融无块水初浑，雨细有痕秧正绿。
绿秧分时风日美，时平未有差科起。
买花西舍喜成婚，持酒东邻贺生子。
谁言农家不入时？小姑画得城中眉。
一双素手无人识，空村相唤看缫丝。
农家农家乐复乐，不比市朝争夺恶。
宦游所得真几何？我已三年废东作。

诗人以景开头，描绘田里的春色。春深时节，农民忙着耕种，平坦的田里，到处都是大声吆喝黄牛的农民。看起来是多么和谐美好的田园风光。硬实的土地稻田经过耕耘之后，泥土松软地融解开来，使水面有些浑浊。被细雨浸润过的秧苗显得更加青翠。

这种农村景象很常见，没有什么特别，但在陆游的笔下却鲜活起来。他把寻常的农村场景，描写得如此生动美好，充满生机活力，再次证明陆游的诗歌风格已经有很稳定的表现力。

此前诗人闲居山阴，也写过很多田园诗，但如今的作品给人的感觉明显不同了，如果不是喜欢田园风光和农家质朴本色，是写不出这种感觉的。前四句中“深”“耕”这些字眼都使整个场景灵动起来。再加上象声词，使得诗中景象更加栩栩如生。

风和日丽的日子，正是插秧的时候，没有灾祸，没有徭

役，风调雨顺，农家的生活富足而美好。买花去参加西边邻居的婚礼，又或者拿着酒去庆贺东边邻居喜得贵子。左邻右里，喜事连连，大家关系好得就像一家人一样，有什么喜事都会聚在一起庆祝，真是令人羡慕啊！

虽然南宋和金国关系紧张，时有战争，天下并不太平安康，但是远在四川的这里，人们过着安宁和美的生活。诗人对这样的生活有所向往，希望南宋朝廷尽快收复失地，实现祖国统一，让更多的老百姓可以过上这样的生活。

谁说农村姑娘打扮不入流？看那小姑娘们画的眉毛都是城里流行的款式。农家少女有一双洁白灵巧的手，缫丝手艺高超，引得整个村子的人都来观看。这四句对农家姑娘的美貌和能力都进行了赞美，农村姑娘不比城里姑娘差。

这农家生活和乐美好，与争权夺利、腐败黑暗的官场生活形成了鲜明的对比。

陆游已经四十八岁，经历了坎坷的半生，对腐朽黑暗的官场生活非常厌恶，但又不能轻易地退出，因此情绪非常复杂和纠结。眼前这种农家生活的美好安乐，勾起了他对家乡的眷念。

在外地做官的这些年实质上得到了些什么呢？诗人已经脱离乡村耕作的生活三年了。他触景生情，思念家乡。全诗想要表达的思想，在尾联进行了完美概括。

正是二月春季之时，经过果州，眼前美景如画，怎能不留

下作品呢？所以，他写了一首词——《临江仙》：

鸠雨催成新绿，燕泥收尽残红。春光还与美人同，论心空眷眷，分袂却匆匆。

只道真情易写，那知怨句难工。水流云散各西东，半廊花院月，一帽柳桥风。

这是一首婉约词，语言清新轻快，感情基调却是淡淡的愁绪，颇有仙风道骨之意。

上阙写景。二月的时候，已是深春，斑鸠的鸣叫催得花红柳绿，一切复苏。燕子把花泥衔去筑巢，春天就这样快要结束了。

美丽的春光和美人一样，在一起的时候彼此眷恋着，分开时却又匆匆忙忙。“空眷眷”和“却匆匆”形成明显比照。由写景转为抒情，意象丰富。

美好的事情总是太过短暂，来去匆匆，聚散离合，猝不及防，无法挽留。就像这美好的春景，转瞬即逝。

下阙传情。愉悦之情容易表达，但惜别之情难以言说。这里是反用韩愈的“欢愉之辞难工，而穷苦之言易好也”之意。水流去，云各散东西，院子里的明月，桥边的柳枝迎着风，景色非常美。

经过果州之后，诗人要与友人告别，那种离愁别绪萦绕在心中，在词中自然流出。

陆游的理想并不是做一个出色的诗人，他的斗志在战场上。但他在诗词歌赋的造诣确实不容小觑，在宋代诗坛中有一定的影响力。

从夔州到南郑，一路经过很多地方，几乎每到一处，他都会用诗词记录当下的心情。写诗作词，已经成了他生命的一种状态。

经过鼓楼铺时，就有一首《鼓楼铺醉歌》：

书生迫饥寒，一饱轻三巴。
三巴未云已，北首趋褒斜。
匆匆出门去，裘马不复华。
短帽障赤日，烈风吹黄沙。
饭装先晨鸡，投鞭后昏鸦。
壮哉利阆间，崖谷何谽谺。
地荒多牧卒，往往闻芦笳。
我行春未动，原野今无花。
稚子入旅梦，挽须劝还家。
起坐不能寐，愁肠如转车。
四方丈夫事，行矣勿咨嗟。

经过慧照寺，游览一圈，便有一首《登慧照寺小阁》：

少年富贵已悠悠，老大功名定有不？
岁月消磨阅亭传，山川辽邈弊衣裘。
杀身有地初非惜，报国无时未免愁。
局促每思舒望眼，虽非吾土强登楼。

这些诗歌反应了他当时的心境，几分淡淡的忧愁，但对即将开始的工作充满希望。当然他仍旧不忘那报效祖国的豪情壮志。

看尽巴山看蜀山，子规江上过春残。惯眠古驿常安枕，熟听阳关不惨颜。

慵服气，懒烧丹，不妨青鬓戏人间。秘传一字神仙诀，说与君知只是顽。

这首《鹧鸪天》是诗人经过葭萌驿时所写的，这时他已经离目的地不远，快要到达南郑。

经过那么多地方，看尽山山水水，在船上度过整个春天，诗人习惯了在异乡的驿站里也能安稳地入睡。

诗人是如何度过这漂泊的年岁的？他的秘诀就是顽强。“顽”，是陆游的特点和意志。

当初从山阴到夔州，如今从夔州到南郑，这万里路，就是靠着一个“顽”字走过来的。

峥嵘岁月

乾道八年（公元1172年）三月十七日，陆游终于抵达可以让他大展拳脚的地方。

到达南郑之后，王炎接见了陆游。此时王炎是枢密使，官位比之前高。王炎是一位非常有抱负的人，朝廷很重视他，也特别重视四川宣抚使的工作。

王炎的军事权力很大，陆游在王炎的南郑幕府工作，这是他惨淡人生里的重要转折，包括他的诗。

我行山南已三日，如绳大路东西出。
平川沃野望不尽，麦陇青青桑郁郁。
地近函秦气俗豪，秋千蹴鞠分朋曹。
苜蓿连云马蹄健，杨柳夹道车声高。
古来历历兴亡处，举目山川尚如故。

将军坛上冷云低，丞相祠前春日暮。
国家四纪失中原，师出江淮未易吞。
会看金鼓从天下，却用关中作本根。

这《山南行》雄浑豪放、激昂生动。这个阶段之后的作品，大部分都是这种风格。它并不是一首单纯写山描水的诗，诗中流露出诗人强烈的主观思想。

前四句写景，开篇点题，直入主题。陆游从夔州到南郑，一路跋涉，看尽山河，他望见南郑的时候，已经过了三天。视线触及的景色，是一望无际的平整山川，一派春意，草木郁郁葱葱。

接下来四句写当地的风俗人情。靠近函谷关的地方，有那种壮士浩气的感觉，从蹴鞠比赛之类的分组游戏中可以看出那里的人的尚武精神。大片的苜蓿一直长到天边，马非常健壮，道路两边都是青翠的杨柳。

此处四句开始进入对历史的议论。函谷关向来是军事要地，这里历史遗迹众多，分明呈现在眼前，历代兴亡在这里都能看到归宿，抬眼望去，山川依旧秀丽。

最后四句诗人提出了自己对军事战略的见解。南宋从中原被占领到现在已经快要四纪（一纪就是十二年）。乾道元年，辛弃疾主张收复江东，他认为从江淮出兵，不容易吞灭敌人。诗人坚信自己一定会看到王师声震天下，而要收复中原，必须以关中作为根据地。

《宋史·陆游传》里面说到："经略中原，必自中原始，取长安必自陇右始。当积粟练兵，有衅者则攻无则守。"这个战略主张，和此诗陆游所表达出来的一样。

诗人来到重地南郑，看到这里气壮恢弘，不由得精神振奋，他觉得南宋收复失地有望了。眼前所看到的山南，是个非常适合厉兵秣马的地方。诗词表达出诗人希望国家收复失地，统一中原的热切之情。

这一年的春夏之间，陆游在南郑与前线频频来往，参与前线工作。

虽然王炎是主战派，但没有朝廷的命令，他的军队和敌人是不敢轻易开战的，仅限于试探性的接触，彼此谨慎对峙着。

这样的试探战陆游亲身经历过两次。第一次是在渭水平原，第二次是大散关。因为不是什么大战，所以史册没有明显记载。

对于这个时期的军旅生活，陆游情绪高涨，态度积极。除了打仗，他也参加打猎活动，还曾在打猎中遇到非常惊险的状况：

我时在幕府，来往无晨暮。夜宿沔阳驿，朝饭长木铺。雪中痛饮百榼空，蹴踏山林伐狐兔。耽耽北山虎，食人不知数。孤儿寡妇仇不报，日落风生行旅惧。我闻投袂起，大呼闻百步，奋戈直前虎人立，吼裂苍崖血如注。从骑三十皆秦人，面青气夺空相顾。

此段出自陆游诗歌《十月二十六日夜梦行南郑道中既觉恍然揽笔作此诗时且五鼓矣》。他把当时和老虎对战的画面描绘得生动鲜活。

陆游的军旅生活丰富多彩，和士兵们一起打猎、饮酒、听歌女弹唱，但更多时候诗人独自写诗作词。

关于眼前的局势，陆游和王炎都非常清楚，有时候他们的主张并非那么一致，但也没有影响到他们的合作。

这年的七月是陆游军旅生活的高潮，生活有了理想中的样子，既可以参与梦寐以求的军事战役，又可以和战士、幕僚们一起度过欢乐的时光。

七月十六日这一晚，陆游和幕僚们一同去高兴亭喝酒。因为战局有所好转，从长安不断传来的消息得知，他们即将要成功收复长安。所有人都非常兴奋，陆游的心情更是乐以忘忧。他和幕僚们喝着酒，欣赏着歌女的舞曲，饶有兴致，即目抒感，提笔写下一首《秋波媚》：

秋到边城角声哀，烽火照高台。悲歌击筑，凭高酹酒，此兴悠哉。

多情谁似南山月，特地暮云开。灞桥烟柳，曲江池馆，应待人来。

从这首词可见，诗人当时的心情并非完全是欢愉，他想起国土被侵占的这些年，不禁眼眶湿润，淡淡的愁绪萦绕在心头。

上阙写景。边城已经是秋意渐浓，一声声的号角不断哀鸣，平安烽火映照着高兴亭。一边敲打弹奏着乐器一边悲歌，站在高处把酒洒向国土，引起收复关中成功在望的无限兴致。

下阙抒情。谁能像这南山的明月这般多情，特地把层层的云雾拨开照着大地。灞桥边的如烟青柳，曲江池畔的亭台楼阁，应该站在这明月之下，等待着收复失地的消息传来。

军旅生活的欢乐和前线作战的悲壮，融合在这寥寥数语的词里面，诗人此时应该是悲喜交集，情绪复杂，既忧伤又明媚。他对光复国土有着热切的希望，在这高亭之上，听着歌曲，喝着酒，也不忘担忧着战争局势。

这段短暂的日子，是陆游一生中最为峥嵘的岁月。

这一年秋末到冬天的这段时间，陆游经常到附近各地视察，写下不少诗作。他的诗作正处在转变之中。他是一位多产的诗人，据说本来这个时期所创作的诗歌有一万余首，可是大部分都佚失了，只剩下不到一百首。诗人意识到作诗除了运用形式主义上的东西，还要结合积极的思想性，所以他否定了从前大部分作品。

他在匆忙的巡视途中，仍然不断地创作。

诗人去四川阆中的途中，夜宿青山铺时，写下《太息》

（其一）：

太息重太息，吾行无终极。
冰霜迫残岁，鸟兽号落日。
秋砧满孤村，枯叶拥破驿。
白头乡万里，堕此虎豹宅。
道边新食人，膏血染草棘。
平生铁石心，忘家思报国。
即今冒九死，家国两无益。
中原久丧乱，志士泪横臆！
切勿轻书生，上马能击贼。

开篇直抒胸臆。叹息连连，诗人到处奔走，何时才是尽头？接下来两句写景。随处可以见的冰冷雾霜，意味着年末快要到了，落日黄昏，鸟鸣兽号。诗人描绘出一幅清冷残景，流露出内心的无奈之情。

“秋砧满孤村，枯叶拥破驿”：深秋零落的村庄非常孤清，沿途破旧的驿站铺满枯叶。“白头乡万里，堕此虎豹宅”：头发花白的我还要奔走万里，流落在这种虎豹经常出没的地方。这四句所描绘的景象比前面更加荒凉凄冷。

“道边新食人，膏血染草棘”：行人被虎豹攻击，留下的血染红了路边的草木。“平生铁石心，忘家思报国”：我这一生就一颗如铁一般忠实的报国之心，只想报效祖国，连思念家

乡都忘记了。诗人再一次非常直白地告诉我们，他的爱国之心非常坚定。

“即今冒九死，家国两无益”：虽然事到如今经历了很多危险的时刻，但是一直没有实现抗金报国的理想，对国家也没有贡献。此处不免有些消极。他的心情波动、复杂，非常想亲自上阵，去战场杀敌。

“中原久丧乱，志士泪横臆”：中原地区久经丧乱，我的眼泪都流到胸前了。“切勿轻书生，上马能击贼”：不要看轻像我这样的士大夫，其实我也能够骑马去杀敌。最后四句表现出陆游心中高昂的爱国之情。他希望自己的文韬武略能够被重视。

离开青山铺之后，陆游前往下一个地方，路上看到杜甫祠堂，他向来崇敬杜甫，便到祠堂一游，写下一首《游锦屏山谒少陵祠堂》：

城中飞阁连危亭，处处轩窗临锦屏。
涉江亲到锦屏上，却望城郭如丹青。
虚堂奉祠子杜子，眉宇高寒照江水。
古来磨灭知几人，此老至今元不死。
山川寂寞客子迷，草木摇落壮士悲。
文章垂世自一事，忠义凛凛令人思。
夜归沙头雨如注，北风吹船横半渡。

亦知此老愤未平，万窍争号泄悲怒。

陆游早年写诗喜欢效仿杜诗，他对杜甫非常崇拜和欣赏，经过杜甫的祠堂，当然是要进去祭拜一番。这首诗写的就是当时的场景，开头四句写锦屏山的景色，虽然山色险峻，却风景秀美，高耸的亭榭楼阁，到处都能欣赏到锦屏山的美。诗人渡江之后到山上去，放眼眺望，城郭就像水墨画一样好看。

空堂供奉着杜甫之像，杜甫像风貌高古清俊，面对着嘉陵江水。古往今来多少人物已经消失殆尽，但是杜甫的风貌仍然留存在世。

陆游觉得自己和杜甫是一样的，都曾对未来感到迷茫和痛苦。杜甫不仅作品流传世间，而且他那忧国忧民的忠义精神更是令人敬畏，值得后人学习。杜甫在陆游心中的地位不一般，陆游的一生也受杜甫的影响不浅。

最后四句，写景寄情，语言激烈，从“雨如注”“愤未平”“泄悲怒”这些词可以看出来。夜晚回住宿的地方，遇上狂风暴雨，船只被吹得颠倒。这使杜甫心中愤恨不平，万谷呼号着就像在表达他内心的愤闷和悲恨。陆游常常以杜甫自比，此诗也不例外。

曲终人散

这一年十月，朝廷下了诏书，王炎即将调回临安，表面上仍手握军权，但实质上宋孝宗明显没有了抗战的热情，还否定了之前陆游所拟定的收复中原的计划《平原策》。

陆游对这点看得很透彻，王炎对收复失地已经做了很多准备工作，就只差最后的奋起，朝廷却在这个时候把他调回去，这就意味着原本的收复计划要搁置，甚至不知道要延迟到什么时候。

陆游得到消息后从外地赶回南郑途中，心中泛起阵阵忧愁，作诗《嘉川铺得檄遂行中夜次小柏》：

黄旗传檄趣归程，急服单装破夜行。
肃肃霜飞当十月，离离斗转欲三更。
酒消顿觉衣裘薄，驿近先看炬火迎。

渭水函关元不远，著鞭无日涕空横。

霜风的十月，诗人只觉分外凄凉。他骑着马挥着鞭子在寒冬里赶路，一边思虑着眼下的局势，冷风让他的头脑更加清醒。他想，或许除了王炎之外，曾推荐过他的虞允文可以继续进行收复中原的计划，毕竟朝廷正重用虞允文，他隐隐约约看到一丝希望。

当他从四川阆中回到汉中的时候，写下了一首《归次汉中境上》，分析眼前的山川地势和金人的军事实力，表露出他对光复国土的炽热之情。

云栈屏山阅月游，马蹄初喜踏梁州。
地连秦雍川原壮，水下荆扬日夜流。
遗虏孱孱宁远略，孤臣耿耿独私忧。
良时恐作他年恨，大散关头又一秋。

此前诗人曾去四川巡视了一个多月，途经许多地方，所见风光无数，沿途山势险峻，很多悬崖峭壁之地，经过那些前人搭建的栈道，到过屏山等许多崇山峻岭。这次回汉中，他怀着期待，你看连马蹄都是轻快地踏过梁州。

远行归来，看到和秦地相连的汉中平川，地势非常优越，平原辽阔，长江的水流经荆州和扬州。金人留下的兵力是孱

弱的，哪里还能实现远大的谋略呢？陆游觉得遗留的敌人势力脆弱，如果这时可以将他们一网打尽就好了。

尾联流露出诗人对收复失地计划再一次落空的悲叹。眼下是多么适宜抗战的时机啊，不牢牢把握，以后只会悔恨不已。大好时光就这么一年一年地消耗掉了。陆游觉得朝廷总是在浪费时间，收复计划再这么拖延下去，最后只能成为一场空梦。

陆游抵达南郑，看到曾经志士云集的幕府已经曲终人散，王炎即将回长安，同僚们都找到了去处，陆游自己也被改任为成都府安抚司参议官。天下无不散之筵席，峥嵘的时光居然这么匆匆地结束了。

有时候，还真是身不由己，来和去都不能自己做主。对于陆游这样有志而又爱国的人来说就更加无奈了，他既做不到完全脱离官场，又没法在朝廷里同流合污或者庸碌度日。所以他总是很矛盾，情绪变化很大，内心感情复杂。但其实，他又是个很简单的人，他不过是希望能够有机会去报效祖国，为祖国的统一做点贡献。

很可惜，他的理想和朝廷的统治者不一致，导致他做了几十年官都不被重用。

就因为这样，他才会自嘲般地感叹“平生无远谋，一饱百念已”吧！

此诗句出自《自兴元赴官成都》：

平生无远谋，一饱百念已。

造物戏饥之，聊遣行万里。

梁州在何处，飞蓬起孤垒。

凭高望杜陵，烟树略可指。

今朝忽梦破，跋马临漾水。

此生均是客，处处皆可死。

剑南亦何好，小憩聊尔尔。

舟车有通涂，吾行良未止。

这年十一月，陆游带着家眷前往成都，他又踏上了前路茫茫的旅途。半生奔走漂泊，这次诗人表现出一种稍稍消沉的态度。他本来看到胜利在望，当时在高兴亭还和同僚们一起喝酒，为即将到来的成功感到欢喜，却不曾想到如今还是落空了。朝廷的态度摇摇摆摆，君王无心抗战，沦陷区依然在敌人的手中，沦陷区的百姓依然生活在水深火热里。

当这辈子的梦想再次破灭时，诗人感到茫然。不过，诗人觉得调任成都只是暂时的，也许过不了多久，他就要回山阴去。

桐叶晨飘蛩夜语。旅思秋光，黯黯长安路。忽记横戈盘马处，散关清渭应如故。

江海轻舟今已具。一卷兵书，叹息无人付。早信此生终不遇，当年悔草长杨赋。

从南郑前往成都的路上，看着梧桐叶落，飘零冷清的早晨，他又一阵思绪万千。这首《蝶恋花》虽不十分婉约含蓄，但情感真挚细腻，由悲凉的秋景入手，上阙先写景再写实。秋风瑟瑟，旅人更加容易浮想联翩，通往长安的路上多么暗淡，流露出诗人对前途消极失望的态度。

诗人心中始终关心抗金前线的情况。大散关和渭水，曾是他“横戈盘马”的地方。不知如今的情况是怎样呢？忽然怀念起那段岁月，他立志恢复中原，与一群志同道合的忠士一起为实现统一的理想而奋斗的地方，不知是否会因为王炎的离开而被金人乘虚而入呢？直到离开的途中，诗人仍然关心着国事，而不是自己。

下阙回归到眼前，自身的前途非常迷茫。“江海轻舟今已具”这句来源于苏轼的《临江仙》：“小舟从此逝，江海寄余生。”当中含有想隐归江湖的意思。诗人感慨叹息，如今朝廷再也没有抗战的志士可以完成这个愿望，国途堪忧。

最后一句，诗人情绪激动。早知道这辈子会这么怀才不遇，报国无门，当初就不该步入仕途。此处用典，西汉时期，扬雄作《长杨赋》，得到成帝的赏识而进入仕途，可是一直到后来扬雄都没有被重用，在仕途上毫无进展。

收复长安的计划变成泡影之后，陆游也无可奈何，路终究是要走的，此生已经无法重来，但愿一切还有转机吧。

陆游满是失落之情，经过剑门关的时候，有诗一首——《剑门道中遇微雨》：

衣上征尘杂酒痕，远游无处不销魂。
此身合是诗人未？细雨骑驴入剑门。

当时南宋除了临安之外，最繁华的城市就是成都。从危险的前线调到大城市，虽然生活变得安逸，但是这并不是陆游的理想，他的心情有些许失落和忧虑。这首诗语调悠然，但每个字都透出丝丝忧伤。

一路走来，衣裳上早已沾满尘灰和酒渍，在外地工作巡视，所到之地都令人悲愁和哀伤，这使得诗人神情恍惚。这一生难道只能做一个诗人，就像现在这副样子于细雨中骑着驴子经过剑门吗？诗人心中苦闷，对自己的人生进行了一番自嘲。

试想一下，骑马进城和骑着驴子进城，是怎么一番不同的处境。陆游不甘心一生就做一个诗人，可是偏偏他在诗的世界里所取得的成就比在官场上的要伟大得多，他渴望戎马生涯，却无心插柳柳成荫，偏偏将自己活成一个伟大的诗人。

虽然他自嘲“细雨骑驴”，后人却给此诗非常高的评价，有人觉得此诗非常妙，看似漫不经心脱口而出，却颇有唐人风致。

诗人自嘲完自己，又作一首怀古诗《剑门城北回望剑关诸

峰青入云汉感蜀亡事慨然》：

自昔英雄有屈信，危机变化亦逡巡。
阴平穷寇非难御，如此江山坐付人。

自古以来英雄能屈能伸，胜败是兵家常事，改朝换代也许就在顷刻之间。诗人这里感怀的历史事件是三国末期魏国攻打蜀国，两国大军会于剑门，而魏国的另一只军队却从小道攻入成都，蜀军难以招架和抵御，大好江山就这么白白送给别人了。

诗人进入剑门关，想起这段史事，触景生情，怀古忧今。他担忧南宋会落得蜀国这样的下场，历史将会重演。

诗人和酒

乾道八年（公元1172年），冬。

陆游在成都的日子开始了。成都府安抚使参议官，听上去似乎是一个很响亮的官职，其实又是一个闲官。他终日沉迷于饮酒作诗，很多诗都是酣饮之后写下的。诗人和酒，是最完美的搭配。

他太需要借酒来一解心中的悲愁，可惜“借酒浇愁愁更愁”。在这无限的愁苦中，灵感涌现，产生了许多作品，比如酒醉之作《即事》：

渭水岐山不出兵，欲携琴剑锦官城。
醉来身外穷通小，老去人间毁誉轻。
扪虱雄豪空自许，屠龙工巧竟何成。
雅闻岷下多区芋，聊试寒炉玉糁羹。

此诗首联直指当时的局势，渭水和岐山是在沦陷区，诗句是说收复中原的计划得不到认可和实施，自己的才能也得不到重用，只能被分派到成都，心中实在无奈。酒醉后醒来，觉得无论是怀才不遇也好，仕途顺利也罢，终究年老色衰，人间的一切荣誉得失、成败理想都变得不再那么重要。

但，诗人真的不计较这些了吗？

他未必就这么看得开。

颈联用典两处，第一处“扪虱”，说的是永和十年（公元 354 年），东晋有一个叫王猛的人，一边扪虱一边谈论国家大事。第二处“屠龙”，说的是古代朱泙漫向支离益请教屠龙的方法，花了千金，却因为没有龙，而不能施展所学的技术。诗人感叹自己的半生就像王猛扪虱纵谈那样，没有任何用处，像朱泙漫那样，所学的才识无法得到施展。

尾联诗人的思想回到现实中来，在这无奈和苦闷之中，试着寄情于美食之中。佳肴和美酒，诗歌和词赋，还有那醉人的歌舞，成了他生活的主旋律。

又是一年的寒冬过去，料峭的春风吹得他有几分醉意，没有公务缠身，自由的心里不禁荒凉凄冷起来。诗人已经快五十岁，他将时光花费在酒肆歌院中，心中的苦闷和悲愁需要在这种烟花之地寻求出口。

那个时代，衙门有官伎，军中有营伎，民间也有伎女，这些女子的身份只是歌女，能歌善舞，在官吏聚会的时候演出助兴。而且大部分会作书画，懂得诗词歌赋，有一定的文化涵养。

陆游沉溺在歌院的莺歌燕舞中，常常喝得伶仃大醉，却兴致索然，心头总是有“东来此欢堕空虚，坐悲新霜点鬓须”的悲寂之感。

喝醉之后，头脑似乎更加清醒，诗歌更加豪放激昂，感情表现得更加淋漓尽致。

前年脍鲸东海上，白浪如山寄豪壮。
去年射虎南山秋，夜归急雪满貂裘。
今年摧颓最堪笑，华发苍颜羞自照。
谁知得酒尚能狂，脱帽向人时大叫。
逆胡未灭心未平，孤剑床头铿有声。
破驿梦回灯欲死，打窗风雨正三更。

这首《二月十七日夜醉中作》气势雄浑，悲怆沉痛。陆游在此诗中回顾了早年的生活。诗人早年间在福州泛海，此处捕鲸切食是虚写，海上那山一样高的白浪寄托了他所有的豪情壮志。接着诗人又提起不久前在南郑幕府工作，和幕僚们以及士兵一起打猎的事情，还记得夜归时大雪落满身上的大衣。诗人怀念已经消逝的岁月。此处让人不禁想起辛弃疾的“醉里挑灯看剑，梦回吹角连营。八百里分麾下炙，五十弦翻

塞外声”的豪情画面。

与当年相比，如今的自己无所作为，衰惫颓败，心情沮丧，满头白发，容颜衰老，连自己都嘲笑自己。诗人酒后露出狂态，竟然脱掉帽子，对着别人大呼小叫，情绪变得激昂悲愤。

“逆胡未灭心未平，孤剑床头铿有声”：这句是此诗的诗眼。消灭金兵的决心一直在心中没有动摇过，但是收复失地的计划已成泡影，心中抱负迟迟未能实现，实在不甘心，就连床头挂着的宝剑都铿然有声，发出不平之意。

在残破的客栈里，从梦中醒过来，灯光微弱得快要熄灭，正是三更时分，外面的风雨敲打着窗户。黑夜慢慢，风萧萧雨霖霖，残灯孤影，分外凄凉。

时光流逝，岁月无情，事到如今理想还是没能实现，这样的人生怎么能不让人痛苦万分、悲叹连连呢？

酒醉时，诗人的意识反而更加清醒。

羽箭雕弓，忆呼鹰古垒，截虎平川。吹笳暮归野帐，雪压青毡。淋漓醉墨，看龙蛇、飞落蛮笺。人误许、诗情将略，一时才气超然。

何事又作南来，看重阳药市，元夕灯山？花时万人乐处，欹帽垂鞭。闻歌感旧，尚时时、流涕尊前。君记取、封侯事在，功名不信由天。

《汉宫春》一词，写尽了陆游心中的那不断滋长的痛苦。抗金灭胡，统一中原的爱国愿望，就是他这一生的理想和目标，然而无论他怎么努力和渴望，爱国的热血和文韬武略，终究没有发挥之地，被朝廷投闲置散，怎叫他不无奈呢？

这首词上阙回忆，下阙写实。对陆游来说，在南郑幕府那短暂的军营生活是他这辈子最宝贵的时光，他在诗词作品中一遍遍地不厌其烦地提起当时的意气风发,那些“羽箭雕弓”“呼鹰截虎”的日子叫他此生都念念不忘。

当号角吹起，暮色四合，诗人回到营帐中，毛毡做的帐幕早已覆盖上皑皑的白雪。在营帐中痛快畅饮，淋漓酣畅的时候，提笔作诗写词，在纸上挥洒笔墨，字如龙蛇飞舞。从军的日子是那么丰富多彩。

陆游既会写诗作词，又会书法，还有军事谋略，真是才华出众。可如今又是什么原因让他来到这繁华的成都生活呢？是为了看重阳节的药市有多么兴盛？还是看元夕时人烟鼎盛的灯节呢？

到了春天，成都百花争齐放，海棠最为绚烂。民间举行花会，诗人去游赏，斜斜地戴着帽子，闲适地一路观赏。每当身处莺歌燕舞之境，便会不自觉地怀念过去从军的日子，一边喝酒一边想念着，总是泪流满面。请记住，抗战杀敌、报效祖国、建功立业的大事是要靠自己去奋斗的，不是由天命来安排的。

身处繁华市井之中，对着百花，听着歌舞，握着酒杯，良辰美景当前，却是心头万般愁绪，感伤国事，黯然落泪。他时常痛饮到醉酒，却众人皆醉我独醒。

看着纷纷扰扰的世事，半身飘摇，庸庸碌碌，心中怆然。但从这些时而激昂豪迈、时而悲壮沉重的字句中，我们可以看出陆游那坚定的意志，就像文学博士莫砺锋所说的："其他诗人在抗金复国的理想日趋渺茫时往往转为低沉消极，而陆游的爱国情怀却终生不渝。"

乾道九年（公元 1173 年），夏。

陆游收到代理嘉州通判的任务，于是便到嘉州就任。只是多了官衔，实质工作没有任何变化，还是闲官一个，于工作之外，他做了很多事情，比如为自己的诗歌编集成册，取名为《东楼集》，又作了序。又比如为唐代时的嘉州刺史岑参刻了岑参像，还刻了孟郊和欧阳询的遗像。

此外陆游还常常游览凌云山。嘉州是四川的名胜之地，最著名的凌云山，山顶上有大佛寺，尤为壮观。

心中的凄苦，需要生活的忙碌来伪装。陆游游山玩水，刻字编集，饮酒作诗，但始终未能消灭心头的苦。在多少个酒醉的日子，他悲愤无奈得不可自拔呢？

诗人有些烦躁，作诗《醉中感怀》：

早岁君王记姓名，只今憔悴客边城。

青衫犹是鹓行旧，白发新从剑外生。

古戍旌旗秋惨淡，高城刁斗夜分明。

壮心未许全消尽，醉听檀槽出塞声。

前两联有些牢骚。诗人早年为官，至今已十多年，遥想当年在临安城，宋孝宗亲自召见，赐进士出身。但如今呢，容颜早已衰老憔悴，一大把年纪，成了一个边城的客人。身上穿的还是朝廷中官职最底下的官服，从进剑门关的时候开始头发就变白了。诗人的意思是自从南郑幕府被遣散之后，抗金复国的计划被无限期搁置，他就忧愁得白发一下子都生了出来，既悲愤又无奈。

后两联写景抒怀。老旧的戍楼之上旗帜在秋风中黯然地飘扬着，夜晚刁斗声从高高的城楼传出来，显得格外分明。此处描写嘉州城楼，秋风凛然，夜色惨淡，但在这样的境况下，诗人的壮心却还没有消失殆尽。此处情感变化微妙，从凄冷之状，忽然激发出诗人内心的那种壮志不消的积极态度。

晚风凄凄，诗人陶醉地听着弦乐演奏出来的出塞曲，幻想着有一天能够回到前线战场去击鼓鸣笛，打一场漂漂亮亮的胜战，将金人赶出国土，收复祖国山河。

诗人的壮心，再一次淋漓尽致地体现出来。

代理嘉州通判的时候，虽然很闲，但工作也是有的。这年八月二十二日，陆游主持了一次规模还算庞大的秋操检阅。

《八月二十二日嘉州大阅》就是记录当时的情况和感想。

陌上弓刀拥寓公，水边旌旆卷秋风。
书生又试戎衣窄，山郡新添画角雄。
早事枢庭虚画策，晚游幕府愧无功。
草间鼠辈何劳磔，要挽天河洗洛嵩。

“弓刀”“旌旆”“戎衣”这些词语都表现出一幅整齐划一的威武场面，诗人对主持这次大阅兵十分自豪。

在这种场景之下，诗人想起当年在临安的时候向朝廷提出抗金的良策，却被忽视和反对，到了任职于南郑幕府投身军旅的时候，又没有建功立业，想想就感到惭愧和悲哀。

只是逮捕那些小偷小贼有什么意思，要做的事情应该是到战场去冲锋陷阵，抗金杀敌才对。

嘉州大阅过后，次月中旬，陆游听到消息说敌人内乱。之前和王炎一起合作时，他们曾制订过的收复长安的计划中，有想利用敌人内乱来趁机出兵收复沦陷区。虽然不知道朝廷是否会改变主意趁着这个时机出兵，但这个消息还是使陆游非常高兴，高兴得连做梦都梦见收复失地，统一国土成功了，怀着激动和振奋的心情作诗《九月十六日夜梦驻军河外，遣使招降诸城，觉而有作》：

杀气昏昏横塞上，东并黄河开玉帐。
昼飞羽檄下列城，夜脱貂裘抚降将。
将军枥上汗血马，猛士腰间虎文韔。
阶前白刃明如霜，门外长戟森相向。
朔风卷地吹急雪，转盼玉花深一丈。
谁言铁衣冷彻骨，感义怀恩如挟纩。
腥臊窟穴一洗空，太行北岳元无恙。
更呼斗酒作长歌，要遣天山健儿唱。

这首诗写得慷慨激荡，有气吞山河之势。

诗人梦到，将士们杀气昏昏地横亘在边塞上，倚着黄河边在东方扎下营帐。白天用快马传来的要件文书里说很多城池已经攻下了。将军的马槽拴着汗血马，猛士的腰间别着画着虎头的弓套。士兵们手持明如霜的刀和长戟守着营门。狂风夹着急雪，转眼间地上已经积满一丈深的雪花。谁说身上的盔甲戎装冰冷彻骨，满怀感动和情义就仿佛怀里夹着丝绵一样温暖炽热。之前被金兵占据的地方，敌人被彻底扫空，太行和北岳两座山依旧矗立着没有变化。全国的沦陷区都一一收复，国土实现了统一，陆游的心情激动，于是再叫人把好酒取出来畅饮一番，要所有人一起庆祝这个胜利的消息。

这个梦，是陆游内心理想的缩影，对他来说是多么美好澎湃，却不知何时才能实现呢？

梦醒来，陆游又作一首《闻虏乱有感》：

前年从军南山南，夜出驰猎常半酣。
玄熊苍兕积如阜，赤手曳虎毛毵毵。
有时登高望鄠杜，悲歌仰天泪如雨。
头颅自揣已可知，一死犹思报明主。
近闻索虏自相残，秋风抚剑泪汍澜，
洛阳八陵那忍说，玉座尘昏松柏寒。
儒冠忽忽垂五十，急装何由穿袴褶？
羞为老骥伏枥悲，宁作枯鱼过河泣。

这首诗从开头的豪情壮志，一直写到最后的悲怆愤然，咏史感怀，抑扬顿挫。

早年从军经过南山之南，夜晚常常喝到半醉然后出去狩猎。遇到的黑熊和犀牛的体形像一座小山那样大，曾与凶猛的老虎搏斗。有时候站在高处远远望去，看到沦陷的鄠杜一带，不禁仰天长叹，泪如雨下。自己已经年纪衰老了，如果可以，真想一死报国。

最近听说金人内乱，互相残杀，高兴得一边流泪一边在潇潇的秋风之中抚摸着手中的宝剑。真应该到先祖的陵墓面前去诉说这个消息。自己已经半百了，怎样还能够穿上盔甲戎衣到前线去作战呢？我没有资格配得上老骥伏枥，志在千里这种豪情，我宁可做过河的枯鱼去杀敌，以死报国。

陆游的爱国情怀，已经达到以死相报的地步。日日夜夜，所念之事，很少有关于个人荣辱的。陆游其实是一个很单纯的人。已经到了半百的年纪，换作一般人，有一官半职，悠闲度日，是一件多么求之不得的事情。

然而，陆游的灵魂是属于军队和战场的。他一生有着武将才有的豪情壮志，却只能过着拿笔写诗的闲官生活。如果他一生以写诗为理想，以成为一个名留青史的浪漫主义文学家为目标，那么他早就站在了属于他的人生巅峰。可惜，这个世界没有“如果”。

理想是挥宝剑，洒热血；现实是握毛笔，醉吟诗。

金国内乱的消息传来，多么令人振奋，他认为朝廷应当抓住这次机会出兵北伐，可是自己能做的也只有静静地期盼以及自我安慰。

幽人枕宝剑，殷殷夜有声。
人言剑化龙，直恐兴风霆。
不然愤狂虏，慨然思遐征。
取酒起酹剑：至宝当潜形；
岂无知君者，时来自施行；
一匣有余地，胡为鸣不平？

在这首《宝剑吟》中，诗人将自己比喻成宝剑，希望成为对国家有作为的人。

诗人劝慰自己，时机一到，自然还有施展抱负的机会。诗中表露出的态度是积极的，但心情却是沉重的，因为这个机会可能这辈子也无法等到。

就算理想实现不了，也还是可以心存希望的。行到水穷处，坐看云起时，也许继续走下去，会柳暗花明呢。

陆游无奈之中，仍然不断地回忆过往在南郑的日子。他清晰地记得大散关之战，险些叫他丢了性命。死，他是不怕的，怕是怕到死那天，也不能实现国家统一的愿望，怕是怕自己的死轻于鸿毛。

有时，他打开大散关的作战地图，经常看得入了神。

上马击狂胡，下马草军书。
二十抱此志，五十犹癯儒。
大散陈仓间，山川郁盘纡。
劲气钟义士，可与共壮图。
坡陁咸阳城，秦汉之故都。
王气浮夕霭，宫室生春芜。
安得从王师，汛扫迎皇舆？
黄河与函谷，四海通舟车。
士马发燕赵，布帛来青徐。

先当营七庙，次第画九衢。
偏师缚可汗，倾都观受俘。
上寿大安宫，复如正观初。
丈夫毕此愿，死与蝼蚁殊。
志大浩无期，醉胆空满躯。

陆游在这首《观大散关图有感》中写实寄情，现实和幻想交织着，借看作战地图来寄托自己对收复国土、统一中原的强烈愿望。

骑着马去抗击猖狂的金人，下马回到营中草拟作战计划。二十岁就已经有这样的抱负，可是到了五十岁还是瘦弱的书生。大散关和陈仓有壮丽的山河，山川之间郁郁葱葱，盘曲迂回。刚毅的气息凝聚在忠义的人身上，可以和他们一同去实现宏图伟略。

地势不平坦的咸阳城，秦汉的故都曾经就在这个地方。秦汉的故都如今被金人占领了，傍晚的雾气中，飘浮着曾经的帝王之气。宫殿到处都长满了杂草，一片荒凉。怎样才能跟随王师北伐出征，洒水扫路，准备好迎接君王回到这里呢？

黄河与函谷关一带，四通八达，车马来去无阻。士兵和马匹都是从燕赵之地征来的，布匹和丝绸是来自青州的。首先应该建好七座祖庙，之后再修筑四通八达的马路。派一支部队去抓下金国君王，所有人都出来围观这个俘虏。在大安宫向皇帝敬酒庆祝，恢复到唐太宗的贞观之治时的繁盛场景。大丈

夫如果这辈子可以实现这个愿望，就算死了也和蝼蚁不一样。胸怀大志但要实现却渺茫没有机会，酒后浑身是胆，却没有用武之地，一切只不过是空谈罢了！

一幅大散关的作战图，让诗人浮想联翩。陆游借用文武双全的傅永来自我比拟，表达出自己迫切想要抱国的热情。无论是文还是武，他都有才能。但他不甘心做一个文官。

从二十岁到五十岁这段时间，正是人生当中最宝贵的三十年，而诗人却用这三十年，来做一个没有结果的梦。

他想要恢复国家的山河，虽然曾经积极地奔走，寻求施展谋略和才干的机会，到头来还是要以失望收场。

三十年过去了，自己居然还只是一个瘦弱书生，沦落到如今只能纸上谈兵。

这首诗的后半段，陆游对收复河山之后那种繁盛欢乐的场景进行了联想，字句张扬洒脱，刚劲有力。倾都观受俘，多么大快人心。从皇室宫殿到民间的街道马路，都进行了一番畅想。但是这美好的愿望，却随着诗人情绪的变化而消失殆尽。

陆游写爱国诗，总是先带给人希望，然后用悲愁沉重或者无奈叹息的感伤来结尾，也总离不开现实和理想的纠缠。这首诗，就像一场美好的梦，一醒就破碎了。

他虽然身闲，但脑袋里的思想一点儿都不闲，除了看作战地势图，夜里也常常读岑嘉州诗集。对于曾经担任过嘉州刺史的唐代诗人岑参，陆游非常敬仰，作诗《夜读岑嘉州诗集》：

汉嘉山水邦，岑公昔所寓。
公诗信豪伟，笔力追李杜。
常想从军时，气无玉关路。
至今蠹简传，多昔横槊赋。
零落财百篇，崔嵬多杰句。
工夫刮造化，音节配韶頀。
我后四百年，清梦奉巾屦。
晚途有奇事，随牒得补处。
群胡自鱼肉，明主方北顾。
诵公天山篇，流涕思一遇。

嘉州是有山有水的好地方，也是岑参居住的地方。岑参的诗歌确实豪放宏伟，其文笔追得上李白和杜甫。岑参是盛唐时期边塞诗派的代表人物，他的经历和陆游颇为相似。

陆游出生在岑参的四百年后，做梦都想侍奉在他的左右，可见陆游非常崇拜岑参。

如今听说金人内乱，自相残杀，如果宋孝宗真的有心出兵北伐，陆游希望有机会像岑参一样随军出征北伐，了却此生的愿望。

从这首诗可以看出，虽然陆游早年学李白学杜甫，对他们很敬佩，但是在他心目中，岑参似乎更高一层。虽然在唐代的诗人中，岑参没有李白和杜甫那样高的历史地位，可是他

的才华毫不逊色于李杜。

陆游每次读岑参的诗集，都非常有感触，能在当中找到共鸣之处。这首诗侧面反应了陆游的人生观和价值观。他的思想感情是雄伟壮大的，但他的诗总给人一种空虚和无奈之感。

陆游在嘉州的日子一天天过去，时间仿佛流逝得很慢，慢到他有足够多的时间来回忆逝去的岁月，幻想祖国统一后的盛景，在诗歌中寻找感情的归宿以及寄托那一腔热诚的爱国情怀。虽远在嘉州，没有在前线，也没有在朝廷中央，可是他对宋金两国之间的局势关注得非常密切。他曾这样写到：

黄金错刀白玉装，夜穿窗扉出光芒。
丈夫五十功未立，提刀独立顾八荒。
京华结交尽奇士，意气相期共生死。
千年史册耻无名，一片丹心报天子。
尔来从军天汉滨，南山晓雪玉嶙峋。
鸣呼！楚虽三户能亡秦，岂有堂堂中国空无人！

这首《金错刀行》气势如虹，激昂澎湃，诗人托物寄兴，从物及人，结构非常严谨，却又像是随口而吟，浑然天成，可见诗人的功力非常深厚。

刀身用黄金镀饰，镶嵌着白玉，夜间的时候，刀身散发出耀眼的光芒，穿出窗户。大丈夫到了五十岁还没有任何功绩，提着刀看着四处荒远的地方，祈求着可以锋芒一露。诗人手中有宝刀，却无用武之地。

陆游在京城结交的都是一班忠义志士，意气风发，志气相投，可以共同经历生死，一起去实现远大抱负。千年流传的史册之上没有他的名字，他感到很羞愧，他的赤诚之心，此生就只想着效忠朝廷，报效祖国。近日来我到汉水边从军，每天都能看到重峦叠嶂、山势嶙峋的终南山。啊！楚国虽然已经被秦国歼灭了，还剩下三户人家，但总有一天可以消灭敌人，光复祖国的。

此诗前半段描写金刀和诗人的境况，后半段流露出诗人光复国家的决心。“千年史册耻无名，一片丹心报天子”是此诗的诗眼。

陆游知道，和他一样有这样抱负的人在朝廷中是不少的，他在临安的时候就结交了很多。只要这些志士都团结起来，众志成城，就一定有办法实现抗金复国的理想。

孟子说：“富贵不能淫，贫贱不能移，威武不能屈，此之谓大丈夫。”陆游一生都想做这样的大丈夫，可是他感叹，“五十功未立”，对自己的前途感到深深的惋惜。

最后的“呜呼”一词，诗人的情绪更是达到了高潮，前面才悲叹完，最后一句却激昂起来，一表决心。

决心总是有的，可是报国无门才是最讽刺和最悲哀的。诗人有时候也会幻想有个英雄出来，替南宋收复失地，统一国

土，完成未能做的事情。

须如蝟毛磔，面如紫石棱。
丈夫出门无万里，风云之会立可乘。
追奔露宿青海月，夺城夜蹋黄河冰。
铁衣度碛雨飒飒，战鼓上陇雷凭凭。
三更穷虏送降款，天明积甲如丘陵。
中华初识汗血马，东夷再贡霜毛鹰。
群阴伏，太阳升。胡无人，宋中兴。
丈夫报主有如此，笑人白首篷窗灯。

这首《胡无人》诗人用双关的手法，意指金国的灭亡。在他的诗句里，创造出一个英雄人物的形象，来消灭敌人，完成国土统一的事业。

这个英雄“须如蝟毛磔，面如紫石棱”，他出门就算是万里也不觉得远，这是难得的机会。连夜追击的敌人到了青海，夜晚踏着黄河的破冰夺城。

风雨飒飒地吹着身上的铁甲戎装，敲响战鼓，发出强劲的声音。三更的时候收到敌人送来的投降文书，第二天天亮的时候士兵们脱下的护身衣堆积如山。

中华有汗血马，东夷又进贡了白鹰。各方敌人埋伏，太阳升起，金人灭亡，宋朝复兴。大丈夫应该报效祖国，可笑的是诗人只能在这寒窗孤灯之下衰老死去！

陆游一生都想做这样的大丈夫，可惜啊，年岁已老，却仍然没有用武之地。

李白也曾写过一篇《胡无人》，但李白描写的是真实发生的战争事件和场面，而陆游的这首诗不过是对理想的一种叙述，以此来寄托自己的情感。

陆游的宫怨词也写得精妙绝伦。前人多用宫怨诗词来寄托自己的苦闷和牢骚。但爱国的陆游当然是用来表现自己对国家那份矢志不渝的忠诚。

他在《长信宫词》里这样写道：

忆年十七兮初入未央，获侍步辇兮恭承宠光。地寒祚薄兮自贻不祥，谗言乘之兮罪衅日彰。祸来嵯峨兮势如坏墙，当伏重诛兮鼎耳剑铓。长信虽远兮匪弃路旁，岁给絮帛兮月赐稻粱。君举玉食兮犀箸谁尝？君御朝衣兮谁进熏香？婕好才人兮俪其分行，千秋万岁兮永奉君王。妾虽益衰兮尚供蚕桑，愿置茧馆兮组织玄黄。欲诉不得兮仰呼苍苍，佩服忠贞兮之死敢忘！

这首词是关于西汉女作家班婕妤的，她是汉成帝的嫔妃。陆游用班婕妤的故事暗喻自己的爱国之情。

陆游的词一向不亚于他的诗。在嘉州的日子，他也常常

写词。

从成都到嘉州的途中，他曾遇见一位隐士，名曰师伯浑，二人志趣相投，在思想上有共同语言。他给师伯浑写过一首词，叫《夜游宫》：

雪晓清笳乱起，梦游处、不知何地。铁骑无声望似水。想关河，雁门西，青海际。

睡觉寒灯里，漏声断、月斜窗纸。自许封侯在万里。有谁知，鬓虽残，心未死！

他和师伯浑有诗词来往，这首词是记梦抒情的，婉约中不失豪迈壮志。

上阙写梦境。雪花纷飞的清晨，响起了清幽的笳声，梦里所到的地方，不知道是哪里。身穿铠甲的骑兵无声地前进，远远看过去像河水一样往前流去。那应该是关塞的河口吧，雁门关西边和青海的边际。

一觉醒来，寒灯孤冷地照着，外面的雨声不断地打落在窗户上，月光斜斜地洒落在窗纸上。诗人自信能够像班超那样在万里的沙场封侯。但有谁知道，虽然容颜衰老，鬓发花白，可诗人的报国之心仍然未死啊！

一心报国，就连在梦里也没忘记沦陷的国土。国事对他来说，真是魂牵梦萦！

在嘉州代理事务的这段时间，陆游的诗大都体现爱国情怀，表达内心苦闷，也有一些轻松闲适的，比如他写的《乌夜啼》：

檐角楠阴转日，楼前荔子吹花。鹧鸪声里霜天晚，叠鼓已催衙。

乡梦时来枕上，京书不到天涯。邦人讼少文移省，闲院自煎茶。

这首词给人一种自然舒服的感觉。嘉州的荔枝树开花了，鹧鸪在傍晚叫着。又做了一个冗长的梦，梦里还是金戈铁马，征战沙场，故土光复的画面。醒来却只能悠闲地坐在院子里煮茶，一切都没有任何变化。

这样闲适的日子，也许只有作诗写词，可以排遣心中那些挥之不去的苍凉。

《独坐》是这样写的：

巾帽欹倾短发稀，青灯照影夜相依。
穷边草木春迟到，故国湖山梦自归。
茶鼎松风吹谡谡，香奁云缕散馡馡。
羸骖敢复和銮望，只愿连山苜蓿肥。

诗人年纪大了，头发白了、稀疏了，青灯照影，内心是孤

独的。他日日盼着国土统一，夜夜梦着自己去前线消灭敌人。可是醒来，现实中，仍旧是一片荒芜，不禁茫然惆怅。

远在临安城里的朝廷，皇位之上还是坐着宋孝宗，但年号已经改为淳熙年。

淳熙元年（公元1174年），春。

陆游接到消息，代理嘉州通判的工作结束，返回蜀州，继续担任蜀州通判。

春光明媚的二月，陆游回到蜀州。等到天气稍稍热起来，他和朋友一起去游览化成院。化成院在郊外的山谷深处，游览结束回到城里，作有一首《化成院》，记录所发生的事情。

翠围至化成，七里几千盘。
肩舆掀汙淖，叹息行路难。
缘坡忽入谷，蜒蜿苍龙蟠。
孤塔插空起，双柟当夏寒。
飞屐到上方，渐觉所见宽。
前山横一几，稻陂白漫漫。
肥僧大腰腹，呀喘趋迎官。
走疾不得语，坐定汗未干。
高人遗世事，跏趺穴蒲团；
作此望尘态，岂如返巾冠！
日落闻鹿鸣，感我平生欢。

客游殊未已，芳岁行当阑。

这首五言诗风格幽默生动，画面丰富有趣。前几句描写化成院的地理位置和景色。化成院坐落在深山幽谷之中，所经过的道路蜿蜒曲折，院中有一座宝塔，在很远的地方就能够望得见。

陆游到达院前，看到一个体形肥胖的住持来迎接他，这个和尚跑得太急，气喘吁吁，以至于他到坐下之后汗还在不断地流着。陆游觉得非常有趣。

这年二月，曾经举荐过他的虞允文病逝。南宋朝廷又少了一个可靠的将相。

而在蜀州任职的陆游依然很闲，除了处理公事，闲暇的时间太充沛了。人一闲下来，就容易伤春悲秋。

一鸦飞鸣窗已白，推枕欲起先叹息。
翠华东巡五十年，赤县神州满戎狄。
主忧臣辱古所云，世间有粟吾得食？
少年论兵实狂妄，谏官劾奏当窜殛。
不为孤囚死岭海，君恩如天岂终极？
容身有禄愧满颜，灭贼无期泪横臆。
未闻含桃荐宗庙，至今铜驼没荆棘。
幽并从古多烈士，悒悒可令长失职？

王师入秦驻一月，传檄足定河南北。

安得扬鞭出散关，下令一变旌旗色！

这首《晓叹》追忆往事，寄托希望。在清闲的日子里，听到乌鸦飞过的声音，一推开窗户，外面已经是早晨了，离开枕头准备起床，一早起来想到国事就忍不住先叹息。

距离当年高宗南渡，至今已经有五十年了，然而国土还未收复。

古人云，君王忧愁，是因为臣子没有尽责把事情做好，身为臣子，没有做好，怎么吃得下饭呢！

年轻的时候，主张抗金，却遭到其他人的弹劾，被罢官流放回故乡。但没有孤独地死在岭南，这是皇恩浩荡啊。

有容身之地，有俸禄，但是诗人感到非常惭愧，一想到驱逐金人，收复国土是一件遥遥无期的事情，陆游就老泪纵横。

没有听说用樱桃来祭奠祖先的先例，到如今宫门外的铜驼还被埋在荆棘之中。

从古到今幽州和并州就有很多忠烈志士，怎能让他们因为长期没有作为而感到忧愁呢？如果朝廷出兵北伐，派军队到长安一带，不出一个月，发出告文，就能收复黄河南北一带了。

怎能骑马挥鞭离开大散关，传令下去改变旌旗的颜色！

陆游对于南宋被金人侵略的这五十年，感到非常愤闷和忧虑。他在诗中说了，就算自己被弹劾了也无所谓，他真正关

心的是，朝廷能否快点下定决心，处理收复国土的事情。君王已经懦弱了许多年，不能再这样逃避下去。他期盼着，早日能够实现祖国统一。

这种感叹，在酒后，更加激烈和沉重。

镜虽明，不能使丑者妍；
酒虽美，不能使悲者乐。
男子之生桑弧蓬矢射四方；古人所怀何磊落！
我欲北临黄河观禹功，犬羊腥膻尘漠漠；
又欲南适苍梧吊虞舜，九疑难寻眇联络。
惟有一片心，可受生死托。
千金轻掷重意气，百舍孤征赴然诺。
或携短剑隐红尘，亦入名山烧大药。
儿女何足顾，岁月不贷人。
黑貂十年弊，白发一朝新。
半酣耿耿不自得，清啸长歌裂金石。
曲终四座惨悲风，人人掩泪无人色。

这首《对酒叹》的情感基调是沉郁悲痛的，诗人采用不对称的句式，使全诗更加洒脱和浑然。

镜子虽然明净，但是它不能让相貌丑陋的人变漂亮；酒虽然好喝，但是它不能让悲伤的人变得快乐起来。

古代有一种说法，生男孩的话，用桑木为弓，蓬梗为箭，意在鼓励男孩志在四方，古人的胸怀多么磊落坦荡！

诗人想到东边靠近黄河的地方去看看龙门，那里曾是大禹治水立功的地方，但如今却全是金人的气息，腥膻难闻，尘土飞扬。

诗人又想到南边的苍梧山，去凭吊虞舜，但是进去的山路连绵渺茫，非常难找。

诗人有一片丹心，可以来托付大事，对千金看得很轻，对意气却看得很重，这百里路许诺会独自行走。

如果没有报效国家的机会，诗人可能会带着短剑归隐到尘世间去，或者到深山去研究丹药。

孩子们都长大了，真是岁月不饶人。

黑色的裘衣穿了十年，已经非常破旧，但是头发却一夜之间就能变白。

半夜心里不痛快，喝酒喝到半醉，忧心忡忡的样子，清嗓子悲歌一曲，感天动地。

一曲唱完，周围像是刮起了凄凉的风，所有人都捂着脸，面色苍白地哭了。

陆游想和那些有作为的古人一样，为国家做一番事业，但是事到如今都没能实现，只能借酒浇愁，一而再再而三地叹息。但是正如他自己所说的，“酒虽美，不能使悲者乐”。

岁月不饶人，但心中的理想未被磨灭，蜀州炎热的夏季，

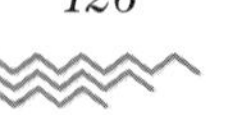

使他想起南郑的清爽宜人，心中又燃起一股积极的火苗，执笔写下一首《蒸暑思梁州述怀》，表达渴望回到南郑的心情。

宣和之末予始生，遭乱不及游司并。
从军梁州亦少慰，土脉深厚泉流清。
季秋岭谷浩积雪，二月草木初抽萌。
夏中高凉最可喜，不省举手驱蚊虻。
藏冰一出卖满市，玉璞堆积寒峥嵘。
柳阴夜卧千驷马，沙上露宿连营兵。
胡笳吹堕漾水月，烽燧传到山南城。
最思出甲戍秦陇，戈戟彻夜相摩声。
两年剑南走尘土，肺热烦促无时平。
荒池昏夜蛙阁合，食案白日蝇营营。
何时王师自天下，雷雨澒洞收欃枪。
老生衰病畏暑湿，思卜鄠杜开紫荆。

在暑热闷燥的夏末，回忆起前半生的经历，诗人感到壮志难申，一次次地失望，但又一次次地不死心。

诗人生于宣和末年，刚好国家遭遇动乱。

在梁州从军感到一些安慰，这里土壤深厚，泉水清澈。

寒冬的时候山谷里还积着厚厚的雪，到了二月草木已经开始发芽了。

夏天快过去，而天气刚刚转凉的时候，是最开心的，因为

不用忙着费力去驱逐蚊子。

炎热的时候冰镇的东西一摆到集市上就被抢光了，只剩下玉璞没人买，堆积到冬天便是它们受欢迎的时候。

在柳树下阴凉的地方躺下，旁边有千万匹战马，几支部队的士兵在沙场上扎营露宿。

金人的笳笛声在月夜下飘荡，烽火传到了山南城里。

诗人最想做的事情就是穿上盔甲到前线去加入战争。

离开南郑之后进入剑门关的两年里，诗人在四川这一带奔走着，心里感到烦躁，没有平静过。

夜晚荒凉的池塘边青蛙呱呱叫着，白天饭桌前总是很多苍蝇飞来飞去。

什么时候朝廷才能派北伐的军队去收复国土呢？

诗人已经衰老多病又怕暑热的湿气，日夜想着南郑和鄠杜的日子。

燥热烦闷的夏季走到尾声，院子里吹起一阵早秋的风，陆游夜卧在床上，想及国事，在脑海里构想出一部狂想曲。

人言悲秋难为情，我喜枕上闻秋声。
快鹰下鞲爪觜健，壮士抚剑精神生。
我亦奋迅起衰病，唾手便有擒胡兴。
弦开雁落诗亦成，笔力未饶弓力劲。
五原草枯苜蓿空，青海萧萧风卷蓬。

草罢捷书重上马，却从銮驾下辽东。

这首《秋声》与欧阳修的《秋声赋》同样是用秋声来着笔。

《秋声赋》里面说：“其为声也，凄凄切切，呼号愤发。”勾勒出一幅山川潇潇、草木枯萎、万物凋零的凄冷秋色图。

人们说秋天总是让人心感悲伤难以忍受，诗人却心情愉快地在床上听着秋天的萧杀声。雄鹰离开猎人的臂套去空中抓猎物，壮士摸着剑时，心中的抱负和理想就更加明确。

诗人心情振奋、精神充沛，病已经康复，可以下床了。就算叫他去驱逐金人也是非常容易就能做到的，就像拉开弓射出箭把大雁射落下来，就像作诗那样简单。下笔如有神助，功力不亚于拉弓射箭的劲头。

五原县草木枯萎一片荒凉，青海湖边潇潇，风把蓬草卷得翻飞起来。写完了捷报，重新骑到马背上，跟着皇帝的车马直捣金人的老巢。

从这首诗可以看出诗人的心情激动愉悦，精神十分振奋，他想象着朝廷派兵北伐，一路杀去金人的营地，将他们一举歼灭，最后南宋取得了全面性的胜利，收复了所有沦陷的国土。

诗人心情一时振奋，拿出长安地图来细细观看一番，他在《观长安城图》里写道：

许国虽坚鬓已斑，山南经岁望南山。
横戈上马嗟心在，穿堑环城笑虏孱。
日暮风烟传陇上，秋高刁斗落云间。
三秦父老应惆怅，不见王师出散关。

诗人那许身报国的心仍然非常坚定，但鬓发已白，身体衰老。身处山南却总是望着终南山，那里就是长安。诗人希望拿着武器骑在马背上去沙场征战，可叹仍然有雄心壮志。金人围绕着长安挖掘了几条护城的壕沟，诗人不禁失笑，觉得他们太孱弱了。

日落暮色时平安的烽火从陇上传来，天高气爽的秋季，巡夜的刁斗响彻边际，直入云霄。关中的父老应该感到非常失望吧，没能看到我朝的军队冲出大散关。

看着长安地图，想到如今朝廷还在苟且偷安，还不趁着机会出兵，他感叹：难道真的要这么错失良机吗？他雄心犹在，可叹的是只能在后方做着闲官。他和那些有着同样抱负的父老一样惆怅。

陆游在任蜀州通判期间，有几次到成都去，曾欣赏过北宋著名画家李公麟的《五马图》。李公麟是北宋时期著名的名士，他画工了得，“犹如群龙之首”，他的白描画工是当世第一的，后世人争相模仿其绘画风格和技巧。他擅长描绘人物、鞍马、史实、山水鸟兽等等。

李公麟和王安石、黄庭坚、苏轼都有深交，和陆游也有些渊源，当年是陆游的祖父陆佃向朝廷举荐他的。

陆游观赏《五马图》的时候，心情是这样的：

国家一从失西陲，年年买马西南夷。
瘴乡所产非权奇，边头岁入几番皮。
崔嵬瘦骨带火印，离立欲不禁风吹。
圉人太仆空列位，龙媒汗血来何时？
李公太平官京师，立仗惯见渥洼姿。
断缣岁久墨色暗，逸气尚若不可羁。
赏奇好古自一癖，感事忧国空余悲。
呜呼，安得毛骨若此三千疋，衔枚夜度桑干碛！

李公麟晚年归隐于龙眠山，所以也叫龙眠居士。

陆游用这首《龙眠画马》来抒发心中渴望报国的热切情怀。

自从西部地区沦陷之后，国家就丧失了出产良马之地，每年只能从西南地区的少数民族那里进口。

西南地区空气不好，瘴气严重，人畜容易生病，所以产出的马匹都不优良。边境的地方进贡过来的马匹每一只都瘦得皮包骨一样。瘦骨嶙峋的马匹身上都带着用火烙下的印记。离群孤立的时候，一副弱不禁风的样子。

国家既然没有好的马匹出产，那么管理这个事情的官员就

是白白地占据了官位。什么时候才能有像龙媒汗血这样的千里马啊？龙眠居士李公麟太平时期在朝廷做官，经常能看到京城里面雄姿勃勃的骏马。适合用来作画的细绢日子放久了墨色会变得暗沉，但是豪迈之气经历了这么久却不减当年。

啊，什么时候我朝才能有汗血宝马三千匹呢，战士们就可以骑着宝马将敌人消灭。

陆游从龙眠居士的画中看到以前的马匹都是非常精壮的，和如今的一对比，有着非常明显的差异。不单是马比不过，就连如今国家的情况也比不过太平时期的繁荣昌盛。

陆游几次往返于蜀州和成都，深秋的时候，他在成都，住于古寺多福院，作有一首《长歌行》：

人生不作安期生，醉入东海骑长鲸。
犹当出作李西平，手枭逆贼清旧京。
金印煌煌未入手，白发种种来无情。
成都古寺卧秋晚，落日偏傍僧窗明。
岂其马上破贼手，哦诗长作寒螀鸣？
兴来买尽市桥酒，大车磊落堆长瓶。
哀丝豪竹助剧饮，如巨野受黄河倾。
平时一滴不入口，意气顿使千人惊。
国仇未报壮士老，匣中宝剑夜有声。

何当凯还宴将士，三更雪压飞狐城？

这首七言古体诗是陆游的代表作之一。在陆游的爱国诗词当中，此诗非常经典，风格豪放雄浑，沉郁顿挫，韵味饱满醇厚，意境沉绵。

诗人这一生不愿做像安期生那样的仙人，在东海喝着酒骑鲸仙游。他愿意做李西平那样的人，亲手杀掉叛乱的敌人，收复京城。这表明他这一辈子自己愿意做个有作为的人，而不是终日饮酒闲游。

没有得到明亮的黄金印，却已满头白发，岁月是多么无情。

时间匆匆，还没来得及建功立业就已经衰老了。

冷风瑟瑟的秋夜，在成都的古寺院里躺着，落日正映照在僧人房间的窗户上。难道让一个骁勇善战的骑士，像诗人这样在古院里吟诗写词，一辈子都像寒蝉一样悲鸣吗？

诗人觉得自己应该成为一个真正的战士，而不是只能握着笔写诗的衰弱书生。

兴致一来，诗人到石牛门的集市上将酒全部买下来，大车上杂乱地堆满了酒瓶。悲壮的歌声，使他饮酒饮得更加痛快酣畅，就好像黄河的水倾注到锯野之中。他平时是滴酒不沾的，今天却一番豪饮，使所有人都吃了一惊。此处诗人的描写略微夸张，平时他是经常喝酒的。

国仇还没报，壮士就已经衰老了。剑匣中的宝剑每夜都发出悲鸣。此处不免让人联想到诗人此前所作的《宝剑吟》中

的“一匣有余地，胡为鸣不平”，以及《三月十七日夜醉中作》中的“逆胡未灭心未平，孤剑床头铿有声”，都是借宝剑来表达诗人心中的不平之鸣。

什么时候才能在飞狐城的雪夜里，设宴迎接胜利归来的战士们呢？

这样的愿望常年盘踞在诗人心中，但是愿望也只能是愿望，现实仍旧是残酷的。自己如今的处境，就像《醉书》里说的那样，真的有些讽刺和可笑。

似闲有俸钱，似仕无簿书。
似长免事任，似属非走趋。
病能加餐饭，老与酒不疏，
婆娑东湖上，幽旷足自娱。
时时唤客醉，小阁临红蕖，
钓鱼斫银丝，擘荔见玉肤。
檀槽列四十，遗声传故都。
岂惟豪两川，自足夸东吴。
但恨诗不进，榛荒失耘锄；
何当扫纤艳，杰作追黄初。

陆游很是矛盾：自己好像不是官，但又有俸禄收入；是官却又没有什么权力地位，终日无所事事，清闲无聊，但又不能不尽责地做州官。生病的时候有倚靠，衰老了离不开酒。经常到野外去游览，生活很闲适，茫然得有些不知所措。

这一年陆游虽然公职清闲，但是他做的事情不少，除了每日的感伤叹息之外，他在蜀州游览了不少地方，深入考察风土民情。

临安城方面，王炎早就失去势力，这年春天，郑闻以资政殿大学士出任四川宣抚使。

宫中风云莫测，朝堂之上君主依旧，但当日的大臣已经换了一批又一批。陆游冒死上疏，提出主战派的主张，希望朝廷出兵北伐，可是这个意见没有被采纳。

他在蜀州尽责工作，主持州考、阅兵等等。

春去冬来，转眼一年又即将到头了。

十月，陆游接到通知，调派荣州代理州事。

不久他就到荣州去了。

陆游代理荣州州事只有短短的七十天。

在这期间，他在青城山游览了很多道观，如丈人观、长生观、储福观等。

陆游一直研究道经，所以和丈人观的一位老道有些来往。这位上官道人已经九十岁了，不食人间烟火。老道不喜交谈，一开始见陆游，他总是“托言病喑，一语不肯答”，后来两人因为道家思想找到相通的话题，陆游再去找他的时候，他“已复言喑矣”。

游览完道观下山的时候，陆游登馆口庙，看到巍峨的雪山，被眼前的壮丽美景所震撼，他在《登灌口庙东大楼，观岷江雪山》这样写道：

我生不识柏梁建章之宫殿，安得峨冠侍游宴；又不及身在荥阳京索间，擐甲横戈夜酣战。胸中迫隘思远游，溯江来倚岷山楼。千年雪岭阑边出，万里云涛坐上浮。禹迹茫茫始江汉，疏凿功当九州半。丈夫生世要如此，赍志空死能无叹？白发萧条吹北风，手持卮酒酹江中。姓名未死终磊磊，要与此江东注海。

面前连绵不断的雪山，滔滔不绝的岷江水把他从修道的思想中拉了回来。

虽然他研究道经，思想里有遁入空门的念头，也想过像那位老道一样归隐山中，从此不管国家大事，不再想什么报效祖国了，做一个超脱的仙人。可是，这并不是他真正想要的生活啊！

看着国家的大好河山，应该振奋起来，继续奋斗。就算已经老了又怎样，他才不想做一个“赍志空死”的人。

半百又如何？头发全白了又如何？他心中有豪迈的气概，还能够继续意气风发地勇往直前。

陆游是淳熙元年（公元 1174 年）十一月到的荣州，他把

家眷都接来了，这个月他的第六个孩子出生了，取名子布。新的生命为生活增添了一丝喜庆。

陆游眼下公事不多，他还着手建筑了一处楼房，取名为“高斋”。

他觉得自己可能要在这个地方安居很长的时间。

清闲的时候经常在高斋内写诗作词。

当时，他写有一首《渔家傲》，给堂兄仲高。

东望山阴何处是？往来一万三千里。写得家书空满纸，流清泪，书回已是明年事。

寄语红桥桥下水，扁舟何日寻兄弟？行遍天涯真老矣。愁无寐，鬓丝几缕茶烟里。

写这首词的时候，他还不知道堂兄仲高已经在六月去世了。

人到了老年，思乡之情尤为深切，他想起这个堂兄，词句里流露出对家乡的思念。他离开故乡山阴已经好些年，没有回去过，不免有些乡愁萦绕在心头。

仲高名叫陆升之，比陆游大十二岁，早年在朝廷为官，曾依附奸臣秦桧，陆游对他的行为感到不齿。秦桧死后，他也遭遇到贬谪。虽然他们之间的政治观念相悖，但毕竟是兄弟，感情深厚。

这首婉约词，陆游写得清丽凄婉，情感细腻真挚。

故乡山阴距此地一万三千里，远到已经望不见。每次写家书都写到满满的几页纸，因为思念太多了，写都写不完，只能流眼泪。距离太远，通信不容易，等收到故乡寄回来的家书时已经过了一年。

上阙写思念家乡，下阙写思念家人。

想起山阴的红桥，桥下流水潺潺，就像时光一样不停地流走。哪一天能撑一叶扁舟去找仲高。这些年在外奔走漂泊已经老了。终日忧愁，愁思不断，夜里时常忧心得睡不着。在煮茶之中，不知不觉就满头白发。

字句间处处流露出酸楚和伤感。若是更深层地剖析，就会发现诗人虽然表面上是在思念亲人、思念家乡，实则他是在表达自己毫无用武之地的那种悲愤情绪。

后来，陆游才得知仲高已经去世，他痛心不已，痛哭流涕，在悲伤之中写下《闻仲高从兄讣》一诗。

去国万里游，发书三日哭。
久矣吾已衰，哀哉公不淑。
寄书墨未干，玉立在我目。
天高鬼神恶，生世露电速。
丹心抱忠贞，白首悲放逐。
九阍不可叫，百身何由赎！
文章果何罪？一斥独不复。

上寿阿母前，悔不早碌碌。

人生无常，命运难测。

陆游从亲人逝世的悲痛中振作起来，忽然接到来自四川制置使的命令，要他马上去成都赴任，官衔是朝奉郎、成都府路安抚司参议官兼四川制置司参议官，虽然升官了，但是实质上没有什么公职任务。

春节过后，陆游就离开荣州前往成都。

原以为会在荣州待一辈子呢，怎料才不过短短两个多月。

临走前，他在高斋写下一首《桃源忆故人》：

斜阳寂历柴门闭，一点炊烟时起。鸡犬往来林外，俱有萧然意。

衰翁老去疏荣利，绝爱山城无事。临去画楼频倚，何日重来此？

词中上阙写在荣州生活的闲适光景，下阙寄景抒情，流露出诗人对荣州生活的留恋。

情感丰富的陆游，对曾经生活过的蜀州、嘉州等地都有着一种眷恋之情。

从荣州到成都的路途中，他又这样写：

栏干几曲高斋路，正在重云深处。丹碧未干人去，高栋空留句。

离离芳草长亭暮，无奈征车不住。惟有断鸿烟渚，知我频回顾。

荣州已经远去。

淳熙二年（公元1175年），春风轻抚，陆游又来到了他非常熟悉的成都，写下了《楼上醉歌》：

我游四方不得意，阳狂施药成都市。
大瓢满贮随所求，聊为疲民起憔悴。
瓢空夜静上高楼，买酒卷帘邀月醉。
醉中拂剑光射月，往往悲歌独流涕。
刬却君山湘水平，斫却桂树月更明。
丈夫有志苦难成，修名未立华发生。

刚到成都任参议官的时候，他的心情苦闷。诗中开篇就是这么抑郁难平。他醉后那种有志不能伸、有心不能报国的悲愤情绪就会更加高涨。

奔走了这么多地方，心中的壮志依然不能实现。于是假装狂人，在成都市里到处施药济世，为民解忧，希望以此来减轻自己的苦闷。

在夜深人静的时候独自上高楼，对着月亮独饮买醉，麻醉自己。醉后精神振奋，抚剑悲歌，如果那剑可以将敌人歼灭就好了，可是往往到最后都独自痛苦流涕。

陆游多少次在醉中反复地幻想，反复地沉沦，又反复为现实感到无奈和悲愁。

这样的痛苦，为何不干脆斩断，从此归隐呢？为何还在尘世中苦苦挣扎呢？

只因，他是陆游。

只因，他是永远都不会放下国事的陆游。

这样苦闷的生活，一直到六月，好友范成大的到来使他得到了治愈。

范成大到成都来，任四川制置使。陆游和他是至交，有他的陪伴，陆游的生活多了几分色彩。

范成大也是有名的诗人，但他写诗，只是为了兴致使然，不像陆游那样，有过多的真情实感交织在其中。虽然对诗作的态度不同，但并不妨碍两人的交往。

从陆游在这段时间所写下的诗歌当中，不难看出他的心情是愉快的。

据说陆游十分爱花，尤其喜爱海棠。而成都又正是盛产海棠之地。春暖花开的时节，陆游和范成大一起赏遍了成都的

花市。

正是因为对百花由衷的热爱，才会写下《花时游遍诸家园》十首。

一

看花南陌复东阡，晓露初乾日正妍。
走马碧鸡坊里去，市人唤作海棠颠。

二

为爱名花抵死狂，只愁风日损红芳。
绿章夜奏通明殿，乞借春阴护海棠。

三

翩翩马上帽檐斜，尽日寻春不到家。
偏爱张园好风景，半天高柳卧溪花。

四

花阴扫地置清尊，烂醉归时夜已分。
欲睡未成欹倦枕，轮囷帐底见红云。

五

宣华无树著啼莺，惟有摩诃春水生。
故老能言当日事，直将宫锦裹宫城。

六

枝上猩猩血未晞，尊前红袖醉成围。
应须直到三更看，画烛如椽为发辉。

七

重萼丹砂品最高，可怜寂寞弃蓬蒿。
会当车载金钱去，买取春归亦足豪。

八

丝丝红萼弄春柔，不似疏梅只惯愁。
常恐夜寒花索寞，锦茵银烛按凉州。

九

飞花尽逐五更风，不照先生社酒中。
输与新来双燕子，衔泥犹得带残红。

十

海棠已过不成春，丝竹凄凉锁暗尘。
眼看燕脂吹作雪，不须零落始愁人。

由诗可见，诗人对海棠的热爱。

成都和海棠花之美，足以与牡丹花相比，独步于西洲，盛

开不衰。

全诗表达了他的惜花之情。

好的花就像人才一样，需要珍惜。

因为海棠花，陆游的生活多少镀上了一层浪漫的色彩。他的激昂慷慨在心中，生活却是闲适的。他常常喝酒，半醉时，心中翻涌起各种各样的情绪，便拿起笔，在纸上写下草书。

他精通书法，作草书，饮酒，写下一首《题醉中所作草书卷后》：

胸中磊落藏五兵，欲试无路空峥嵘。
酒为旗鼓笔刀槊，势从天落银河倾。
端溪石池浓作墨，烛光相射飞纵横。
须臾收卷复把酒，如见万里烟尘清。
丈夫身在要有立，逆虏运尽行当平。
何时夜出五原塞，不闻人语闻鞭声？

这首七言爱国诗风格一如既往的雄浑豪迈，爱国情切。

他将豪情寄托在饮酒、作诗、写字之上。

心中坦荡地藏着五种兵器，可却找不到用武之地，只能白白浪费这些不凡的武器。诗人表达的是自己空有一身本领，却没有机会报效祖国，实现价值。

我只能把酒当作旗鼓，把笔当作刀剑，写起字来气势浩大刚劲，如同从银河倾斜而下。从溪流里拿来石头研磨出浓浓的墨汁，在烛光的映衬下挥舞着毛笔写字。一会儿就写好了，将草书收起来继续喝酒，如同战争结束，四周恢复安静，只有硝烟慢慢在空气中飘散。

大丈夫活在这世上就要建功立业，金人的气数已经到头，应该出兵将他们铲除。朝廷什么时候才能派兵出塞呢？听不见人的声音，只听到挥鞭骑马出关塞的声音。

诗人写醉中草书的时候，已经是淳熙三年（公元1176年）的春天。天气阴晴不定，时有雷雨。

他听着雨声，默默地期盼着，会不会有奇迹出现呢？提笔写下了《松骥行》：

骥行千里亦何得，垂首伏枥终自伤。
松阅千年弃涧壑，不如杀身扶明堂。
士生抱材愿少试，誓取燕赵归君王。
闭门高卧身欲老，闻鸡相蹴涕数行。
正令咿嘤死床箦，岂若横身当战场。
半酣浩歌声激烈，车轮百转盘愁肠。

诗人的心境慷慨激昂，可惜现实残酷，他只能一遍遍用诗句来聊以自慰。

开篇引用曹操的《步出夏门行》：“老骥伏枥，志在千里；烈士暮年，壮心不已。”诗人感叹自己虽然有才能、有抱负，

但没有施展的机会。有才能的将士只希望老天不要给那么多试炼和磨难，发誓可以收复国土，报效君王。关上门躺卧在床上感觉自己已经老了，听到半夜有鸡啼叫，有不祥的预感，知道国家陷于危难之中，难过到痛哭流涕。

就这么痛苦呻吟着死在床席上，倒不如死在沙场上来得壮烈和有意义。喝到半醉的时候大声悲歌，声音越来越高，情绪越来越激烈，愁肠百转，悲伤在内心不断翻转折磨着。

再看这首《剑客行》：

我友剑侠非常人，袖中青蛇生细鳞。
腾空顷刻已千里，手决风云惊鬼神。
荆轲专诸何足数，正昼入燕诛逆虏。
一身独报万国仇，归告昌陵泪如雨。

虽然没能提着宝剑去征战沙场，但是诗人的灵魂里住着一个武将。

在终日以酒为伴的时光里，他喜欢结交不同的人，比如江湖剑客。

他的友人里面就有这样的人，功夫了得，武艺高强，携剑行走江湖。

有一位相识的剑侠，他武功高强，衣袖里的宝剑，就像布满细鳞的青蛇。他的轻功非常厉害，一跃就能到达千里的地方。他手持宝剑，对决的时候挥剑可以拨开风云，简直惊天地泣鬼神。连春秋战国时著名的刺客荆轲、专诸也比不上他。他可以光明正大地杀进燕地去消灭金人。他一个人就可以为国家报仇了，回来便可以在宋太祖赵匡胤的墓碑前留下激动的热泪。

诗人把自己的抱负寄托在武功高强的剑客身上，因为在朝廷和君王身上，他看不到对抗外敌的信心。

他一次次失望。“少日壮心轻玉塞，暮年幽梦堕沧州”，他的生活只剩凄凉的伤感。

自号放翁

一直以来他对抗外敌的主张都非常激烈，可能因为这样，朝中那些主和派势力不喜欢他，有言官以“燕饮颓放”弹劾他。

淳熙二年（公元1175年）九月，他被朝廷免官了，只是给他一个主管台州桐柏崇道观的官名，有个名义领着俸禄，不用到任，也没有实质性的工作。

这次处分对陆游来说太突然，也太严厉了，他的心灵受到了沉重的打击，仿佛当头棒喝，他一下子还没缓过来，遂作诗《蒙恩奉祠桐柏》：

少年曾缀紫宸班，晚落危途九折艰。
罪大初闻收郡印，恩宽俄许领家山。
羁鸿但自思烟渚，病骥宁容著帝闲。

回首舳棱渺何处，从今常寄梦魂间。

他心里实在不甘，这次免官真是无妄之灾。

他举杯痛饮，将不甘、生气、无奈等复杂的心情和杯中的苦酒一起咽到肚子里。

他想，既然朝廷觉得我狂放和颓败，我就自号“放翁”吧。有一种破罐子破摔的意味，以此来宣泄自己的不满，回应那些弹劾他、排挤他的主和派的官僚。

无官一身轻，还能领着朝廷的俸禄，不知道是幸还是不幸呢?

诗人心情低落至极，到郊外散心的时候，经过农家田园，触景生情，写下一首《过野人家有感》：

纵辔江皋送夕晖，谁家井臼映荆扉?
隔篱犬吠窥人过，满箔蚕饥待叶归。
世态十年看烂熟，家山万里梦依稀。
躬耕本是英雄事，老死南阳未必非。

首联写景，诗人骑着马从江边经过，送走了落日余晖，那是谁家的井臼，农家人在做着家务活，夕阳静静地映落在门扉上。

隔壁篱笆院落里的狗看到有人经过，汪汪地叫起来。满片

饥饿的蚕儿，等待着主人采桑回来喂食。

作为外人，闲看这农家场景，羡慕之感油然而生。

颈联抒情，十年的世态炎凉让他早已看透世事，想念着万里之外的家乡，在梦里时常相见。尾联流露出诗人虽然有归耕之念，但他仍然要以国事为己任的决心。

明明又被朝廷罢官，却还是痴心不改，还那么为国事忧心。陆游在爱国之路上，真的走得义无反顾，令人肃然起敬啊。

这番打击，让陆游大病了一场。

天气渐冷，陆游越发感到凄凉。

他已经五十二岁了，生一场病，仿佛又老了几岁，身体非常虚弱，心情复杂，写有两首《病起书怀》，其中一首他这样写的：

病骨支离纱帽宽，孤臣万里客江干。
位卑未敢忘忧国，事定犹须待阖棺。
天地神灵扶庙社，京华父老望和銮。
出师一表通今古，夜半挑灯更细看。

生病的时候非常消瘦和孱弱，连纱帽都觉得宽松了许多。

独自在万里之外的锦江附近。虽然职位低下卑微，但是一刻都不敢忘记国家大事。是非功过，要到了死的时候才能评定。天地的神灵为国家社稷加持，京都的老百姓们都盼望着安稳的日子。诸葛亮所写的《出师表》从古流传至今，夜里起来点着灯细细地研究。

前一首诗陆游才有了归隐的念头，可是病后，他又重新振作起来。诸葛亮是他欣赏和崇拜的人物，他病刚好就拿出《出师表》来研究，可见心中还是担忧着国家大事。

我想，他这辈子注定要在国事上羁绊终身了。

诗人那坚不可摧的抗战精神，是不会轻易消失的。

经历这次免官的挫折，诗人失落完，生病完，恢复过来，从痛苦中走出来，积极的态度比以前更加强烈了，作诗《和范待制秋兴》：

策策桐飘已半空，啼螀渐觉近房栊。
一生不作牛衣泣，万事从渠马耳风。
名姓已甘黄纸外，光阴全付绿尊中。
门前剥啄谁相觅，贺我今年号放翁。

“名姓已甘黄纸外”一句，已经说明他的心态有所改变。还记得六年前他奉召入蜀赴夔州任职时，曾说过“平生实易足，名幸污黄纸”，当时他还为自己的名字能够在官册上记录在案而感到诚惶诚恐，如今已经甘心名字在黄纸外了。

对他来说，个人的荣辱得失，已经变得不重要了。他不再

以名留青史而执着。

如今连闲官都称不上，变成一个闲人，可以尽情地狂放喝酒，从此就是陆放翁，不是正合了朝廷那些看不过眼的官僚之意吗？

虽然狂放，但是诗人抗战之心岂会那么轻易泯灭呢？

他落拓不羁地迎来了又一个春天，写下一首千古传颂的名篇——《关山月》：

和戎诏下十五年，将军不战空临边。
朱门沉沉按歌舞，厩马肥死弓断弦。
戍楼刁斗催落月，三十从军今白发。
笛里谁知壮士心，沙头空照征人骨。
中原干戈古亦闻，岂有逆胡传子孙？
遗民忍死望恢复，几处今宵垂泪痕。

这首诗记事抒情，诗人用自然精练的语言，生动地描写出三个不同阶段的人物，用三种不一样的场景，形成鲜明的比照，来表达自己的爱国思想。

宋孝宗和金人签订和议条约已经过了十五年了，将士们能战而不战，白白地在边疆守着。诗人对朝廷这种贪生怕死的做法感到沉痛悲愤。

贵族豪门在深广壮丽的府邸里听歌赏舞。军队不打仗也不训练，马棚里肥壮的马都已死去，武器弓弦都腐朽断掉。可见贵族豪门的生活奢靡，军队腐败无能。

岗楼上的刁斗声仿佛在催促着月落西沉，三十岁从军，到现在已经头发花白。诗人感叹飞快流逝的时间和岁月的无情。

有谁能够听得出悲婉的笛声里是壮士的报国之心呢？夜空的明月照着沙场上那些牺牲的壮士的白骨。中原发生战争是从古代的时候就有听说的事情，难道任由外侵的敌人在这片土地上传宗接代吗？这简直是国家的耻辱。

沦陷区的人民忍受着，等待和盼望国家收复失地，今晚有多少个地方的人们在哭泣啊！

陆游的爱国诗，已经达到了一个巅峰的状态。

后人赞誉他，才气豪迈，力透纸背。

复国一直是诗人的愿望，也是沦陷区许许多多老百姓的愿望，可是朝廷的腐朽和无能，让人们痛苦而无奈。

陆游只能靠幻想来安慰自己，在《出塞曲》中，他感叹：

佩刀一刺山为开，壮士大呼城为摧。
三军甲马不知数，但见动地银山来。
长戈逐虎祁连北，马前曳来血丹臆；
却回射雁鸭绿江，箭飞雁起连云黑。
清泉茂草下程时，野帐牛酒争淋漓；
不学京都贵公子，唾壶麈尾事儿嬉。

将军拿着佩刀刺山，飞泉涌出；壮士们大声呼喊，城墙因此而摧毁。三军的铠甲和马匹不计其数，只见那铠甲在阳光的照射下像闪耀的银山，浩荡的军队一来，地动山摇。将军和士兵们拿着长矛武器与猛虎搏斗，马前拖来带着鲜血的死虎。再回到鸭绿江去射大雁，数不清的箭和大雁，使整个天空都变得黑压压的。在河水清澈草木茂盛的地方休息时，野外的帐幕前，人们争相喝酒和吃牛。不去效仿京城里那些娇贵的公子哥儿，唾弃那些贵族士大夫的不理国事、生活颓靡的行为。

被免官之后，陆游的诗歌中出现很多赤裸裸地批判朝廷高官的腐败苟安的现象，他一向是不畏权贵的。

取了放翁这个名号之后，仿佛连生活也变得比以前更加狂放，他有很多的时间可以消磨在酒肆歌院。

流连在芳华楼的歌舞中，饮酒作乐，看红尘中的芸芸众生，正是一番“夜暖酒波摇烛焰”的场景，哀婉的琵琶声，歌女的窈窕倩影，手中的烈酒，看似醉生梦死，可是他的思想却清醒得很，似醉不醉。

他在《楼上醉书》里这样写道：

丈夫不虚生世间，本意灭虏收河山。
岂知蹭蹬不称意，八年梁益凋朱颜。
三更抚枕忽大叫，梦中夺得松亭关。
中原机会嗟屡失，明日茵席留余潸。

益州官楼酒如海，我来解旗论日买。
酒酣博簺为欢娱，信手枭卢喝成采。
牛背烂烂电目光，狂杀自谓元非狂。
故都九庙臣敢忘？祖宗神灵在帝旁！

时间蹉跎，岁月流逝，人已经老了，雄心壮志屡次被打击，只能像如今这样在酒肆和歌舞中寻求慰藉和寄托。

诗人一生苦闷，梦中总是能看到军队胜利的场景，但什么时候才能在现实中看到呢？

陆游有时会包了整个芳华楼，邀来好友知己，一起痛饮。

这样的日子，理应是快活似神仙，可是他心中的痛苦，并没有在这些光影中得到淡化。

淳熙四年（公元 1177 年），夏。

朝廷下了诏书，召范成大回朝。

陆游非常不舍，从成都将他送到四川眉州，两人才依依惜别。

陆游没有实际的官职，就算写了札子，也不能直接呈上去给宋孝宗，他只能拜托范成大，希望他回到临安城之后，可以在朝廷上再次提出抗金的建议。

他在送别范成大的时候写下一首送别诗——《送范舍人还朝》：

平生嗜酒不为味，聊欲醉中遗万事。
酒醒客散独凄然，枕上屡挥忧国泪。
君如高光那可负，东都儿童作胡语。
常时念此气生瘿，况送公归觐明主。
皇天震怒贼得长，三年胡星失光芒。
旄头下扫在旦暮，嗟此大议知谁当？
公归上前勉画策，先取关中次河北。
尧舜尚不有百蛮，此贼何能穴中国？
黄扉甘泉多故人，定知不作白头新。
因公并寄千万意，早为神州清虏尘。

除了表达离别的伤感，陆游惦记着的还是抗金的事情。

这首送别诗有他一贯的风格，沉郁苍凉，情感真挚饱满，跌宕起伏，从激昂到最后的丝丝悲伤。

他一生喜欢喝酒，并不是因为酒的味道好，而是因为它能够使人在醉了之后忘记所有事情。可是当他从醉酒中清醒过来，客人都散去，又独自感到凄凉，多少个夜晚无法入睡，为国事担忧得连连落泪。

如果当朝皇帝像汉高祖和光武帝那样英明，做臣子的怎么敢辜负呢？被金人侵略和占领的北宋京城汴梁，小孩子都会说敌人的语言了。想到这些就会气愤得生病，何况如今送友人到这里，友人准备回临安城去朝见皇帝。

皇天震怒，敌人的占领和统治不会长久的。这三年来，金

人的气数已尽，他们即将在旦暮之间灭亡。唉，但是这种抗金的大事，朝中又有谁敢提出来呢？陆游希望友人回到朝中能够想办法提出抗金的建议，先收关中，再收复河北。

宫廷里有许多交情很深的老朋友，陆游确信他们是不会忘记这多年的交情的。托付给友人这些心意，只希望国家能早日肃清敌人。

送走范成大之后，陆游心情怅然。彼时成都已经入秋，冷风瑟瑟，黄叶飘落。九月，他的另一位好友独孤策约他一起去成都附近的广汉打猎。

独孤策是河中人，工文章，善骑射，是一位奇士。陆游在蜀中与他相识相交，两人的思想很接近，志同道合，经常一起到成都附近游览。陆游把独孤策当作是同仇敌忾的好友，为他写了不少诗歌，将心事都说给他听。

他们一起去打猎，骑着马跑了一天，夜幕降临时，借宿在一处农家。农家只有一个老妪，老妪为他们准备了酒水和饭菜。陆游和独孤策一起喝酒，谈论国事。

深夜的时候，外面淅淅沥沥地下起雨来，陆游提笔在寒灯下写下了一首诗，递给独孤策。

客途孤愤只君知，不作儿曹怨别离。
报国虽思包马革，爱身未忍价羊皮。
呼鹰小猎新霜后，弹剑长歌夜雨时。

感慨却愁伤壮志，倒瓶浊酒洗余悲。

独孤策读完一首，陆游又写下了另一首。

白袍如雪宝刀横，醉上银鞍身更轻。
帖草角鹰掀兔窟，凭风羽箭作鸱鸣。
关河可使成南北？豪杰谁堪共死生。
欲疏万言投魏阙，灯前揽笔涕先倾。

独孤策读着，只觉陆游的心情非常悲伤。

陆游心中的不平之愤，独孤策深有领会。诗人在这两首《猎罢夜饮示独孤生》里面表明了自己报国有志，但是不会为了利益去委屈迁就什么或者出卖自己。他虽然一直不得朝廷重用，但是他不会死心，痛饮之后的悲伤和牢骚只是暂时的，他很快又振作起来。这些字句悲壮、愤慨，陆游随手拈来，便成篇章，直抒胸臆，可见他的艺术功力之深厚。

秋天总是容易使人多愁善感，萧杀的风，吹得诗人心里阵阵忧伤，打猎回来后，他在傍晚出去散步，踏上成都的北门，看着远方，忧国的情绪又翻涌上心口，作诗——《秋晚登城门》：

幅巾藜杖北城头，卷地西风满眼愁。

一点烽传散关信，两行雁带杜陵秋。
山河兴废供搔首，身世安危入倚楼。
横槊赋诗非复昔，梦魂犹绕古梁州。

这首七言诗自然巧妙地融合记叙和抒情，抒发诗人怅然和忧国的思绪。

诗人不戴冠帽，拄着拐杖登上成都的城北门上，看到西风狂吹着，地上的叶子在翻飞，眼前呈现出一片萧杀的景象，诗人看在眼里，愁在心头。

一簇烽火从远处传来，带来了大散关的消息。两行大雁带来了长安杜陵的秋意。诗人对大散关和长安边境的情况非常忧虑，他看到烽烟，想到边境可能出现了紧急的状况，不禁忧心忡忡。

国土山河至今没有复兴，实在令人搔首不安，独上城门，倚楼望着天边，想到国家的危机，千头万绪涌上来。国家正处在危难的局势之中，诗人却报国无门，只能倚楼悲叹。

想起在南郑幕府的从军生活，已经今非昔比，至今梦里仍然时常想起那段峥嵘的岁月。诗人曾经在南郑那短暂的戎马生活已经过去，无法回头，只能将报国的壮志和爱国精神寄托在笔墨中。

陆游经常忧心国事，夜不能寐，似乎连酒也无法令他忘却一切。秋天的气息彻底将他扯入无限的感伤之中。从城门回

到府中，他又一次失眠，于是写下《秋兴夜饮》：

成都城中秋夜长，灯笼蜡纸明空堂。
高梧月白绕飞鹊，衰草露湿啼寒螀。
堂上书生读书罢，欲眠未眠偏断肠。
起行百匝几叹息，一夕绿发成秋霜。
中原日月用胡历，幽州老酋著柘黄。
荥河温洛底处所，可使长作旃裘乡。
百金战袍雕鹘盘，三尺剑锋霜雪寒。
一朝出塞君试看，旦发宝鸡暮长安。

在失眠的夜晚，诗人感到成都的秋夜格外漫长，灯笼外罩着一层蜡纸，将卧室里照得非常明亮。窗外的月光洒落在停着飞鹊的树枝上，染上露珠的草木丛中有寒蝉在鸣叫。在房间里看完书，想要睡觉，躺下却睡不着，愁肠百结。起来到院子里一边散步一边叹息，一夜之间黑发都变成白发，如秋霜一般。

中原沦陷的地区，人们都用金人的方式来计算日月，河北辽宁等沦陷区的老百姓都能穿皇帝衣服的颜色了。黄河洛水到底是什么地方，怎么能够让敌人作为故乡呢？在名贵的战袍上绣上雕鹘的图案，三尺剑锋上布满了寒霜。诗人想象着自己骑着战马，拿着长剑，往金人盘踞的长安城杀过去。

陆游的痛苦愁闷，一直延续到入冬。

十月，他在江楼上吹笛饮酒，喝到醉醺醺的时候，这样写道：

世言九州外，复有大九州。
此言果不虚，仅可容吾愁。
许愁亦当有许酒，吾酒酿尽银河流。
酌之万斛玻璃舟，酣宴五城十二楼。
天为碧罗幕，月作白玉钩。
织女织庆云，裁成五色裘。
披裘对酒难为客，长揖北辰相献酬。
一饮五百年，一醉三千秋。
却驾白凤骖斑虬，下与麻姑戏玄洲。
锦江吹笛余一念，再过剑南应小留。

陆游将这首《江楼吹笛饮酒大醉中作》写得极赋浪漫主义色彩，他用神话故事来渲染自己那奔放的幻想。

人们传说神州之外还有一个神州，这个说法是真实的，这么大的神州也仅仅能容下我的忧愁。这么多的忧愁也应当有这么的酒来麻醉。我把天上银河的水全部用来酿酒，然后用大酒杯来盛满，摆满琉璃舟，宴请居住在五城十二楼的全部仙人。

天上的云彩作为幕布，月亮就像白玉一样。织女织着天空的云霞，做成五色的裘衣。穿着这五色的衣服对酒独饮，多么孤单寂寞，不如和北极星一起喝酒。一喝就喝个五百年，一

醉就醉个三千载。坐着御驾去和仙女相会。我如果能够像古人那样成仙逍遥遁世就好了，可是我心中还有一个念头，还想在剑南多停留一会儿。

陆游想和仙人那样归隐，可是他心中还有杂念，还对凡尘有太多的眷顾和念想。

这一路走来，跌跌撞撞，奔波漂浮，一转眼就老去了。

陆游这时候已经五十三岁。

年复一年，他犹如被流放的囚徒被朝廷闲置，精神上又被自己的思想困住，都已经数不过来有多少个伤春悲秋的日夜。

诗人这大半生，写了文集，作了许多诗词，文字里都是他的血泪。

这些古体诗、婉约词、七言、律诗通通都已经驾驭得比他的恩师曾几要炉火纯青，他在诗词歌赋的造诣上是非常成功的。

可是，诗人的灵魂一直被封建统治下的腐朽所困住，作为一名爱国主义者，陆游简直将“爱国”两个字刻入了骨髓。

如今，他只能叹息着“老生自悯归耕久，无地能捐六尺躯”。

他说归耕，也并非实意，是牢骚。

一个被朝廷排挤和忽略了这么多年的爱国者能不发牢骚吗?

他都已经不计较个人的成败与得失，只求朝廷有人能够站出来发表抗金的主张，成功劝说统治者出兵北伐，收复国土，他就非常满足了。

可是事到如今，敌人在国土上都不知道繁衍了多少后代，朝廷还无动于衷，军队都要忘记怎样开战了，叫他如何不忧心？

成都入冬了，陆游作诗《感兴》感叹：

少小遇丧乱，妄意忧元元。
忍饥卧空山，著书十万言。
贼亮负函贷，江北烟尘昏。
奏记本兵府，大事得具论。
请治故臣罪，深绝衰乱根。
言疏卒见弃，袂有血泪痕。
尔来十五年，残虏尚游魂。
遗民沦左衽，何由雪烦冤？
我发日益白，病骸宁久存？
常恐先狗马，不见清中原。

陆游从小就在战乱中度过，不自量力地想要为国分忧。这是一种谦虚的说法。诗人年轻的时候穷居山村，奋发读书，写了很多文章。

不该饶恕金人对南宋的所作所为，金人南侵，使江北乌烟瘴气。他上疏枢密院，对抗金之情做了详细的论述。请求君王治理主和派的曾觌和龙大渊的罪行，断绝衰乱的根源。可是却被君王嫌弃，触怒了龙颜，被罢官，从此在仕途上屡遭

压制和迫害，这些事情说起来都是血泪啊！

从那时到现在这十五年来，金人的鬼魂还在国土上游荡，肆意妄为。沦陷区的人民只能屈服于金人的统治之下，怎么样才能伸冤报仇呢？诗人的头发已经日渐发白，衰老病残的身体不知道能够撑多久，他非常害怕会早死，这样就看不到中原肃清敌人的那一天了！

这年十二月，陆游接到吏部的通知，调任他为叙州（四川宜宾附近）刺史，次年上任。

被闲置了两年多，重新复官，他的心情颇为复杂。不过还是一个州事，和免官之前的官职地位是一样的卑微低下。

陆游在《枕上》一诗里面写道：

枕上三更雨，天涯万里游。
虫声憎好梦，灯影伴孤愁。
报国计安出？灭胡心未休。
明年起飞将，更试北平秋。

雨夜三更，陆游因为调任的事情睡不着，躺在床上思绪漫游到万里之外。外面的虫叫声扰人睡眠，屋里的孤灯陪伴着独自忧愁的他。报国的计划怎样才能实现呢？消灭敌人的心至今都未泯灭。他想起汉朝时的大将军李广，李广将军在盛秋的时候与匈奴作战。流露出他抗金的信念非常坚定。

陆游希望这次调任，能够对报国灭胡的事情有一点儿帮助，他希望朝廷任用像李广将军这样的人去对抗金人。

一日，陆游和好友张季长去酒楼相聚。临别时，张季长得知陆游即将要去叙州任职了，替他高兴，但又有些不舍，随即写了一首诗赠予他。陆游读完友人的诗，心中无限感慨，马上挥洒笔墨，给友人回赠了一首——《次韵季长见示》：

倚遍南楼十二栏，长歌相属寓悲欢。
空杯铁马横戈意，未试冰河堕指寒。
成败极知无定势，是非元自要徐观。
中原阻绝王师老，那敢山林一枕安。

这首诗陆游用了原诗的韵脚，所以称次韵。

游遍了南楼，吟唱了这么多首诗歌，相连不断，寄托了心中所有的悲欢。空有一腔金戈铁马的热情，却没有去北方战场一展身手的机会。本来就知道成败这种事情是说不准的，是是非非要自己慢慢去观察和了解。

中原至今还在金人的手里，被隔绝开来，没有音信，朝廷的军队已经衰老，战斗能力消减得不如从前。诗人怎敢归隐山林，只想着自己的安乐呢？这首诗流露出诗人为国事而振作起来，重新出发的积极心情。

离蜀东归

淳熙五年（公元1178年），正月。

陆游积极准备着前往叙州。这一年陆游五十四岁。他行李都打包好了一切，却突然收到了朝廷的通知，宋孝宗召他回临安。

诗人奉召还朝前，七年多时间辗转于夔州、蜀州、嘉州、荣州等，任职地方官，没有实质性的建树，收获的是数量可观的文章和诗词。

二月，陆游带着家眷，心情复杂地踏上东归的道路。

能够回临安，当然比去叙州任职好，最起码可以回到中央，还能顺便回故乡看看。离开这么多年，乡愁岂会少。但在四川辗转的这几年，他也早已对这片土地产生了感情。

官船驶离岸边的时候，陆游心情复杂。

官船一路往东行驶，已经过去两个月。

正是暖风徐徐的四月，在合江到涪州的途中，一日陆游在船上看到不远处的一位老渔翁，突生感触，写下一首《渔翁》：

江头渔家结茅庐，青山当门画不如。
江烟淡淡雨疏疏，老翁破浪行捕鱼。
恨渠生来不读书，江山如此一句无！
我亦衰迟惭笔力，共对江山三叹息。

江边有个房子是渔家的，门口对着秀丽的青山，风光非常宜人，堪比山水画。江山烟雾袅袅，雨丝潇潇，老渔翁戴着斗笠，驾着小船，在翻滚的海浪上捕鱼。可恨这个老翁生来不读书，江山这么美，他却无法用语言来赞叹！诗人也因为笔力衰退而感到惭愧不已，只能一起看着这壮丽的大好河山叹息又叹息。

官船沿江东下，经过忠州，陆游借此凭吊杜甫的寓居。

陆游向来敬佩杜甫，两人都是爱国志士，一生也都是坎坷不平。

经过龙兴寺时，陆游作诗《龙兴寺吊少陵先生寓居》：

中原草草失承平，戍火胡尘到两京。
扈跸老臣身万里，天寒来此听江声。

中原动乱不安，早已失去太平的日子，当年安禄山叛变，带领军队攻入洛阳，又攻陷了长安。唐玄宗逃往四川，太子即位，是为唐肃宗，杜甫随着皇帝的车马从长安到凤翔，到了唐肃宗返回长安，杜甫又随行回京城。后来杜甫被调离京城，来到龙兴寺。

陆游以诗歌表达了对杜甫的敬意。

官船过忠州，又过了瞿塘峡，来到归州，刚好是端午时节。

此时陆游写下《屈平庙》一首：

委命仇雠事可知，章华荆棘国人悲。
恨公无寿如金石，不见秦婴系颈时。

此诗凭吊屈原祠，忆古抒怀。诗中前两句所写的是战国时期秦楚争霸，屈原主张联合齐国一起抗秦，可是楚怀王不听，采用了亲秦政策，后来楚怀王被秦国扣押，死在了秦国，而楚国也从此任秦国鱼肉。顷襄王即位后，放逐屈原。后两句是感叹，可惜屈原没能长寿，看不到秦王投降的样子。

陆游在归州还写了一首《楚城》：

江上荒城猿鸟悲，隔江便是屈原祠。

一千五百年间事，只有滩声似旧时。

这首七言绝句写景抒情，风格沉郁苍凉，表达了诗人对时间的流逝、物是人非感到无奈和叹息。

江上的楚城十分荒凉，两岸的鸟鸣和猿啼声多么悲伤。隔江而望就能看到屈原祠。距离屈原投江已经过去了一千五百年，早已物是人非。只有江水和浪涛声还如从前一样。

过了归州，将至岳阳时，陆游作诗《小雨极凉舟中熟睡至夕》：

舟中一雨扫飞蝇，半脱纶巾卧翠藤。
清梦初回窗日晚，数声柔橹下巴陵。

从这首清丽的诗歌可以看出陆游这一路上过得非常闲适，途经很多名胜古迹，看了很多山水风景，与大自然亲密接触，心情稍微舒畅了一些。

他登赏心亭，游诸葛武侯书台，游马祈寺等都留有诗作，比如《登赏心亭》：

蜀栈秦关岁月遒，今年乘兴却东游。
全家稳下黄牛峡，半醉来寻白鹭洲。
黯黯江云瓜步雨，萧萧木叶石城秋。

孤臣老抱忧时意，欲请迁都涕已流。

川陕之间险峻的栈道连着秦岭一带，诗人在四川和汉中所度过的八年时间就这么过去了，如今乘着船东游而下，准备回到临安。

全家安全地渡过了地势凶险的黄牛峡，半醉的时候到达白鹭洲。到达瓜步的时候天色阴暗下起了雨。石头城的秋天风萧萧，枯叶翻飞。他还是心怀当时的忧虑，想要请求君王迁都到石头城。

诗人重游石头城，为国家的危机感到忧心。一想到失地还未收复，就潸然泪下。

再比如《游诸葛武侯书台》：

沔阳道中草离离，卧龙往矣空遗祠。
当时典午称猾贼，气丧不敢当王师。
定军山前寒食路，至今人祠丞相墓。
松风想像梁甫吟，尚忆幡然答三顾。
出师一表千载无，远比管乐盖有余。
世上俗儒宁办此，高台当日读何书？

这首诗回忆了诸葛亮一生的功业。由古及今，诸葛亮坚持北伐的精神和陆游有所共鸣。诗人从而感触至深。

又是一年的秋风吹来，夹杂着似曾相识的味道，吹入船里。

陆游走到甲板上，向远处眺望，似乎离武昌不远了。

迷迷蒙蒙的景色让诗人心里慢慢爬上一种愁绪，他回到船里，写下一首婉约词——《南乡子》：

归梦寄吴樯，水驿江程去路长。想见芳洲初系缆，斜阳，烟树参差认武昌。

愁鬓点新霜，曾是朝衣染御香。重到故乡交旧少，凄凉，却恐他乡胜故乡。

这是一首归途怀乡词，上阙写景，下阙抒情，笔调凄婉。

归乡还朝的梦寄托在开往吴地的船，在水上经过一个个驿站，路程还很漫长。想起起初见到鹦鹉洲的时候，将船只系缆停留，在落日西斜里，透过烟雾萦绕的山林树木望见江城武昌。

因为愁思不断而增添了许多白发，陆游过去也曾穿着体面的官服去殿前见皇帝。如今回到故乡，怕是旧交都不在了吧，凄凉啊，他乡恐怕要胜过故乡了。

陆游离乡多年，四川早已成了第二个故乡，而故乡的旧友死的死走的走，说不定回去之后见到的熟悉面孔已经不多，反而是四川的故人更加多了。

本来以为要去叙州任职，还没出发，就被宋孝宗钦点同

朝，这件事情实属突然，陆游心中有些惴惴不安，但同时又点燃了他的理想之火。

官船过了武昌，又行驶了一段日子，陆游到达京城，这时已是深秋。

宋孝宗召见了陆游一次，这么好的机会可以见皇帝，他自然是要提出抗金的主张以及收复中原的计划。

可是他的热切和真诚没有打动宋孝宗。

宋孝宗给他安排了一个蛮重要的职位——提举福建常平茶盐公事。

这个职位属于监司官，官职确实比从前要高些，任务也重了些，对这次任职，陆游是毫无心理准备的。

他在回山阴休息的时候，在《归云门》一诗里这样说："微官行矣闽山去，又寄千言梦想中。"可见他心情有些忐忑不安，不知道这次的调任究竟意味着什么。

陆游在山阴休息了短暂时日，就启程去福建建安。

他到达建安，已经是淳熙六年（公元1179年）。

虽然这个职位高，但是并不是陆游理想中的，所以他的心情有些消极。

建安离京城也不近，离抗金前线就更远。他初到建安的时候，曾和建安抚使谈过自己的心事，这样说过："望外召还，忽奉燕朝之对。然而进趋梗野，论奏空疏，徒叨三接之荣，莫陈一得之虑。"

从这些话语里，可以看出陆游的心情不愉悦，并且越想越痛苦郁闷，经常出现归隐山阴的念头。

他在《婕妤怨》一词当中写过自己当时的痛苦：

妾昔初去家，邻里持车箱。
共祝善事主，门户望宠光。
一入未央宫，顾盼偶非常。
稚齿不虑患，倾身保专房。
燕婉承恩泽，但言日月长。
岂知辞玉陛，翩若叶陨霜。
永巷虽放弃，犹虑重谤伤。
悔不侍宴时，一夕称千觞。
妾心剖如丹，妾骨朽亦香。
后身作羽林，为国死封疆。

班婕妤不仅有美貌，还有才华，她一开始被汉成帝宠幸，后来赵飞燕入宫，汉成帝冷落了班婕妤，她自知见薄，于是退居后宫，写诗作赋以自伤悼。

这首露骨的宫怨诗，充分表达了陆游心中的不痛快。

陆游不想在建安虚度光阴，他已经五十五岁，没有更多的岁月可以挥霍。在《前有樽酒行》（二首选一，其二）中，他写道：

绿酒盎盎盈芳樽，清歌袅袅留行云。
美人千金织宝裙，水沉龙脑作燎焚。
问君胡为惨不乐？四纪妖氛暗幽朔。
诸人但欲口击贼，茫茫九原谁可作？
丈夫可为酒色死，战场横尸胜床笫。
华堂乐饮自有时，少待禽胡献天子。

陆游自认有文才武略，又那么爱国激进，对国家这么忠诚，可是皇帝却没有重用他，明知他志在抗金前线，却一次次将他分配到偏远的地方。

而朝廷里那些官员，身处中央，却终日浑浑噩噩的，纸醉金迷，醉生梦死，过着豪华奢靡的生活，莺歌燕舞，把国家大事都抛却脑后，实在可恨和可耻。

酒杯里盛满了美酒，婉转悠扬的歌声十分动听，使云都停止了流动。参加宴会的贵妇和千金，都穿着奢华名贵的衣裳，宴会极其奢侈，将名贵的沉香和龙脑拿来做熏香。诗人为什么闷闷不乐？因为金人已经占领了幽州和朔州十几年了。有些高官只是嘴上说着要抗金复国，却没有任何贡献，埋在茫茫墓地里的战士们，谁能使他们复生呢？

诗人觉得朝中那些苟安的高官是靠不住的，唯有希望勇士复活起来战斗。

大丈夫如果没有志向和理想，只会终日沉迷美色，纵酒偷欢，到头来死在酒色里，不如战死在沙场。在华堂之上开心地畅饮要稍稍等待一些时日，等到将金人的脑袋砍下来献给皇帝时。

诗人认为现在不是寻欢作乐的时候，应该积极地准备北伐，等到真正取得胜利，自然就能够在华堂之上畅饮了。

这是陆游对抗金的美好希望，实际上呢？

现实没有改变什么，陆游归乡的心思冒出来了，他整理好行李，准备回山阴。他不想再待在这个地方，做着自己不想做的事情了。

陆游心里愤懑，他也想报国啊，可是他此时更加思念家乡。在《白发》一诗里，他由愤懑变得有些低落消极，这样写道：

白发千茎绿鬓稀，卧看鹓鹭刺飞天。
平生窃鄙贡公喜，故里但思陶令归。
清坐了无书可读，残年赖有佛堪依。
君看世事皆虚幻，屏酒长斋岂必非。

这首诗里已经表露出诗人想要退居的念头。

大概是人老了心也累了吧。既然时至今日还不被朝廷重用，何必又在这里继续煎熬呢？“君看世事皆虚幻”这句，诗人已经看破纷繁的世事了吧，至少，在这一刻，他是想离

开的。

陆游在离开建安的路途上，上奏朝廷，请求罢免官职，看来他真的想要从这封建社会的政治斗争泥沼中抽身而出。

不过，事情没有预想中那么顺利。他在衢州短暂停留时，朝廷来了通知，宋孝宗让他去江西抚州，官衔是提举江南西路常平茶盐公事。

陆游愈发感到茫然，皇命不可违，他还是向着抚州前进。

在寒气逼人的十二月，大雪下得纷纷扬扬，经过戈阳道时，大雪似乎要将整个世界用白色裹起来。陆游看着眼前壮丽的景象，将手中冷掉的酒一饮而下，慢慢地吟出一首《戈阳道中遇大雪》：

我行江郊暮犹进，大雪塞空迷远近。
壮哉组练从天来，人间有此堂堂阵！
少年颇爱军中乐，跌宕不耐微官缚。
凭鞍寓目一怅然，思为君王扫河洛。
夜听簌簌窗纸鸣，恰似铁马相磨声。
起倾斗酒歌出塞，弹压胸中十万兵。

这漫天的飞雪，让陆游触景生情，他想到了军队，想到了战场，想到了胜利的烽烟，心中激起一股热血，但寒冷入骨的风又将他拉回现实，现实是冰冷无情的，心中压抑着阴沉的情绪。

乘坐的官船在江郊暮色中匆匆忙忙地行驶着，漫天的大雪充满了整个天空，眼前一片迷蒙的景象，看不清远近。这气势浩大的白雪就像穿着白色衣服的军队一样，人间竟然有这么威武堂堂的阵势！

诗人从小就向往着军中生活，希望能成为一个勇猛的战士，生性豪爽狂放，不喜欢被卑微的小官小职所束缚。骑在马背上向远处眺望，想到祖国被金人占领，至今仍未收复，心里就一阵悲凉，他一心想要为南宋朝廷效力。夜里听着狂风吹着窗户发出簌簌的声音，就好像战场上兵马涌动的声音。起身倒酒，一边喝一边高唱着出塞曲，压下心中的愤慨。

淳熙七年（公元 1180 年），春。

陆游在江西抚州任职，寒冬已经过去，冰天雪地早已消融，正是燕雀南飞，春暖花开的时节，这里没有他喜爱的海棠花，梅花也已经凋零了，这是一幅“过尽梅花把酒稀，熏笼香冷换春衣”的景象，可惜“秦关汉苑无消息，又在江南送雁归”，山河国土仍旧破碎，敌人仍旧在张牙舞爪。

这些年来一直在各处奔走，人老了，心也容易疲惫，况且宋孝宗也并非真正看重他，只不过是因为他文学上的造诣而给他一官半职。宋孝宗不是一个知人善用的明君，就算陆游忠诚爱国，有文才武略，也等于无用，就像千里马，如果没有伯乐，也和普通的马没什么分别。

折腾了大半辈子，虽然意志坚定，但也有累的时候，陆游希望自己能够安稳地过日子，不用再颠沛流离。他去游览拟岘台的时候，写了一首名曰《登拟岘台》的诗，诗中表露出的正是这样归于平静的意向。

层台缥缈压城堙，倚杖来观浩荡春。
放尽樽前千里目，洗空衣上十年尘。
萦回水抱中和气，平远山如蕴藉人。
更喜机心无复在，沙边鸥鹭亦相亲。

陆游的七言律诗已经写得很出色，精练的句子高度涵盖了万物，浑然自然，清丽雅致，给人一种心胸开阔的感觉。

这首诗写景抒情，诗人寄情于春色之中，淡淡地流露出内心想要归于平静的思想。春天，正是带给人希望和生命力的，这首诗同样极赋生命力。

诗人登上拟岘台的高处，向下望去，其他建筑物包括城墙都变得很渺小，他拄着拐杖来看这气势浩荡的春景。放眼望去，可以看到千里那么远，这么辽阔清新的空气仿佛将身上十年来的尘灰都洗干净。这里的意思是说，眼前的景色辽阔得使他洗净了十年的沉闷。

拟岘台临近的汝水平缓地回转而流，气象和气，远处平缓起伏的山峰，就像有修养的人一样平和。工于心计的人不复存在，所以感到开心，沙边的鸥鹭也相亲相爱。

虽然他对四川的生活有所留恋，但是能够东归也算是一件好事情。他希望能过上平静无争，和睦安宁的日子。

陆游在江西抚州当了一年官，这一年，他没有真正开心过，唯有在梦中，梦见收复失地的胜利场景，才会笑出声来。

他梦到自己在凉州，城门敞开，街上的老百姓都出来迎接胜利的队伍归来。号角响着，归来的士兵脸上都是兴奋的表情。

他正高兴得鼓掌，忽然醒来，发现那只是一场梦，“尽复汉唐故地”是他毕生的愿望，却只能在梦里缱绻纠缠。

他再也睡不着了，起身将刚才的黄粱美梦记录下来。

天宝胡兵陷两京，北庭安西无汉营。
五百年间置不问，圣主下诏初亲征。
熊罴百万从銮驾，故地不劳传檄下。
筑城绝塞进新图，排仗行宫宣大赦。
冈峦极目汉山川，文书初用淳熙年。
驾前六军错锦绣，秋风鼓角声满天。
苜蓿峰前尽停障，平安火在交河上。
凉州女儿满高楼，梳头已学京都样。

唐玄宗天宝年间，安禄山叛变，率兵攻陷了长安和洛阳，北庭和安西都是敌人的营地。从安史之乱到现在，已经五百

年过去了，都没有人提出过收复失地，今日皇上居然下旨亲征。百万英勇善战的武士们跟随着皇上的銮车出征，用不着传下檄文，被占领的失地凉州就收复了。在边塞修筑新的城池，重新绘画国家地图，在行宫排列仪仗宣读大赦天下的诏文。

放眼望去那山河都是我们的领土了。收复沦陷区之后，第一次用淳熙这个年号。庆功大典上将士们穿着五彩的锦绣服装。秋风里奏响军乐号角，响彻云霄。苜蓿峰前都是放哨的碉堡。交河上每天都飘来平安的烽火。高楼上都是凉州的姑娘，她们已经学会了京城姑娘的发式了。

陆游梦见了汉唐旧地被收复的盛况，流露出他心中的抗金复国念想还是存在的。

陆游的记梦不少，这首是比较有代表性的。

从梦境回到现实，陆游有些怅然，他写罢诗，丢下笔，天色已经蒙蒙亮了。

夏天的早晨亮得快，空气里是闷燥的气息。抚州已经许久没有下雨了，出现了旱灾的迹象，陆游身为茶盐公事，需要和地方官一起去求雨。

这是封建社会一种迷信的做法。

陆游求雨了，雨也正好来。

但是这雨一下不停，下到变成水灾，将老百姓的粮食都冲走了。

等到水灾情况好转，陆游开仓派粮，救济抚州的老百姓。

关于这次的灾情，他在《大雨逾旬，既止复作，江遂大涨》中做了详尽的描述：

墙角蚊雷喧甲夜，湿星昏昏出云罅。
临堂仰占久叹咤，悬知龙君未税驾。
行人困苦泥没胯，居人悲涕江入舍。
便晴犹可望秋稼，努力共祷城南社。

一春少雨忧旱暵，熟睡湫潭坐龙懒。
以勤赎懒护其短，水浸城门渠不管。
传闻霖潦千里远，榜舟发粟敢不勉。
空村避水无鸡犬，茅舍夜深萤火满。

在这次灾祸当中，陆游曾上奏请求朝廷开义仓赈灾，这件事情让朝中官僚抓住了弹劾他的机会。

本来宋孝宗在这年十一月下了诏书，要陆游回临安面奏，陆游心想这也许是一个好的转机，但是还没到达京城就又接到了消息，事中赵汝愚弹劾他，说他不自检饬，所为多越于规矩，刚好他前阵子递了罢官的奏折，宋孝宗就免去了职位，准许他回山阴了。(《宋史》卷三百九十五：后累迁江西常平提举。江西水灾。奏："拨义仓振济，檄诸郡发粟以予民。"召还，给事中赵汝愚驳之，遂与祠。)

虽然陆游早有罢官回乡之意，可是如今被弹劾，心中非常

不痛快。他自问在朝政上并没有和官僚争权斗势，一直都奔波劳累地做地方官，却屡次遭到打压，实在委屈。大概是因为他的文章和诗词太过激进吧。

这年寒冬，陆游怀着复杂的心情离开江西抚州。经桐庐回山阴，在桐庐至渔浦的途中，作诗《渔浦》（二首）：

桐庐处处是新诗，渔浦江山天下稀。
安得移家常住此，随潮入县伴潮归。

渔翁持鱼叩舷卖，炯炯绿瞳双脸丹。
我欲从之逝已远，菱歌一曲暮江寒。

陆游看到江上的风景清逸秀丽，大自然的风光使他陶醉不已，他将罢官的低落和忧愁都抛却在脑后，想要做个自由自在、无忧无虑的渔翁，过着与世无争、平淡安好的日子。

第四章

出师一表真名世，千载谁堪伯仲间

陆游奉诏返京，却被借机弹劾“不自检饬、所为多越于规矩”，他愤然辞官，重回山阴。闲居山阴五年之后，朝廷才重新起用他。闲暇之余，诗人整理旧作，命名为《剑南诗稿》。不久他升为礼部郎中兼实录院检讨官，进言光宗广开言路、慎独多思，并劝告光宗带头节俭，以尚风化。但却被主和派排挤，朝廷最终以“嘲咏风月”为名将其削职罢官。陆游再次离开京师，悲愤不已，自题住宅为“风月轩”。

乡间生活

人生能有多少个十年？如今的陆游已经五十六岁了，他已经走过了五个十年。在接近三十年的仕途生涯中，他第二次罢官归乡生活。比起第一次，他的心胸宽广了许多，情绪也趋于平淡。虽然有些愤懑在心口，但是他至少没有纠结和抑郁，表现得比之前豁达。当然，爱国精神还是存在的。

放翁白发已萧然，年老了，尘世间的贪嗔痴怨也变得淡然。想起自己曾经多番“倚楼看镜待功名”，他不禁失笑“半世儿痴晚方觉”，现在醒悟也许不迟吧，倒不如醉里泛桐江，吹着长笛，看着日落月明，岁月静好。

陆游在山阴的生活闲适悠然，他有很多时间游山玩水，摆弄花草，参与田间的劳作，深入体验田园生活。他这个时期所作的诗歌可以体现出他心态平和，有一组清新的田园诗——《小园》(四首)反映了他当时的状态。

小园烟草接邻家，桑柘阴阴一径斜。
卧读陶诗未终卷，又乘微雨去锄瓜。

历尽危机歇尽狂，残年惟有付耕桑。
麦秋天气朝朝变，蚕月人家处处忙。

村南村北鹁鸪声，水刺新秧漫漫平。
行遍天涯千万里，却从邻父学春耕。

少年壮志吞残虏，晚觉丘樊乐事多。
骏马宝刀俱一梦，夕阳闲和饭牛歌。

这组田园诗风格清丽雅致，农村生活气息浓厚。

第一首主要写实景。园子里的草木茂盛得和邻居家的接连起来，黄桑叶很多，幽暗地堆积在一个角落。躺在床上读着陶渊明的诗卷，还没读完，又趁着雨迷迷蒙蒙的时候出去田里干活。

陶渊明是东晋著名的诗人，以田园诗最负盛名。陆游十分崇拜他，向往能够过着和他那样悠然无虑的田园生活。他常常读陶渊明的作品，还曾写有一首《读陶诗》：“我诗慕渊明，恨不造其微。退归亦已晚，饮酒或庶几。雨余锄瓜垄，月上坐钓矶。年载无斯人，吾将谁与归。”诗人效仿陶渊明，也过起了田园生活，写起了田园诗。

第二首也是写实景，不过视线放得宽广，前两句表明了他的心态。诗人这半生算是经历了许多危机和磨难，吃过苦，也狂放过，如今到了年老体衰，能做的事情就剩下耕种。

第三首比第二首更加深入地体味田园生活。村南村北都响着鹁鸪的叫声，出水如刺的秧苗无边无际没有尽头。诗人在外地做官做了这么多年，如今却跟着邻居农家学习耕作。最后一句，流露出诗人心中五味杂陈的滋味。

最后一首表达出诗人心中的美好愿想。年少的时候心怀大志，理想是到前线去抗战杀敌，年老觉得隐居的地方乐趣多。骑着骏马拿着宝剑去立功这些都像一场梦实现不了，不如在夕阳之下唱着放牛歌好了。

除了到农田里耕作，卧读陶诗，看经书，写诗词，陆游喜欢到户外去散心，经常泛舟游湖，作诗《九月三日泛舟湖中作》：

儿童随笑放翁狂，又向湖边上野航。
鱼市人家满斜日，菊花天气近新霜。
重重红树秋山晚，猎猎青帘社酒香。
邻曲莫辞同一醉，十年客里过重阳。

陆游如今是隐士放翁，平日里经常会去镜湖。镜湖离三山住处不远，落日西斜的时候，天气凉爽，菊花开得正旺，林

间的枫叶已经红了，风猎猎地吹着，夹杂着一阵酒香。诗人离家十年了，就像客人回来过重阳节一样。诗中描写的笑声、斜阳、新霜、枫叶、酒香这些都是从听觉、视觉、感觉、嗅觉来展现出来的。风格清新浅白，语言自然流畅，别有一番淡雅的韵味。

过着这么恬淡的日子，诗人真的完全放下国事，放下一切了吗？

答案是否定的。

虽然过着这样闲适的生活，但是他的灵魂没有停止向往着能够施展才能的官场。他的心中仍然住着那个想要建功立业的将士，他那炽热的爱国情怀，还是坚定不移的。陆游其实很单纯，笔墨里就已经透露出这种壮志难酬的激烈情绪。

今日我复悲，坚卧脚踏壁。
古来共一死，何至尔寂寂？
秋风两京道，上有胡马迹。
和戎壮士废，忧国清泪滴。
关河入指顾，忠义勇推激。
常恐埋山丘，不得委锋镝。
立功老无期，建议贱非职。
赖有墨成池，淋漓豁胸臆。

丈夫孰能穷，吐气成虹霓。
酿酒东海乾，累曲南山齐。
平生搴旗手，头白归扶犁。
谁知蓬窗梦，中有铁马嘶？
何当受诏出，函谷封丸泥。
筑城天山北，开府萧关西。
万里扫尘烟，三边无鼓鼙。
此意恐不遂，月明号荒鸡。

从这两首《书悲》中可以充分看出诗人心心念念的还是抗金复国，为朝廷建立功业，非常赤诚和忠心。

两首诗的语言都非常沉郁悲壮，第一首大意是说如今我又开始悲伤了，在床上躺了很久，想着人生不过一生一死，何必让自己显得这么寂寞冷落。秋风又来了，吹着沦陷的长安和洛阳，上面有金人占领的痕迹。

朝廷和金国和议之后，士兵们都废弃不用了，担忧国家大事，眼泪都流下来了。沦陷的关河就在眼前，并不遥远，忠义的将士互相激励着对方。常常恐怕志士们的才能被埋没，就像锋利的剑不被使用，不能战死在沙场，是多么遗憾的事情。想要立功却等到年老都遥遥无期，所上疏的建议和主张都被君王忽略和嫌弃，唯有寄托于笔墨，尽情地抒写胸臆。

第二首较之前志气有所提高，对未来抗金事业更加积极。诗人知道虽然自己可能没办法亲自去实现这个理想，但是希

望有人可以完成这项事业。

写下这两首诗的时候是淳熙八年（公元1181年），去年他回山阴路上，听说曾觌死了，而龙大渊早在他第一次罢官闲居山阴的时候就已经死了。这两个人在陆游的认识里是利用职权，广结私党，迷惑朝廷的官僚，如今他们都死了，也许对朝廷来说是好事。

而他的好朋友范成大回临安之后，被派到了石头城建康任职，两人一直有信件来往，陆游作有怀念好友的诗歌。他并没有和朝廷政事以及这个时代完全脱轨，虽然这个时候的他几乎日日都在田园里来回。

继《小园》这组清丽诗歌之后，他又作了《蔬圃绝句》七首，详尽记录他在田间生活的点点滴滴。他在第二首当中这样写道：

百钱新买绿蓑衣，不羡黄金带十围。
枯柳坡头风雨急，凭谁画我荷锄归？

字句当中表现出来的诗人，仿佛已经成了一个只顾种地的老农。

百钱买来的新蓑衣已经让诗人很高兴了，不羡慕官员们的黄金带。狂风急雨吹打着枯柳，有谁人看到我拿着锄头刚刚从田里回来呢？

这里的陆游对闲居的田园生活心感愉悦，可是转念他又想，这样的生活似乎不是自己心中最想要的。他的内心住着一个忠诚爱国的将士，时常会跳出来提醒他。有时他耕种回来，夜深人静的时候，回顾自己的人生，会有无限感慨，就像《灌园》里所写的那样：

少携一剑行天下，晚落空村学灌园。
交旧凋零身老病，轮囷肝胆与谁论！

想起年轻的时候在外地的官宦生活，四十六岁又入蜀，将近十载光阴，如今晚年回到贫穷的乡村学习务农。曾经相交的老朋友大多数都死了，诗人也年老体衰，满腔抑郁之情和豪情壮志能够和谁诉说呢？

诗人常常夜不能寐，荒村寒夜似乎格外漫长，使他心灰意冷，辗转反侧，实在难眠，就起身写下了一首《冬夜不寐至四鼓起作此》：

秦吴万里车辙遍，重到故乡如隔生。
岁晚酒边身老大，夜阑枕畔书纵横。
残灯无焰穴鼠出，槁叶有声村犬行。
八十将军能灭虏，白头吾欲事功名。

清代王士祯在《带经堂诗话》中对陆游这首诗的评论是：“写村林茅舍、农田耕渔，花石琴酒事，每逐月日，记寒暑。读其诗如读其年谱也。然中间勃勃有生气，中原未定，梦寐思建功业。其真朴处多，雕镂处少。”这不光是对这首诗，也是对陆游大部分作品的特点概括。

诗人早年在外为官，四处奔走，曾在南郑从戎，也到过秦地，大半个中国都被他踏遍了。晚年回到山阴，恍如隔世。离开太久了，好像重生一样。

山村的生活很简朴，喝酒、写作、读经书，但是这种生活却渐渐将他困起来。虽然他是一介书生，但是理想是成为英雄将士。他开始怀疑自己之前因为上奏被免官是不是一个错误的决定。

没错，当他在腐败的政治斗争上被压制和排挤的时候，确实感到厌倦，想要退下来。可是真退下来，又眷恋官场。不，也许他并不是眷恋官场，他只是想要得到朝廷的重用，想自己的主张得到君王的认可，或者说他只是想国家积极一点儿，主动抗金北伐，收复失地。

就是因为国家一直受外敌欺压，而统治者又那么无能腐朽，他担心着民不聊生，才会这么心塞和悲愁吧。

恰恰他又是一个思想敏锐、感情世界敏感丰富的读书人，那铺天盖地无处发泄的情绪，只能寄托在笔墨之上。

他多么想“一战立功勋”，沙场和胜利，都只能在梦里一遍遍来惊扰他。他在梦里又看见了“国家未发渡辽师，落魄人间傍行路，对花把酒学酝藉，空辱诸公诵诗句。即今衰病卧在床，振臂犹思备征戍，南人孰谓不知兵，昔者亡秦楚三户。”（《十月二十六日夜梦行南郑道中既觉恍然揽笔作此诗时且五鼓矣》）

有时，他梦到的是“老夫壮气横九州，坐想提兵西海头，万骑吹笳行雪野，玉华乱点黑貂裘。”（《冬暖》）

等他醒来，悲伤完了，又不断给自己勉励。到了八十岁的时候，还能灭胡人，就算白头，心里也想着为国家建功立业。

陆游啊陆游，爱国简直到了执着痴迷的地步，既可敬，也可悲。

人最可怕的一样东西，就是执着。它既能毁灭一个人，也能成就一个人。

陆游的执着，最终是否能够成就他呢？

这年的寒冬似乎格外凛然，陆游听说浙东一带闹灾荒，先是大旱，然后是雨灾，老百姓损失惨重，导致了严重的饥荒。而负责这次救灾事情的提举浙东常平茶盐公事朱熹，行动过于缓慢，陆游心急，关注这件事情，写了一首《寄朱元晦提举》，希望朱熹可以妥善地处理这次灾情，体谅老百姓。

市聚萧条极，村墟冻馁稠。

劝分无积粟，告籴未通流。

民望甚饥渴，公行胡滞留？

征科得宽否？尚及麦禾秋。

这首五言律诗写得直率真挚，感染力十足，对灾区的描写非常精绝，短短几笔就将一幅市井萧条、民不聊生的凄凉景象展现出来。

商肆聚集的地方极度萧条冷清，农村的老百姓都冻死和饿死了。此处“极”和“稠”二字用得精妙，表露出诗人那种十分关切灾区情况的痛心。

劝说大家把积蓄的粮食都拿出来互相分享应急，但是大家都已经没有粮食了。从外地买来的粮食不能流通，政府管制得非常严格。

灾民盼望着朝廷的救济，已经到了非常绝望的地步，你（指朱熹）的行动还那么的缓慢？征收赋税能不能放宽期限？尚且等到秋收时麦田有收获了再征收。

最后四句诗人直白地对朱熹的行动表示批评，也暗讽朝廷的办事不力，导致灾情越来越严重，老百姓都陷入绝望之境。

不久前陆游也是在朱熹这个官阶上，那时也出现饥荒的现象，陆游先开了江西地方的粮仓给老百姓应急，情况得到缓解之后，又上疏朝廷请求义仓赈灾，可是就因为这件对的事情，反而被抓住把柄受到弹劾，真是委屈到极点。

这次浙东的灾荒一直持续到次年春天才基本好转。

陆游虽然已经不在那个岗位上，还是操着那份心，为百姓着想。要是换了别人，自己曾经做过的事情被不可理喻地排挤和陷害，才不再多管闲事呢。而陆游事后还对朝廷如此忠心耿耿，别无二心。宋孝宗不重用他，真的是买椟还珠。

淳熙九年（公元1182年），陆游基本都是埋头在读书写作之中。他创作了文集《书巢记》，书中详尽地记录了他的生活和思想。

陆游本来就生于藏书世家，一生都在和书打交道。读书人、知识分子，自然是离不开书的。他自己在文章里也说了，无论是床上、书桌上，还是枕头旁，一眼看过去都是书，除了书也没有别的。他的“饮食起居，疾痛呻吟，悲忧愤叹”无不是和书在一起的。

他就这样无意中将书乱放着围起了一个小天地，客人来拜访的时候，进不去，又或者进去出不来，于是笑他弄了个巢穴，所以就将这个时期的所写的文章编集成《书巢记》了。

就这么在书堆里度过了春夏，一阵西风吹来了，吹得庭院里的树簌簌作响，惊扰了诗人的梦，他又失眠了。仿佛到了秋天，就又有许多的悲愁涌上心头，作诗《夜闻秋风感怀》：

西风一夜号庭树，起揽戎衣泪溅襟。
残角声催关月堕，断鸿影隔塞云深。
数篇零落从军作，一寸凄凉报国心。
莫倚壮图思富贵，英豪何限死山林。

诗人在不眠的夜里起来，拿出旧时从军穿过的战衣来看，一边看又一边地流眼泪，他想起的又是南郑那段峥嵘岁月。他还记得，黎明前的号角总是响彻整个军营，仿佛在催促着边塞上的月亮西沉。

诗人写了那么多关于从军的诗作文章，都是为了表达自己报效祖国的一片丹心。没有人依仗着国家宏伟来贪图自我富贵，英雄好汉为什么只能死在这荒村山林呢？

陆游深知是自己那些狂放和直率的诗词文章得罪了朝廷那些主和的权势，才会在仕途上屡屡受到压迫和诬陷。

可是他不会就此罢笔，如今只有这支笔，才能替他抗议和辩白，他的每一首诗歌都是在表达自己的真情实意。他就是要让那些只懂苟且偷安，以权谋利谋私的官僚看看他的决心，他是永远不会因为恶势力而低头或者退缩的。就算将他逼到角落里，他也总有一天会绝地反击。

他所写的那些伤春悲秋的爱国诗篇，都是他的主张思想的化身，是收复失地统一国家的决心，以及属于读书人，或者说是诗人的呐喊和反击。

这年秋冬，陆游的心境还是偏向于那个激昂的他。虽然对岁月的老去，和现实境况表达出一种无可奈何和凄凉的心态，但是他总会在沉郁之后，再一次擦亮自己心中那颗钻石一样纯粹的爱国之心。他沉浸在书堆和田园里，思想却总飘到很远的地方。

此时的陆游，在诗歌文章上的成就已经大为人所知，可是没什么人知道他的书法功力。陆游自小受到家庭环境的影响和熏陶，又临摹过颜真卿、苏轼等多个著名书法家的作品，他的草书如今已经写得出神入化。

陆游喜欢写书法，关于草书，他有一首《草书歌》，来表达自己对草书的热爱。

倾家酿酒三千石，闲愁万斛酒不敌。
今朝醉眼烂岩电，提笔四顾天地窄。
忽然挥扫不自知，风云入怀天借力。
神龙战野昏雾腥，奇鬼摧山太阴黑。
此时驱尽胸中愁，捶床大叫狂堕帻。
吴笺蜀素不快人，付与高堂三丈壁。

这首七言诗，其气魄和他的草书一样豪放，挥洒自如。

把全部家产用来酿酒，诗人是想说自己的酒量非常好，就算有闲愁万斛，酌三千石酒也无法消除。如今喝醉了，双眼更加有神，提起笔写书法，觉得天地太拥挤了。

在酒醉的状态之下挥洒自如，好像风云都来帮忙出力，如有神助。纸上的字体就像飞腾的神龙一样，奇伟迷离的样子。这个时候才赶跑了心中所有的忧愁，情绪激动地敲打着床，把

头巾扔掉。用吴地的纸和蜀地的白绢来写都不够畅快，只有在高大宽阔的墙壁上才能尽兴。

想到如今朝廷的官臣，没有几个是真心为了国家的前途着想，也没有几个敢和腐败对抗，陆游感到悲哀。他看到南宋的军队已经渐渐丧失积极作战的心态，变得士气涣散，毫无斗志，感到非常可气。自己都五十八岁了，尚且还有横跨沙漠的斗志，而这些军队士兵们却只会新亭对泣，真是不应该。

陆游夜里出游，把船只停在湖边，躺在船上，看着从北方飞来的大雁，就想到沦陷区的老百姓，又想到了自己的无能为力。他总是希望能“一身报国”，却到了双鬓斑白都未能实现这个理想。只能一遍遍地空想，一遍遍地哀叹，作诗《哀北》：

天行天下脊，黄河出昆仑。
山川形胜地，历世多名臣。
哀哉六十年，左衽沦胡尘。
抱负虽奇伟，没齿不得伸。
老夫实好义，北望常酸辛。
何当拥黄旗，径涉白马津。
穷追殄犬羊，旁招出凤麟。
努力待传檄，勿谓吴无人！

在中国这片土地上，有大好的河山，历来也有很多名臣。

从建炎元年（公元1127年）开封沦陷，到如今快有六十年的岁月，我国很多人民都已经被金人统治多年。虽然诗人的理想抱负是奇伟的，却没想到一辈子都不能实现，所以常常望着北方，感到心酸至极。

他只能幻想着有一天能够跟随着銮驾亲征，到沦陷的地区去消灭敌人，收复故土。

“老夫实好义，北望常酸辛”就是陆游内心的真实写照。

这样的幻想是日日夜夜的，喝醉的时候、写书法的时候、夜不能寐的时候、出游泛湖之上的时候，总是轻易地陷入这个旋涡里。其间作诗《三江舟中大醉作》：

志欲富天下，一身常苦饥。
气可吞匈奴，束带向小儿。
天公无由问，世俗那得知！
挥手散醉发，去隐云海涯。
风息天镜平，涛起雪山倾。
轻帆人浩荡，百怪不可名。
虹竿秋月钩，巨鳖倘可求。
灭迹从今逝，回看隘九州。

诗人在三江海口泛舟，大醉，情绪高昂，看看自己如今的境地，虽然心中的志向是为富国强民贡献自己，却落得一番贫苦的境地。抗金的气势可以吞下所有外敌，却在家里照顾着小孩儿。理想和距离，总是差着十万八千里。老天究竟是什么意思，凡夫俗子又怎么能参透！

这首诗越到最后的那几句，越是进入一种消极的情绪。陆游回到“书巢”中，躁动不安的心，可以用文字来治愈。低落的心情，也可以从文字里得到宽慰。这就是文字的力量，也是读书的乐趣。

其间，陆游作有《读书》一诗。

读书四更灯欲尽，胸中太华蟠千仞。
仰呼青天那得闻，穷到白头犹自信。
策名委质本为国，岂但空取黄金印。
故都即今不忍说，空宫夜夜飞秋磷。
士初许身辈稷契，岁晚所立惭廉蔺。
正看愤切诡成功，已复雍容托观衅。
虽然知人要未易，讵可例轻天下士。
君不见长松卧壑困风霜，时来屹立扶明堂！

这首诗饱含诗人的理想、现实还有他对未来的决心。同时还指出朝廷中那些不能顾及国家利益的大臣有着怎样的弊病。

陆游写诗作文，早就真率坦荡，不怕得罪人。

诗中写尽了陆游这个时期的所有情感，抑郁不平之气、愤懑、悲叹、不满、牢骚通通都跃然在字句间。到了最后，他还是振作起来，勉励自己一番，流露出他个性中的浪漫理想主义色彩。

他相信自己可以突破困境，屹立扶明堂，这种乐观的表现和李白在《行路难》中的“长风破浪会有时，直挂云帆济沧海”有着同样的意味。

在读书中，日子又翻篇，淳熙十年（公元 1183 年）的春天来了又走，夏天如期而至，日子有条不紊地逝去，时光似乎定格在山阴多变的景色中。田园的生活是安稳的、宁静的，但陆游的心却不是那么的安稳宁静。

从他这些日子的诗歌作品来看，报效祖国、收复失地仍然是他心中一根无法拔去的刺。他的心对军队生活十分向往，向往到痴迷，作诗《军中杂歌》（八首选其二、七）：

秦人万里筑长城，不如壮士守北平。
晓来碛中雪一丈，洗尽膻腥春草生。

渔阳儿女美如花，春风楼上学琵琶。
如今便死知无恨，不属番家属汉家。

秦国人修筑万里长城，不如汉代飞将军李广那样，任北平太守的时候，匈奴都不敢轻举妄动，非常敬畏他。

诗人希望朝廷能派出像李广将军那样的人才，去收复失地。他已经幻想着沦陷区的人们回归到了祖国的怀抱，过上了安宁与和谐的生活。

陆游对国土统一之后的那种美好生活已经做了千万遍的憧憬和幻想，只要“不属番家属汉家”可以实现，就算牺牲自己又如何？

可惜啊，这一切只能靠想象。年轻的时候，读了那么多的书，从小就立下远大的抱负，一路走来还被奸人不断打压，为了能够为国家为朝廷尽一份绵薄之力，就算无奈也要去做官。只有做官才有机会接触到中央，才有机会施展才能，实现理想。可是到头来，也不过是梦一场，到老了，还是只能埋在书堆里，仿佛永无出头之日。

自己的现状，又让他怀疑人生，从《秋风曲》中所流露出来的，正是陆游这种悔恨的情绪，他这样写道：

秋风吹雨鸣窗纸，壮士不眠推枕起。
床头金尽尊酒空，枥马相看泪如洗。
鸿门霸上百万师，安西北庭九千里。

帐前画角声入云，陇上铁衣光照水。

横飞渡辽健如鹘，谈笑不劳投马棰。

堂堂羽檄从天下，夜半斫营孱可鄙。

拾萤读书定何益，投笔取封当努力。

百斤长刀两石弓，饱将两耳听秋风。

“拾萤读书定何益”一句正表达出他那种悔恨和无奈的消极之意。倒不如一开始就投笔从戎。像辛弃疾那样，年轻时就加入义军，在马背上奔跑，领军打仗，过金戈铁马的生活。

但说到底，朝廷腐败，统治者贪生怕死，有名将又如何，一日不出兵北伐，将士们也只能守着那一点点疆土望尘喝风，随着时光的流逝，作战实力就会下降，就像搁置的兵器不用会折旧和腐朽一样，到时候敌人突然发兵攻打过来，想反击都无能为力，犹如温水煮蛙。

说起辛弃疾，这位南宋将领及中国最伟大的豪放派词人，也是在这两年间被罢官还乡，开始隐居于家乡上饶。他也是一位激进的爱国词人，也是主张出兵北伐。正因为和陆游一样抱负远大，却壮志未酬，辛弃疾才写得出流传千古的著名词作《破阵子》：

醉里挑灯看剑，梦回吹角连营。八百里分麾下炙，五十弦翻塞外声，沙场秋点兵。

马作的卢飞快，弓如霹雳弦惊。了却君王天下事，赢得生前身后名，可怜白发生。

这豪迈的气概，酣畅淋漓的笔法，字句都仿佛在沙场上跳跃着，气势如虹。到最后，一句简单直白的“可怜白发生”就精准地道出爱国志士被罢黜之后的愤懑不平和壮志未酬但岁月已老的无尽失落。

辛弃疾用豪放词来抒怀，陆游用豪放的诗歌来悲叹，两者虽然都是同一个意思，但作品却有着不同的色彩和魅力。

壮志难酬

任何人都逃不过时间的宿命，而时间是陆游最大的敌人，尤其是现在，他都已经鬓发苍白，还被闲置着，他感到既郁闷又彷徨。虽然尘世间很多事情他都看开、看淡了，功名利禄也无所谓了，但是最重要的那件事情，他始终还是想要去实现。

但他并不知道自己能够活多久，人生本来就无常，再这样毫无尽头地虚度，蹉跎完一个又一个春夏，实在令人不安。他有些焦灼，在庭院里来回踱步，四周是寂静的夜，清凉的风吹得他头脑格外清醒。

他时而踱步时而站在树下静静地思索，思索着过去，思索着未来，想到如今报国无门，想哭都不能再哭了，多少个不眠夜，眼泪哭干了也没有用，作诗《夜步庭下有感》：

夜绕中庭百匝行，秋风传漏忽三更。

星辰北拱疏还密，河汉西流纵复横。
惊鹊绕枝栖不稳，冷萤穿竹远犹明。
书生老抱平戎志，有泪如江未敢倾。

诗中“惊鹊绕枝栖不稳”一句的惊鹊出自曹操的诗：“月明星稀，乌鹊南飞，绕树三匝，何枝可依？”陆游觉得自己就像这惊鹊一样，无枝可依。

同样是惊鹊绕枝，他写的另一首七言绝句《月下》的语调就显得轻松欢乐得多。

月白庭空树影稀，鹊栖不稳绕枝飞。
老翁也学痴儿女，扑得流萤露湿衣。

这首表现天伦之乐的诗歌，精简直白，诗中勾勒出一幅他与家中的孩子们嬉闹的生动场景，同样的背景，不同的感觉，流露出不一样的情感。

这个时候的陆游就是那个安于现实平稳生活的放翁居士。

就在他享受家庭的和乐，短暂地从抑郁不平之气中走出来喘口气时，听到朱熹被罢黜的消息，于是归隐武夷山。

原来在六月的时候，朱熹被现任的宰相王淮排挤，指使言官上疏弹劾朱熹，宋孝宗听信王淮之言，以“学者欺世盗名，不宜信用”的罪名，将朱熹罢免。朱熹心灰意冷，不久就回到武夷山，在精舍讲学，沉溺于山水之中，过起隐居生活。

陆游知道后颇有感慨，朝廷所剩无几的志士都被排挤压迫，个个回到乡下做隐士，那国家怎么办？沦陷区的百姓怎么办？

陆游马上给朱熹写了五首诗，劝慰他，希望他不要因此而沉迷于山水和讲学，要振作起来，国家和人民还需要他。

他在《寄题朱元晦武夷精舍》中，有一首当中是这么写的：

身闲剩觉溪山好，心静尤知日月长。
天下苍生未苏息，忧公遂与世相忘。

陆游的诗歌向来不走委婉娇柔的路线，他直白地对朱熹说：你现在刚免官回来，身体闲下来自然觉得游山玩水是快乐的事情。等到日子长了，就会觉得烦闷和无趣，时间也会变得毫无意义。天下的苍生还处于危难之中，特别是沦陷区的人们，你们不要忘了关注时事啊。

朱熹的事情使陆游的情绪再一次陷入低落，他觉得像他们这种读书人，其实是最没用的，在朝廷锋芒毕露，一个不小心就会被排挤，被有权势的人陷害和压迫。他们既不能拿着剑上阵杀敌，又不能在君王面前直谏。像他们这样被免官的，既不能种田，又没有实质官位，真是左右不是人。

陆游在心情糟糕的时候，经常会怀疑人生，他在《有感》

一诗中也对自己半生感到不解：

书生事业绝堪悲，横得虚名毁亦随。
怖惧几成床下伏，艰难何啻剑头炊。
贷监河粟元知误，乞尉迟钱更觉痴。
已卜一庵鹅鼻谷，可无芝术疗朝饥？

他将自己的境遇写得十分凄惨，回顾这半生，的确是坎坷不堪。他的仕途一直都波折重重，如果受到重用那是另当别论，但是始终被投闲置散。这么一来，做书生，是挺悲凉的，又不会其他谋生的本领，只有几袋子书，就像他自己说的，“可怜秀才最误计，一生衣食囊中书”。这种情况，并没有比侏儒好多少。

发牢骚归发牢骚，陆游看事情还是很清晰的，他一生的不可解，答案正是为了国家。他觉得自己身为读书人没有用，多少有点自责之意。如果可以，他也想将自己的力量贡献出来，就算要捐躯，也在所不辞。

在《感愤》这首诗中，陆游这样写道：

今皇神武是周宣，谁赋南征北伐篇？
四海一家天历数，两河百郡宋山川。
诸公尚守和亲策，志士虚捐少壮年！

京洛雪消春又动，永昌陵上草芊芊。

诗人自己那么积极，朝廷却坚持议和，让敌人一直侵领着土地，诗人感到愤怒和不平。他在诗中批判了南宋统治者这种昏庸无能的行为。他多么希望宋孝宗可以和周宣王一样贤明果断，为国家做出一番事迹，可以让后人为他写出值得歌颂赞扬的诗篇。但朝执政的官僚们还坚持着和敌人签订和议，迟迟不抗金北伐，白白浪费了将士们年轻力壮的体魄。

汴梁和洛阳城过完一个又一个春天，宋太祖赵匡胤的坟墓前早已草木横生。山阴也是过完了一个春天又一个春天，眨眼间诗人已经年满六十岁。闲居的日子越长，陆游心中就越惦记着国家大事，惦记着前线。他经常写爱国诗歌，提醒着自己不要忘记抗金的事情，同时也提醒着世人不要苟且偷安，坐以待毙，比如这首《春夜读书感怀》：

荒林枭独啸，野水鹅群鸣。
我坐蓬窗下，答以读书声。
悲哉白发翁，世事已饱更！
一身不自恤，忧国涕纵横。
永怀天宝末，李郭出治兵。
河北虽未下，要是复两京。
三千同德士，百万羽林营。
岁周一甲子，不见胡尘清。

贼酋实孱王，贼将非人英。
如何失此时，坐待奸雄生？
我死骨即朽，青史亦无名。
此诗倘不作，丹心尚谁明？

这首五言写于万物复苏的春天，风格豪迈雄浑，有着陆游诗一贯的特点。诗人在诗中回望了唐朝的安史之乱等事件，用这些过去的例子来警醒朝廷的统治阶级，试图唤醒他们的斗志。

荒凉的树林里，猫头鹰孤独地啼叫，野外的池塘一群鹅在鸣叫。诗人坐在茅草屋的窗户下，用读书声来回应这些大自然发出来的声音。诗人悲叹自己已经成了一个白发苍苍的老人。这一生不会怜悯和体恤自己，忧虑国事到眼泪都流出来。

永远记得唐玄宗天宝十四年（公元 755 年），安禄山叛变的事情。李光弼和郭子仪出兵平定了安史之乱。虽然他们收复了长安和洛阳，但是河北一带还被敌人占领着。三千士兵只有一个共同的意志，百万的宋军也一样。诗人已经六十岁了，还没能见到敌人被肃清。

金人的统治者软弱无能，贼人的将士们也并非人中豪杰。如果错过了这次进攻的机会，坐以待毙，难道要等着他们壮大起来吗？就算诗人死了骨头腐朽了，青史上也不会留下名字。如果不写这首诗，有谁能明白他的一片丹心呢？

最后一句可以看出诗人那无奈愤懑的不平之气。

陆游写诗向来都是真情流露、直抒胸臆，他将自己的所见所闻和心中最真实的感受寄托在笔墨之中，他是不会隐藏自己的意见和主张的，就算得罪人，也阻止不了他激进的爱国之心。

这年的秋天，陆游病倒了，痊愈之后身体非常虚弱，他在《悲秋》中这样写道：

病后支离不自持，湖边萧瑟早寒时。
已惊白发冯唐老，又起清秋宋玉悲。
枕上数声新到雁，灯前一局欲残棋。
丈夫几许襟怀事，天地无情似不知。

诗人病后身体孱弱，连站都站不稳。他看到湖边一片萧瑟的秋意，感觉今年的寒冷来得很早，他已经惊觉自己的头发比冯唐的还苍白。同样都是年老不被重用，又像战国时的宋玉那样悲秋，不得志、无所作为，真是悲哀惭愧啊。

诗人在枕上听到从北方飞来的新的大雁叫声，就想起北方还被敌人占领着。灯前一盘没下完的残局，就像南宋此时的局势一样，没有办法收拾。大丈夫心里有多少的事情，天地无情，好像什么都不知道。

寒冷萧条的秋景使诗人想起了未完成的国家大业，想起被敌人侵占的北方，觉得朝廷已经将局势搞得没法收拾了。然

而他自己却年老多病，又得不到重用，非常凄凉和难受。

病愈后没多久，陆游收到亲人从广州寄来的信件。当时通信不易，所以收到信件后诗人非常高兴，但也非常担心在南方生活的亲人们。

他在《得所亲广州书》诗中写道：

音信连年恨不闻，书来细读却消魂。
人稀野店山魈语，路僻蛮村荔子繁。
毒草自摇春寂寂，瘴云不动昼昏昏。
此生相见应无日，且置清愁近一樽。

来自广州的这封书信，据说是陆游的侄子陆绳所写的。书信和消息连续几年都没有，诗人担心亲人的安危，等到如今终于收到信件，细细看完之后觉得更加担心了。

野店里人迹罕至，都是山怪，道路偏僻的南蛮村子里有很多荔枝树，荔枝都繁盛得很。毒草在寂静地摇摆着，天上乌云没有动，使得白昼昏昏沉沉的。这一辈子应该都见不着面了，就在此敬亲人一杯。

在这首七言律诗中，诗人没有明显地叙说对亲人的思念，但是透过婉转的字句，是可以看出来陆游希望亲人好好地生活着。

山阴的闲居生活没有什么特别，比较单调，诗人很快就觉得枯燥了。

日子不紧不慢地流逝，转眼就是淳熙十二年（公元1185年）。诗人一边关注着外界的情况，一边过着安稳而又毫无新意的小日子。

病好后，他又经常出去散步、泛湖，到寺庙道观去走走。天气的变化和季节的更迭以及周遭一些细微的动静，都能触动诗人敏感的神经。

诗人感性，一草一木，一花一云，都能够变成诗句。特别是无眠的夜晚，看着清冷的月光照进屋里来，更是勾起心中的丝丝忧愁，于是他怀着这悲苦落寞的心境，作诗《夜步》：

市人莫笑雪蒙头，北陌南阡信脚游。
风递钟声云外寺，水摇灯影酒家楼。
鹤归辽海逾千岁，枫落吴江又一秋。
却掩船扉耿无寐，半窗落月照清愁。

诗人虽然曾经渴望过安稳的日子，但是他心里放心不下国家大事，也时刻关注着朝廷的动态。

他之所以羡慕陶渊明，或许就是知道自己过不了真正的“采菊东篱下，悠然见南山”的田园生活吧。

官至五品

淳熙十三年（公元 1186 年），朝廷的人事有所变动，而这一年的变动和陆游有关。

陆游的好朋友周必大升职为枢密使。

春天，朝廷任命陆游为朝奉大夫兼权知严州军州事。这次的官位是五品，较之前的官阶都要高。这是否说明宋孝宗开始重用他了呢？

其实不然，宋孝宗由始至终欣赏的只是他的文学作品。

陆游接到通知后，就收拾行李离开山阴，准备去临安面圣。其间，他在《书愤》中这样写道：

早岁那知世事艰？中原北望气如山。
楼船夜雪瓜洲渡，铁马秋风大散关。
塞上长城空自许，镜中衰鬓已先斑。

出师一表真名世，千载谁堪伯仲间？

年轻时哪里知道世间险恶艰难，当时望着中原的沦陷区，心中的愤恨之意简直气吞山河。当年完颜亮率领大军南下，准备从瓜洲渡江，被宋军击溃，然后金军内部矛盾爆发，完颜亮被部下杀死。后来金兵攻陷大散关，宋军死守，将大散关收复。楼船雪夜的瓜洲，以及秋风吹过的大散关，都使诗人想起当年宋军英勇的一面。

诗人曾经雄心壮志，主张抗金，但是镜子里的自己，已经年老色衰，鬓发花白。诸葛亮的出师表流传后世，非常出名，千载年来无人与之相提并论。

写这首诗歌的时候，陆游已经六十二岁，第二次罢官闲居山阴六年，这六年，他一刻都没有忘记自己的宏伟抱负。这首诗以一个“愤”字贯穿通篇，表达诗人对自己壮志难酬感到愤懑，同时也对南宋朝廷的无心作战感到愤慨。

诗人在诗中提起宋朝两次的胜战，都想希望引起当今统治者的关注，并不是我军战力不如别人，也不是我军没有良将，缺乏的是贤明果断的统治者。

开篇诗人情绪高昂，联想到往事，气势浩大，但到了五六句，却转入一种低落悲叹的情绪当中。“塞上长城空自许”这句中一个“空”字用得非常精妙。诗人痛心疾首，壮志还没实现，国土还没收复，年岁就老去了；这是一件多么无可奈何的事情。

诗的最后两句，用典明志，以诸葛亮当年坚持北伐，写下《出师表》为例子，想要向世人表明，自己抗金的主张和意志是非常坚定的。

在陆游这么多的七律爱国诗歌里面，这首《书愤》是名篇之一。清朝方东树的《昭昧詹言》这样总结此诗："志在立功，而有才不遇，奄忽就衰，故思之而有愤也。"

清代的纪昀也曾这样赞誉说："此种诗是放翁不可磨处。集中有此，如屋有柱，如人有骨。"

三月，陆游到了临安，住在西湖畔，听候召见。刚刚下过雨的西楼，让他分外有感触，于是写下了一首《临安春雨初霁》：

世味年来薄似纱，谁令骑马客京华？
小楼一夜听春雨，深巷明朝卖杏花。
矮纸斜行闲作草，晴窗细乳戏分茶。
素衣莫起风尘叹，犹及清明可到家。

开篇即抒情。近年来觉得人情世味淡淡的，像一层薄纱，谁又使我骑着马来到这繁华的京城呢？经历了几十年的宦海沉浮，诗人早已看透了人间的世态炎凉。

诗人从小就立志报效祖国，一直有着远大抱负，可是几十

年来仕途坎坷不顺。如今壮志未酬，生活上又遭遇各种不幸和苦难，他发出悲叹，确实是有迹可循、合乎情理的，并非无病呻吟。

不过他对这次的任命有些忐忑，所以此处才会发出这样的疑问吧。

颔联写西湖畔客栈附近的实景，亦是全诗的诗眼。住在小楼一夜听尽了淅淅沥沥的春雨，早晨会听到小巷深处在一声声叫卖杏花。

诗人一夜听雨，说明他一夜都没有睡着，想必又是惦记着国家大事，忧虑着，愤恨着。正好外面又下了一夜的春雨。这绵绵的春雨，本该是春光无限好，诗人心中却流露出淡淡的忧伤。

第二天深幽的小巷传来叫卖杏花的声音，说明春天已经很深了，即将要过去了。这两句诗风格清丽雅致、意境深远，据说后来传到宫中，连宋孝宗也十分赞赏，后来被世人广为流传。

颈联写诗人眼前的情景。铺开白纸，拿出笔墨，悠闲从容地写着草书，雨后放晴，在窗户边不紧不慢地煮水、沏茶、撇沫，品尝着名茶。

诗人的心情忧伤，却也只能闲而无事写写书法、泡泡茶，等待着觐见的日子到来。这般闲情逸致，道出了诗人的无奈。作为一个爱国的志士，陆游向来是激进的，国难当前，朝廷已经耽误了很多岁月，如今还要在这小楼里消磨时光，对他

来说，实在按捺不住啊！

于是就有了尾联的怨叹：不要抱怨那京都的尘土会弄脏那洁白的衣服，清明的时候，应该还来得及赶回山阴老家祭拜先祖。此处诗人表达的是羁旅风霜之苦，想要尽早回家。

诗人借春光来表达心中的愁绪，与其他诗人不同之处就在这一点，古往今来，都是对春天的无限歌颂。而诗人却相反，把春天写成了人间的无情之物，妙不可言。

也许他早就看透，春光明媚的临安城只不过是统治者和主和派所伪装出来的伊甸园，一切只不过是粉饰太平。

但他不同，他一直都很清醒，即使是遭遇了严酷的现实，即使壮志难酬，心中悲愤，他还是坚持自己的主张。

《临安春雨初霁》没有《书愤》那么豪放高昂，却用另一种更加深沉的意境来表达同样的思想感情。他描写的闲，也只不过是短暂的，到了觐见皇帝的时候，他自然又是那个坚持抗金、敢于直谏的陆游了。

在西湖畔待了一些时日，陆游终于得以入宫觐见。他写了几篇上朝的札子，呈给宋孝宗，札子上写的还是自己坚持抗金的主张，以及对敌情的预测和看法。可是宋孝宗并没有把这些放在心上。

宋孝宗对他说："严陵，山水胜处，职事之暇，可以赋咏自适。"

宋孝宗这么说用意很明白，他由始至终欣赏的只是陆游在

文学上的作为，他一直都只把陆游当作诗人。

距离去严州上任还有一段日子，陆游在临安城待着。

当时和他来往的有两个人，一个叫张镃，是南宋初期的大将张俊的孙子，和陆游交情不算深，但他是很有名的贵公子，也喜欢写诗作词，因久闻陆游在诗坛上的大名，于是约他一起喝酒。

陆游在扇子上题过一首诗——《饮张功父园戏题扇上》：

寒食清明数日中，西园春事又匆匆。

梅花自避新桃李，不为高楼一笛风。

这首诗风格清丽隽秀，带着淡淡的无奈之意，正是诗人当时的心情。

还有一人是杨万里。杨万里也是当时很出名的诗人，可以和陆游相提并论。而且他也是主战派，和陆游很多相通之处。当时他在临安任左司郎中。

陆游给他写过一首《简杨廷秀》："衮衮过白日，悠悠良自欺。未成千古事，易满百年期。黄卷闲多味，红尘老不宜。相逢又轻别，此恨定谁知。"

杨万里回他一首《和陆务观惠五言》："官缚春无分，髯疏雪更欺。云间随词客，事外得心期。我老诗全退，君才句总

宜。一生非浪苦，酱瓿会相知。”

杨万里和陆游关系不错，又同在临安，交往甚密，有种亦敌亦友的感觉。

他们一起出游，赏过海棠，游过张氏北园和天竺。

这年七月，陆游怀着怅惘的心情前往严州。

严州是一个大城市，位于临安的西南。

陆游的高祖父陆轸曾在这里做过知州。

一开始陆游还是很积极地开始新生活，投入烦琐的工作中的，可是很快便腻烦了。这个职位公职繁忙，要处理很多诉讼，和他预期的不一样，这里的酒更是非常难喝。

他觉得自己在做无用的事情，过着无趣的生活，没完没了，心中塞满压抑的情绪。

他在《秋怀》中这样写道：

少时本愿守坟墓，读书射猎毕此生。
断蓬遇风不自觉，偶入戎幕从西征。
朝看十万阅武罢，暮驰三百巡边行。
马蹄度陇雹声急，士甲照日波光明。
兴怀徒寄广武叹，薄福不挂云台名。
颔须白尽愈落寞，始读法律亲笞榜。
讼诋满庭闹如市，吏牍围坐高于城。

未嫌樵唱作野哭，最怕甜酒倾稀饧。

平生养气颇自许，虽老尚可吞司并。

何时拥马横戈去，聊为君王护北平。

诗中前半段是写诗人从前得意充实的军旅生活，后半段写了如今在严州的状况，将两种不同的生活和经历做比对，最后一句表露出自己的真实想法。

即使到了如今，他还想着到前线去参加作战，为统一国土而贡献自己。

但现实就是“讼氓满庭闹如市，吏牍围坐高于城。未嫌樵唱作野哭，最怕甜酒倾稀饧。”他也无可奈何。

恐怕他一辈子都忘记不了在南郑的日子。

他在《纵笔》（三首选一，其二）中这样写道：

东都宫阙郁嵯峨，忍听胡儿敕勒歌。

云隔江淮翔翠凤，露沾荆棘没铜驼。

丹心自笑依然在，白发将如老去何！

安得铁衣三万骑，为君王取旧山河！

汴京开封的宫殿众多，林林立立，都很高俊的样子，忍着悲愤的情绪听着金人的歌曲。诗人幻想着皇帝亲征，然而现实是汴京的旧都宫殿还是一片荒凉的景色。

诗人自嘲报效祖国的一片丹心还依然存在，但是年老了，头发白了，该如何是好呢？

诗人希望能够率领三万兵马，为君王夺回失去的山河。

陆游不甘于做一个文官，而且是一个被别人说只会吟风弄月的文官。他的军事战略和思想一直未被看重，但他一直没有放弃。即使现实得不到满足，还可以从回忆里找到些许安慰，他在《纵笔》的另一首这样写道：

行省当年驻陇头，腐儒随牒亦西游。
千艘冲雪鱼关晓，万灶连云骆谷秋。
天道难知胡更炽，神州未复士堪羞。
会须沥血书封事，请报天家九世仇。

他追忆着南郑的生活，憧憬着收复失地后的胜利。

在严州的日子过得很痛苦，陆游的心境起起伏伏，生活中遇到了各种糟心的事情，比如酒不好喝，味道甜得像糖水，对于一个爱喝酒要借助酒来释放情绪的诗人来说，这是一件非常痛苦的事情。严州没有好酒，他便求于都下，就这么点事情，别人还办不好，酒不能按时送达，令他更加烦躁了。公事之余，想要读书打发时间，这里的藏书家又不肯把他想要的书籍借出。

到任严州的时候是夏末，如今入秋，严州的秋天显得分外凉薄，诗人作诗——《秋雨北榭作》：

秋风吹雨到江濆，小阁疏帘晚色分。
津吏报增三尺水，山僧归入万重云。
飘零露井无桐叶，断续烟汀有雁群。
了却文书早寻睡，檐声偏爱枕间闻。

这首七言律诗开篇写景，首联点明题意。

秋风瑟瑟的雨夜，雨水打落在浙江的江面上，已是傍晚时分，高楼小阁的窗户映出零零落落的灯光。管理渡口桥梁的官吏来报，说江水上升了三尺，云雾重重，山水濛濛，仿佛一幅水墨画。

颈联勾勒出一幅凄美哀婉的风景画。没有覆盖的井里落满了梧桐叶子，水汽弥漫的江面时不时有大雁结伴飞过。此处的意境引出尾联凄苦的心境。一日工作完后，早早地躺下睡觉，屋檐的滴水之声却总是在耳边响着，这样的秋夜，诗人肯定又睡不着。

这首诗充分地流露出诗人内心孤寂凄凉的愁绪。与豪放的词句相反，写得无尽哀婉。陆游对什么风格的诗歌都把握自如了。

此时，陆游的七律已经有属于自己的鲜明特色。

当然，他的五律也是绝妙的，无论从题材内容还是角度切入都不拘于死板，灵活新颖，画面和意境都非常深刻。《老将效唐人体》中这样写道：

宝剑夜长鸣，金痍老未平。
指弓夸野战，抵掌说番情。
已矣黑山戍，怅然青史名。
和亲不用武，教子作儒生。

诗人以一个老将的视角和口吻回忆过去的事情，表达了自己对朝廷统治者贪图安逸腐败无能的不满。

题中老将其实指的就是诗人自己。

老将曾经征战沙场用过的宝剑又在夜里于剑鞘中发出不平之鸣，身上曾经受伤留下的伤痕即使到老了还存在，仿佛在提示着老将不要忘记过去的峥嵘岁月，以及未来对收复河山的远大抱负。

于是就引出下面两句，对往事的回想。看着弓箭，就想起当年在沙场上所立下的战功，这是值得夸奖的事情，谈及金人内部的情况，因为他们气数将尽而愉快地击掌。

保卫北方的战斗已经失败了。想到在史册上留名之事，就感到无限的怅然。老将没有功勋业绩，无法在史册上留名，感到非常失落。因此有最后两句反语，南宋和金人和议，用不着打仗，那以后的孩子都不用从武了，做读书人就好了。最后两句表现出诗人对南宋朝廷的失望，以及对和议之事感到愤恨。

这首诗描写了一个老将的心路历程，从年轻的时候为国家效命，但是没有建立任何功业，到老了回归闲居生活，但是不平之意仍在心中，壮志也从未被磨去，只可惜朝廷也不再需要他了。

因为不平之意，故而又有一首《书愤》：

清汴逶迤贯旧京，宫墙春草几番生。
剖心莫写孤臣愤，抉眼终看此虏平。
天地固将容小丑，犬羊自惯渎齐盟。
蓬窗老抱横行路，未敢随人说弭兵。

流经开封的汴水长远曲折，贯通整个都城，宫墙里杂草已经生长了好几个春秋，汴京沦陷多年，宫殿也荒凉了多年。

颔联“剖心”一词引自商朝的典故，传说商朝最后一位皇帝纣王拒谏贼贤，大臣比干曾向他进谏，触怒了纣王，纣王说：“吾闻圣人心有七窍。”于是命人剖开了比干的前胸，挖出他的心脏。诗人用这个词，证明自己的爱国之心非常赤诚。

即使将我的心挖出来也不能表达我的悲愤，即使将我的眼

睛挖出来也一定会看着金人灭亡。

“抉眼”一词更是表达了诗人抗金的意志非常坚定，引自春秋时期的典故，吴国大夫伍子胥劝说吴王夫差杀越王勾践，可是吴王不听，反而要杀他，他临死前说：“抉吾眼县吴东门之上，以观越寇之入灭吴也！”不听劝的吴王，最后果真被越王灭了。

南宋北方宽阔的山河，容纳小丑般的金人。金兵一向有背叛盟友的行为，不可信。诗人坐在茅草屋的窗前怀抱抗金的策略，不敢跟别人说停战的事情。

在此诗中，诗人对腐败的统治者发出了呼声，他预测到金人内部已经出现了问题，他们的统治很快就会土崩瓦解，如果朝廷趁这个机会出兵北伐，一定可以将他们一举歼灭，收复沦陷区指日可待。

如果朝廷还是一味地向敌人屈膝求和，以贪图那么一点点的安乐，只会更加无翻身之日。

本来陆游还是对未来有一点儿乐观的，特别是淳熙十四年（公元1187年）春天，他得知昔日的好友周必大升职，被任命为右丞相，或许可以改变统治者的想法。可是他慢慢发现，统治者的封建思想已经太落后太根深蒂固，根本无法改变。

无论谁做丞相，统治者始终是腐败的。

陆游又感到了失望，为自己的无能为力而感到悲哀。

在无法入眠的春夜，他作诗《夜登千峰榭》：

夷甫诸人骨作尘，至今黄屋尚东巡。
度兵大岘非无策，收泣新亭要有人。
薄酒不浇胸垒块，壮图空负胆轮囷。
危楼插斗山衔月，徒倚长歌一怆神。

诗人走到高台上，看着暗黑的夜，心中怆然。国家要收复失地，必须要有人才啊！但是人才也要为君王所用才能发挥其作用，否则像自己一样，庸庸碌碌几十年，空怀一腔抱负，期盼了几十年，都没能实现理想。

陆游的伟大，正因为这份到老都执着的、赤诚的、纯粹的爱国之心。

他大可以什么都不管，什么都不想，享受自己的人生，享受自己在诗坛文学上所带来的荣誉和赞赏，可是他早就将自己的人生全部都倾注在爱国事业上。

很多时候，他都会本能反应般地想起国家大事，比如听着官衙的鼓角声，他便想起沦陷的北方地区。金人横行霸道，人们生活受到压迫，可是朝廷的官僚们却在醉生梦死中。而诗人却慨叹白白读了这么多年书，却什么都做不了，只能担

心得睡不着觉，寄希望于英雄人物出现，可以拯救苍生。

陆游既要为国事担忧，又遭遇亲人离世的悲痛。

到任严州知州的那一年八月，陆游的小女儿出生，取名闰娘。

据说这个小女儿是陆游从四川出来所带的一名杨姓少女所生，并非王氏所生。此前陆游已经有六个男孩子，所以他对这个小女儿特别喜爱。

而这年秋天，小女儿才满一岁就夭折了，这对陆游打击很大，他伤心欲绝，痛苦不已。

陆游已经六十多岁，有个小女儿本是多么开心的事情，可是命运无常，使陆游非常痛苦，心情非常低落。

还没从亲人离开的忧伤中缓过来，朝廷传来了一则噩耗，太上皇宋高宗驾崩了。整个德寿宫陷入一种哀痛的气氛之中。

宋高宗当年退位给太子，宋孝宗初初登基时，还是有所作为的，本以为出现了一位明君，可是结果还是一样。在抗金的问题上，宋孝宗最开始是有出兵念头的，可是由于高宗干政，宋孝宗的决心动摇了，他渐渐地就意志消沉了。

宋高宗驾崩这事，陆游没有诗稿记录。对于将生活中一切感悟和事情都会用诗词歌赋记录和反映的陆游来说，这一点着实令人有些不解。可能他写了，但在整理诗稿的过程中又删掉了呢？如今已经无法考证。

能确定的是这年冬天陆游在整理自己的作品时，删掉了数量巨大的诗歌。根据资料统计，陆游在四十二岁之前，一共创作了一万八千八百首诗歌，后来删定为九百四十首。

而这次整理的过程中，删定为九十四首。

我们无法得知诗人选删诗歌的标准是什么，但是可以看出，诗人对自己的人生是有一定的思考和衡量的。也许他认为这些诗歌没有足够的资格继续流传在世上吧。这个做法，既是对过去自我的否定，也是对现存作品的高度肯定。

他对诗歌是非常重视的，对人生的态度也是严谨的。

这个时期的他，内心一定是充满灰暗色彩的。人生到此，仿佛已成定局，没法改变什么了。内心的坚定信念，不知是否应该继续坚持下去呢？

他这一生，可能真的无法看到中原被收复，国土被统一。统治者的腐朽，自己的抱负落空，人生的坎坷不堪，种种打击都使他心力交瘁，痛苦万分。

初冬的寒风吹起了他的白发，也吹疼了他的心。

这年冬天似乎格外悠长和寒冷，陆游的笔调也趋于凄冷，他写下这首《妾命薄》（太白作此篇，言长门宫事，予反之）：

妾命薄，早入天家侍帷幄。

君王勤俭省宴游，宝柱朱弦尘漠漠。

日长别殿承恩稀，旰昃犹闻亲万机。

宫中虽无珠玉赐，塞上不见烟尘飞。

不须悲伤妾命薄，命薄却令天下乐。

诗人反对宫怨诗的陈规，推陈出新，用凄冷的笔调将宫怨诗写出乐观积极的一面来。

臣妾的命运不好，年轻的时候就入宫侍奉皇上。皇上勤俭，既不经常设宴，也不出外游览，宫殿里的柱子和琴弦上都铺满了灰尘。

皇上经常到别的宫殿去，不来臣妾的宫殿了，而且经常忙于处理繁多的政务，日理万机，没时间来后宫。我的宫殿里虽然没有珠宝玉石的赏赐，但是也没有边塞上的烟尘和烽火。不需要为我的命不好而感到悲伤和怜悯，命不好却使天下太平是件好事。

“命薄却令天下乐”是全诗的诗眼，诗人用此诗来表达自己对皇帝寄予了厚望。

从宫中回归到民间，诗人将视线放在做生意的商贾身上，用商贾的富足和快乐，反衬像他这样的士大夫那种报国无门，坎坷波折的命运。

长江浩浩蛟龙渊，浪花正白蹴半天。

轲峨大艑望如豆，骇视未定已至前。

帆席云垂大堤外，缆索雷响高城边。
牛车辚辚载宝货，磊落照市人争传。
倡楼呼卢掷百万，旗亭买酒价十千。
公卿姓氏不曾问，安知孰秉中书权？
儒生辛苦望一饱，趑趄光范祈哀怜；
齿摇发脱竟莫顾，诗书满腹身萧然！
自看赋命如纸薄，始知估客人间乐！

这首诗的题目《估客乐》是乐府《西曲歌》名，估客是指民间做生意的商贾。

此诗每六句分为一层，第一层用景色之壮阔来写生意人的商船气势不凡。长江江水浩浩荡荡的就像蛟龙盘踞一样，翻滚的浪花击打着江面，直飞半空之上，画面之雄壮不难想象。远远望去商船如豆般非常小，可是当它们破浪前行，急驶到面前来的时候，高耸的风帆迎风飘扬，实在令人惊叹。风帆张挂在大堤外，直入云霄，缆索运动的声音就像雷声那么响亮，在高城边都能听得到。

诗人勾勒出一幅阵容非常浩大的画面，充满生命力和色彩。

第二层主要描写商人。将商船上卸下来的货，用牛车运送到集市上去交易。牛车载满了数不清的货物，宝物非常多，人们争相着传看。

从此处可以看出南宋时期经济贸易非常发达，市场一派繁

荣的景象。商人卖完货物后，有了非常厚实的收入，他们到酒楼去尽情喝酒吃肉，或者到赌坊去豪赌一番，不惜散金百万，来尽情玩乐和享受，他们的消费又能够带动和促进经济的发展。

这些靠自己劳动力所得去消费和生活的生意人，和朝廷那些拿着俸禄过日子的官僚不一样，陆游对商人是抱着肯定和认可的态度，这也和他几十年来在宦海之中所遭受的排挤和压迫有关。

最后一层诗人将笔锋转到自己身上，读书人辛辛苦苦寒窗苦读，考取功名，就只为能够谋到一官半职，养活自己和家人。读书人的生活十分艰难，前途也很渺茫，只能四处奔走祈求一官半职，还要看人脸色，受人欺辱，实在非常可怜。

最后一句“自看赋命如纸薄，始知估客人间乐”表达了诗人对商贾的羡慕和肯定。自己的命运就像纸那么薄，经历了这么多事情之后，尝遍了人生百态，忽然发现商人的生活可以这么富足和安乐。

这首诗隐隐地透露出诗人对官场生活的彻底厌烦。

自请还乡

果然，三年的知州任满，诗人就上疏朝廷，乞求带薪停职。

他在札子上说："年龄衰迈，气血凋耗，夏秋之际，痼疾多作，欲望钧慈特赐矜悯，许令复就玉局微禄，养痾故山，及天气尚凉，早得就道。"

不久，宋孝宗批准了这个札子，准许他还乡，给他俸禄，就像如今的退休一样，可以收到退休金。他年老了，体弱多病，不适宜再继续奔走做官，可是在政治上、在国家大事上，他还是热情满满。

淳熙十五年（公元 1188 年），七月。

陆游回到山阴，生活的节奏慢下来，心情也得到了缓和。乡间的生活，让他淡泊起来，偶有一首闲适的小诗怡情——《若耶溪上》：

九月霜风吹客衣，溪头红叶傍人飞。
村场酒薄何妨醉，菰正堪烹蟹正肥。

这首七言绝句清淡之中带有对生活的深入体味。若耶溪在镜湖附近，诗人经常去闲游。

第一句中“客”字说明他多年在外漂泊做官，一生去过很多地方，对于山阴，自己反而像是客人一样。

如今回归故乡，在天高气爽的秋季，风夹杂着寒冷之意，溪头的红叶飘落在身边，有种淡淡的愁绪，不知如何排遣。

最后两句写农家生活的画面。村庄里祭祀神灵的场地，酒不浓烈，不怕会喝醉，可以尽情地畅饮，享受美食佳肴。此诗恬淡中有着深远的意境。

虽说远离了官场，可是他没有哪一刻不是想着国事的。

有一首秋天的诗歌，可以看出诗人内心的涌动。

《感秋》

会稽八月秋始凉，梧桐叶落覆井床。
月明缟树绕惊鹊，露下湿草啼寒螀。
丈夫行年过六十，日月虽短志意长。
匣中宝剑作雷吼，神物那得终摧藏。
君不见昔时东都宗大尹，义感百万虎与狼。
疾危尚念起击贼，大呼过河身已僵。

全诗基调沉郁。

会稽是山阴的一个小县，八月就已经入秋，天气开始变凉，梧桐叶落满了整个井盖之上。清冷的月光笼罩着树木，惊扰了停留在上面的燕雀。露珠沾湿了草丛，寒蝉不停地鸣叫。诗人将一幅潇潇凄冷的秋色之图展现在人们的面前。

接着诗人将视觉转回到自身。他已经年过六十了，剩下的日子不多，但是心中的意志还是很坚定的。剑鞘中的宝剑还会发出如雷声般浩大的嘶鸣，它还不知道自己终究会被销毁。

诗人表达了自己抗金作战的意志依旧不变，仍然拥有豪情壮志。只是他又马上陷入抑郁之中，希望明明灭灭，不知道哪天才能有机会实现抗战的理想，或许一辈子都实现不了。

最后四句回忆往事，怀念北宋抗金的勇将宗泽，对抗金事业誓死遵从。东都宗大尹就是指北宋时期的宗泽将军，他当年收编义军，任用岳飞为将领，屡次将金兵打得落花流水，金兵闻风丧胆，世人尊称他为“宗爷爷”。宗泽多次上疏朝廷，想要彻底扫除金人，收复失地，可是遭到阻扰，只能投降收兵。统治者的做法使他愤怒不已，最终忧虑过度病死了。宗泽病中还对抗金之事念念不忘，实在令人唏嘘不已。

陆游觉得应该要以宗泽为榜样，坚持抗金出兵，不该这么腐败苟且下去，置沦陷区的老百姓于苦难中而不管不顾。

在这无眠的秋夜，他起身感怀，仰望着寂寥的星空，想及

国家的前途，老眼濡湿，心中无限悲叹。

究竟什么时候才能收复中原呢？诗人悲伤地发出这样的感叹。可恨的是没有人可以消灭敌人，就算有，这个人什么时候才能出现呢？

诗人上年纪了，不可能亲自去作战，但是他对于如何灭金有自己的想法，他仍然经常大半夜阅读兵书，研究作战策略。

不可否认诗人在军事战略上有一定的才华和见解。他经常自比韩愈或者诸葛亮。但是他却不能像他们那样，有机会去施展这样的才能，那么有这方面的才能基本就等于无用了。

他的痛苦正在于此，他的无奈也在于此。在很多这个时期的诗歌可以看出他的情绪是纠结而复杂的。

不断地自我否定，又不断地怀疑人生。

比如他在《上书乞祠》中理性清醒地诉说：

上书又乞奉祠归，梦到湖边自叩扉。
此去敢辞依马磨，向来真惯拥牛衣。
致身途远年龄暮，报国心存气力微。
砉墓那因一怀祖，人间处处是危机。

再比如他在病中高昂地哀呼吟唱，在《北窗病起》中写道：

一饥可忍万缘轻，况复幽窗疾渐平。

更事天公终赏识，欺人鬼子漫纵横。
道边尘起频障扇，门外波清剩濯缨。
不为褊心憎薄俗，客星祠下是归程。

最后他在《迓客至大浪滩上》一诗中释怀：

小垄瓜蔓绿，短篱梅子黄。
晓风掠水来，吹我醉面凉。
平生萧散意，未觉将迎忙。
溪山供一笑，客主可相忘。
宁当倒手版，聊复据胡床。
太平岂无象，麦饭家家香。
我归亦何有，养气犹轩昂。
那因五斗陈，坐变百链刚。

这种种情绪都不能胜于他坚定的爱国之心和高昂的抗金斗志。

实际上，无论经历了什么，陆游始终没有失去信心，他是一个很坚韧的人。当然在这么曲折的人生里面，低落和悲愁是少不了的，但是信心也是尤为重要的。

北望中原泪满巾，黄旗空想渡河津。
丈夫穷死由来事，要是江南有此人！

这首《北望》七言绝句正说明了陆游对抗金事业有着不灭的信心。他一边望着北边沦陷的中原，眼泪沾满了衣襟，一边幻想着有一天皇帝能够亲征，带着浩浩荡荡的军队渡过黄河，剿灭敌人。

历来大丈夫穷困而死是极其平常之事。总之，江南的人一定会实现驱逐金人、收复国土这个伟大事业。

专嘲风月

这次陆游辞官在山阴待了不到一年，这年冬天，他就接到朝廷的召唤，被任命为军器少监。这也算是陆游的一个机会。当时周必大还是丞相，陆游进京供职一事，就是他促成的。(《宋史》卷三百九十五再召入见，上曰："卿笔力回斡甚善，非他人可及。"除军器少监。)

宋孝宗对陆游在文学上的才华是非常赏识的，可是给他过高的职位，难免会招来其他官员的议论，若是将他外放到其他地区，他的身体也负担不了这样奔波。刚好军器少监的位置空缺，周必大提议让陆游来做这个职位。这个安排再适合不过，宋孝宗欣然同意，发布了谕旨。

陆游在接到这个消息之前，曾写过一首《诉衷情》，诗中有着非常丰富的内涵，值得一读。

当年万里觅封侯，匹马戍梁州。关河梦断何处，尘暗旧貂裘。胡未灭，鬓先秋，泪空流。此生谁料，心在天山，身老沧洲！

这首词沉郁苍凉，直抒胸臆，浑然而成，是陆游词的名篇之一。

上阙回忆自己的半生，想当年寒窗苦读，考取功名，踏入仕途，为的就是有朝一日能够学以致用，发挥所长，得到重用，为国家建功立业，收复失地，统一国土。曾经单枪匹马奔赴梁州，如今只能在梦中才能够去边塞保卫边疆，但是梦醒之后，总是不知道自己在哪里。灰尘已经厚厚地铺满了曾经作战穿过的衣服了。

下阙诗人回到现实，心中无限悲凉。敌人还未被剿灭，自己就已经老了，只能白白地伤感流泪。谁能预料到一生会是这样的呢，一心在抗敌的天山，可是身体却在沧州直到老死。理想和现实的对比，残忍得令人心生绝望。

这首词表面非常凄凉绝望，但其实暗含的意思是，他不会就此被束缚，也不会就此而萎靡不振。他心中愤慨不平，却依然斗志坚定。

接到召唤之后，陆游就启程去临安任职，到临安已经是岁末隆冬。

到达的时候，他非常直爽颓放地作诗《初到行在》：

六十之年又四年，也骑瘦马趁朝天。
首阳柱下孰工拙，从事督邮俱圣贤。
笔墨有时闲作戏，功名到底是无缘。
都城处处园林好，不许山翁醉放颠。

陆游在对待国事上十分严肃，但是私下里他是一个豪迈直爽、不羁颓放的诗人，这正和他的作品中展现的风格一致。

在临安城任职，天子脚下，规矩颇多，行为也受到约束，但是诗人在这里有很多旧友。以前在四川工作时结交的朋友很多，工作之余，他们经常聚在一起，喝酒畅聊。可见陆游在临安的日子过得也算身心愉快。

陆游和朋友们有时会谈论一些轻松的话题，比如鬼神之类，当时的场景记录在《致斋监中夜与同官纵谈鬼神效宛陵先生体》一诗中：

五客围一炉，夜语穷幻怪。或夸雷可斫，或笑鬼可卖。或陈混沌初，或及世界坏。或言修罗战，百万起睚眦。余谈恣搜抉，所出杂细大。风云堕皮愦，幽坎窥铁械。群号起古聚，孤泣出空廨。妖狐冠髑髅，掩袂弄姿态，空艚伏逸囚，夜半出窃嘬。虽云多闻益，颇犯绮语戒。不如姑置之，投枕休困惫。明当挂祠衣，仆仆愁亟拜。

到了淳熙十六年（公元 1189 年）春，六十三岁的宋孝宗

退位，已经四十三岁的太子赵惇即位，是为宋光宗。宋光宗能力远远不及其父亲。对于这一点，陆游看得非常清楚，他不怕死地上疏了四个札子，都是警示宋光宗，要做一个贤明的君主。

四月，陆游被任命为朝议大夫、礼部郎中兼实录院检讨官。（《宋史》卷三百九十五：绍熙元年，迁礼部郎中兼实录院检讨官。）

在京城供职的这段时间，他住在砖街巷街南小宅。

五月，他的好朋友周必大罢相，陆游失去了靠山。过了不久，就有言官弹劾他。宋光宗可能对陆游刚上任时上疏的札子心存芥蒂，就趁此机会，以“吟咏专嘲风月”的罪名，罢免了陆游的官职。

于是，陆游只能再次收拾行李回到家乡。

宋光宗登基次年，改年号为绍熙。

绍熙元年（公元1190年），陆游在山阴蛰居，仍然不断关注着外界的时事政治，作诗《估客有自蔡州来者感怅弥日》（二首）：

洮河马死剑锋摧，绿发成丝每自哀。
几岁中原消息断，喜闻人自蔡州来。

百战元和取蔡州，如今胡马饮淮流。

和亲自古非长策，谁与朝家共此忧？

诗人见到从淮北蔡州来的商人，高兴之余又感到惆怅。高兴是因为淮北在中原地区，如今给金人占领着，诗人终于能够见到从中原过来的商人，可以打听关于中原的消息。他惆怅是因为国土至今仍在敌人手中，南宋朝廷一味贪图安逸不敢出兵，他为国家的前途感到十分担忧。

宋孝宗在位的时候，虽然也没有实现收复计划，但是现在更加不乐观的是宋光宗的能力不及先帝，收复中原，恐怕遥遥无期，实在堪忧。

对于议和这件事情，陆游始终是抱着反对的态度，可是局势一直不变，他对此感到很无奈。只能借助文字，对屈膝求和、以图短暂安逸和眼前利益的主和派表示不满和痛斥。

他在《醉歌》里面愤愤地写道：

读书三万卷，仕宦皆束阁；学剑四十年，虏血未染锷。不得为长虹，万丈扫寥廓；又不为疾风，六月送飞雹。战马死槽枥，公卿守和约，穷边指淮淝，异域视京洛。於乎此何心！有酒吾忍酌？平生为衣食，敛版靴两脚。心虽了是非，口不给唯诺。如今老且病，鬓秃牙齿落。仰天少吐气，饿死实差乐。壮心埋不朽，千载犹可作！

诗人曾经读了三万卷书，做官以后，将这些书都束之高

阁；学习武剑四十年，但是从没有杀过敌人，剑上没有染过敌人的血。不能变成彩虹一样，扫清辽阔的天空中那些阴霾；又无法变成凶猛急速的狂风，在六月吹落出冰雹满天飞。战马得不到利用，只能病死在马棚里，南宋的统治者和金人签下议和的条约，把边界设定在淮河和淝水一带，把原本的京都汴京和洛阳看成是外国的地方。

唉，这些朝廷的高官们都是怎么想的啊！看到这种境况，即使有酒在面前，又怎么能忍心畅饮而下呢？诗人为了生存下去，也只能穿戴好官服和朝鞋，上朝去拜见君王。心里将这些是是非非看得非常明白，可是嘴上也只能唯唯诺诺地说话。

如今老了，身体病弱，白发和牙齿都开始掉落，倒是可以抬头向着天空自由轻松地吐气，不再看人脸色受气，就算现在饿死了，也是件快乐的事情。死后那雄心壮志随着身体深埋在泥土里，永远都不会腐朽，过了千万年后还会复活的！

陆游的雄心壮志，不会随着衰老而消逝，反而更加蓬勃。

对于这次罢官，他也在诗歌中表示出自己的不满和反抗，作诗《予十年间两坐斥，罪虽擢发莫数，而诗为首，谓之“嘲咏风月”。既还山，遂以“风月”名小轩，且作绝句》二首：

扁舟又向镜中行，小草清诗取次成。
放逐尚非余子比，清风明月入台评。

绿蔬丹果荐瓢尊，身寄城南禹会村。

连坐频年到风月，固应无客叩吾门。

镜湖在诗人居住的三山附近，他划着小舟又一次行驶在镜湖之上。在风景这么美丽宜人的时候，随便吟咏便成了一首清雅的诗歌。诗人被弹劾罢官的理由，和别人的不一样，清风和明月居然成了弹劾他的理由以及罢免的罪状。

桌上放着绿色的蔬菜和红色的水果，还有装满酒的酒器，诗人现在身处城南的禹会村。连年犯罪都要牵连到他人，这次竟然牵连到风月，难怪因此没有人敲门来找他，敢和他有来往。

陆游的诗文经常大胆而直白地痛斥朝廷，对主和派的人进行抨击，彼此看不过对方，自然会引起这莫须有的罪名。

陆游自己心里清楚，为何在仕途中一路都饱尝压迫和排挤，他明明知道自己的诗文会带来这些祸患，但还是一直创作着，表达着。说明他是一个堂堂正正的君子。

这种时候，他不禁想起了死去的独孤策。独孤策是他的挚友，八年前就去世了。他们曾经一起饮酒，一起打猎，一起畅聊人生，二人有着共同的志向和理想。他还曾经为独孤策写过一些诗歌。

他从外面游玩归来的路上，忽然想起这个朋友，伤感油然而生，作诗《夜归偶怀故人独孤景略》：

买醉村场半夜归，西山落月照柴扉。

刘琨死后无奇士，独听荒鸡泪满衣！

独孤景略就是独孤策，他死后，陆游写过很多诗歌怀念他。这首七言绝句感情真挚，流露出诗人对友人的怀念和哀悼。

从村庄里祭神的场地喝完酒回来的路上，已经是半夜了，月亮落到西边的山上，洒下来的月光照着树枝做的门。刘琨死后就没有奇伟的人了。

此处说的是晋代刘琨和祖逖两个人志同道合，曾立志一起报效祖国，但是刘琨死了，只剩祖逖，听到荒鸡啼叫，就起来练武强身，报效祖国。

诗人将自己和独孤策的情谊比作刘琨和祖逖之间的情谊。独孤策死后，陆游就少了一个可以互相激励并且志趣相投的好友。

回顾这十年，陆游的生活起伏不小。先是在抚州做了几个月的州官，准备自请免职的当儿，就被言官弹劾，然后在山阴闲居六年左右，才再次被启用为严州知州。

知州任满后，他辞官回乡，待了几个月，就被宋孝宗召回临安，在临安供职，亲身经历新的君王登基。短短几个月，他第二次被扣上“嘲咏风月”这种不可理喻的罪名，只能又激愤地回乡。

这当中的酸甜苦辣，也只有陆游自己能深切体味。

而诗词文集，无不盛托了他满满的血泪。

第五章

夜阑卧听风吹雨，铁马冰河入梦来

退隐之后的陆游，经常游历山川名胜，这个时期的诗作多是田园诗。陆游诗中有画，善于景物描写，就像他自己所说的：“能追无尽景，始见不凡人。”不过，他依然满怀壮志，忧国忧民，常常因为自己的残躯和年老感到惋惜和愤懑。

避世归隐

从绍熙二年（公元1191年）开始，陆游开始了隐居生活，彻底从官场上退下来。

这一年，他六十七岁，在文章里面这样说："后十四年，乃决意不复仕宦，愧吾宗人多矣。"他暂时不想做官了，但是他仍然心系国家，关心政事。

此时的南宋朝廷比之前更加风气颓靡，就算他再激进也改变不了什么。很多官僚都站在了主和派那一边。好友周必大也不做宰相了，朝廷更是少了一位靠谱的贤能志士。

陆游在山阴安定，是目前最好的出路。

他的诗总是随着环境的改变而改变，相比之前的闲适田园诗，这个时期的作品更加成熟完美，更赋有一种自然清丽的情调。

比如这个时期写的关于故乡风情的诗《故山》。

其一，关于镜湖，他是这样写的：

功名莫苦怨天悭，一棹归来到死闲。
傍水无家无好竹，卷帘是处是青山。
满蓝箭茁瑶簪白，压担棱梅鹤顶殷。
野兴尽时尤可乐，小江烟雨趁潮还。

其二，关于禹祠，他又是这样描绘的：

禹祠行乐盛年年，绣毂争先罨画船。
十里烟波明月夜，万人歌吹早莺天。
花如上苑常成市，酒似新丰不直钱。
老子未须悲白发，黄公垆下且闲眠。

从诗中不难看出，他对乡间生活怡然自乐。到处是青山碧水，有好看的花，小江烟雨，十里烟波，又可以饮酒，陶醉在大自然的景色里。

陆游的世界里，有两种思想，或者说他的精神世界里并存着两种状态，一种是眼前悠闲的隐居生活状态，另一种，就是对国事殚精竭虑。

他将收复失地的重任，往已经年老的自己身上扛。

老死已无日，功名犹自期。

清笳太行路，何日出王师？

陆游怀着建功报国的希望写下《书怀》这首绝句，精练地写尽了当下的心境。

诗人觉得距离自己死亡那天已经没剩多少时间，但是仍然希望可以为国家做点贡献。

中原的太行山到处都能听到金人那清越的胡笳声，朝廷什么时候才能出兵收复这片属于我们的土地呢？

如果可以，他恨不得亲自去收复这片土地。

他又作诗《秋夜将晓出篱门迎凉有感》：

三万里河东入海，五千仞岳上朝天。

遗民泪尽胡尘里，南望王师有一年。

中原的河山如此壮阔秀丽，有着浩浩荡荡的江水、高耸入云的山峰，但这片土地却一直被金人占领着。沦陷区的人们在金人的世界里快要流干眼泪了，他们盼望着南方的朝廷能够出兵驱逐敌人，光复这片土地，然而一年又一年过去了，还是没有任何改变。

陆游将这种积极的思想，灌输给他的孩子们。他在《五更读书示子》中这样写道：

近村远村鸡续鸣，大星已高天未明；
床头瓦檠灯煜爚，老夫冻坐书纵横。
暮年於书更多味，眼底明明见莘渭。
但令病骨尚枝梧，半盏残膏未为费。
吾儿虽戆素业存，颇能伴翁饱菜根。
万钟一品不足论，时来出手苏元元。

陆游就在这种积极的思想与闲适的生活中度过了一年。而这一年，他的内心其实是很躁动的，虽然离开官场，但是他还有头衔，“提举建宁府武夷山冲祐观”，只不过没有实质的工作。

到了绍熙三年（公元1192年），春天给他带来了一丝宁静，他的心情又回归到平静当中，他很理性冷静地看待理想和现实的差异，作诗《落魄》：

落魄江湖七十翁，欲持一笑与谁同？
萧萧雪鬓难藏老，寂寂蓬门可讳穷。
好句尚来欹枕处，壮心时在倚楼中。
无涯毁誉何劳诘，骨朽人间论自公。

诗人已经快七十岁了，岁月无情，他已经是一个老人了，想要谈笑但是有谁还可以相伴呢？早就满头白发，老态尽显，

藏也藏不住。门庭冷落，生活寂寞孤单，虽然有着俸禄，但还是过着贫穷的日子。

好的诗句时不时地会在枕边涌现出来，雄心壮志也依然在心中没有消失。那些曾经没完没了的毁誉如今已经不必去追究，死后世人自然会有公平的结论。

但想起自己半生的经历，还是有诸多感触，于是陆游创作了一个老将的角色，来排遣心头冒起的淡淡愁绪，作诗《老将》二首：

忆昔东都有事宜，夜传帛诏起西师。
功名无分身空在，犹指金创说战时。

百战西归变姓名，悲歌击筑醉湖城。
貂裘换得金鸦嘴，种药南山待太平。

想起靖康元年（公元1126年），金兵南下围攻东都汴京，北宋朝廷马上加急号召各处兵马来支援。写在绢帛上的诏书被连夜传到西部的军队，要他们马上起兵来救。

如今没有得到什么功名，只有身体空无所有地活着，年老了还指着身上的旧伤疤，向人述说着当年作战的情景与往事。

经历了许许多多的战争后，回到西部的队伍里，退休后，诗人一直隐姓埋名地过生活。但是心中仍然激昂慷慨，经常

在山阴镜湖边喝醉。

貂裘战袍换来像鸦嘴一样的铁锄。在南山种药，平稳安和地生活。

诗人以老将自比，表达出对此生的无限感慨。

闲适的日子，陆游整理着自己的书稿，翻看以前写下的诗歌作品，细细地阅读，对自己的诗作有了新的认识，作诗《九月一日夜，读诗稿有感，走笔作歌》：

我昔学诗未有得，残余未免从人乞。
力孱气馁心自知，妄取虚名有惭色。
四十从戎驻南郑，酣宴军中夜连日。
打球筑场一千步，阅马列厩三万匹。
华灯纵博声满楼，宝钗艳舞光照席。
琵琶弦急冰雹乱，羯鼓手匀风雨疾。
诗家三昧忽见前，屈贾在眼元历历。
天机云锦用在我，剪裁妙处非刀尺。
世间才杰固不乏，秋毫未合天地隔。
放翁老死何足论，广陵散绝还堪惜。

陆游握笔疾书，一气呵成写出此诗，诗中他对自己这么多年来的创作历程作了一个完整的总结以及经验分析。诗人抱着谦虚和自省的态度，来分享自己的创作过程。

我昔日学习写诗还没有成就的时候，留存下来的诗篇中难免有些不尽如人意的地方。我心里清楚知道自己已经力弱气虚，还妄想从这当中得到虚名，实在是惭愧不已。我四十八岁的时候从戎，驻守在南郑，在军中经常和伙伴们酣畅饮酒，不分日夜。用来打球的广场建了一千步那么宽阔，检阅时用的马排列在马棚中，数量多达三万匹。

辉煌的灯光下，纵情博弈的声音充满了整个酒楼，来酒楼参加宴会的妇女和歌舞伎个个都打扮得光鲜亮丽、闪耀全场。

琵琶声节奏急切，就像冰雹纷纷落下。手法娴熟自如地击打羯鼓发出狂风暴雨般急促的鼓声。诗歌的创作灵感忽然涌现在眼前，好像开窍似的。楚国诗人屈原和西汉文学家贾谊的作品通通浮现在眼前。大量的诗情和辞藻也都纷纷出现在脑海里供我采撷，所以写诗应该妙手得之，而不是靠苦思冥想得来，不用刻意去量度剪裁。

世间一点儿也不缺乏有才华学识的俊杰人才。但是如果没有掌握到写诗的真实本领或没有领略当中的意境，就会因为毫厘之差，而成不了一篇佳作，这其间一厘之差仿佛天地之隔。我陆游死了又何足挂齿，但是如果写诗的本领失传，那才是非常惋惜的事情。

陆游也清晰地认识到，自己的诗歌是随着经历和环境的变化慢慢发生转变的。年轻的时候开始学习江西诗派的写法，跟过很多老师，这当中不得不提的是曾几，陆游受他的影响

最深刻。可是写诗说来也要靠悟性。

到了南郑从军的那段日子，诗人的眼界开阔了许多，生活很精彩，经历也非常丰富，见识了大自然更多的奇山秀水，因此诗歌的意境变得磅礴深远。

这个时期他的风格也慢慢自成一体。到现在，他写诗的笔法愈发成熟和浑然，功力已经非常深厚，有属于他的风格特色。他担心死后没人能继承他的诗法。

看来陆游不仅忧心国家大事，也对自己的诗歌非常上心。

这些日子陆游经常在自己的书斋里整理诗集、读书、写诗来消磨时光。

年岁老去，有个幽静的地方可以做自己喜欢的事情，也算是幸事。他将书斋题名为老学庵，作诗《题老学庵壁》：

此生生计愈萧然，架竹苫茆只数椽。
万卷古今消永日，一窗昏晓送流年。
太平民乐无愁叹，衰老形枯少睡眠。
唤得南村跛童子，煎茶扫地亦随缘。

字句中似乎透露出淡淡的愁丝，说不出诗人究竟喜欢不喜欢这种生活，又好像有些无可奈何。

忧国忧民

当一个人老了，看着流逝而去的时光，常常会怀念那些过去的美好日子。因为人生无法倒退，无法回到过去，才会对过去有着眷恋吧。

当年书剑揖三公，谈舌如云气吐虹。
十丈战尘孤壮志，一簪华发醉秋风。
梦回松漠榆关外，身老桑村麦野中。
奇士久埋巴峡骨，灯前慷慨与谁同？

陆游在这首《感旧》七言律诗中回忆了过往的峥嵘岁月，怀念旧友独孤策，流露出一种寂寞孤单的感觉。

想当年带着书剑拜访朝廷的高官，谈吐自如，才华横溢，风华正茂。

战场上战鼓雷鸣、烟尘遮天也毫不畏惧，现在却因时光流逝，年老了一头白发。做梦回到了当年守护的边疆战场杀敌，可现实中却与田地山野为伴。独孤策已经死了十年，尸骨埋在巴峡，现在还有谁能和我在灯前一起喝着酒，激昂慷慨地讨论国家大事呢？

这十年来，陆游在政坛上受尽了压迫和排挤，如今沦落在偏僻的山村，过着穷苦的生活，连一个能够说知心话的朋友都没有，孤孤寂寂的，只能一遍遍地在梦中或者回忆里，来排遣这种孤单寂寥的忧伤心情。

除了怀念独孤策，陆游也会经常想起至交范成大。他在夜里读范成大的《揽辔录》，伤感油然而生。

《揽辔录》是范成大二十二年前写的。乾道六年（公元1170年），宋孝宗派范成大出使金国，那时陆游刚到夔州，范成大在去金国之前还与陆游在金山寺相遇，二人一起度过了短暂的快乐时光。

范成大一行人到了金国，希望金国能够将宋国历代君王的陵墓之地归还，但是金国不同意，范成大据理力争，双方僵持着，后来他险些被金人杀掉。范成大回来，就将在金国的所见所闻写成了一本《揽辔录》。

陆游读《揽辔录》，感慨良多，作诗《夜读范至能〈揽辔录〉，言中原父老见使者多挥涕，感其事，作绝句》：

公卿有党排宗泽，帷幄无人用岳飞。

遗老不应知此恨，亦逢汉节解沾衣。

朝廷的高官们联合起来排挤抗金将士宗泽，掌握军事大权的人居然不任用能将岳飞。这两句诗人回忆了北宋末年与南宋初期的抗金勇士宗泽和岳飞的悲惨遭遇，痛斥朝廷不能知人善用，只会听信奸臣摆布，向敌人屈膝求和。

沦陷区的老百姓不知道这些抗金勇士被朝廷杀害，他们以为南宋朝廷会派兵来解救他们，所以见到朝廷派来的使节时，感动得流下热泪，沾湿了衣裳。

诗人很直接地表达了对主和派的不满，体现出沦陷区人们那种渴望回归祖国怀抱的热切之情。诗人虽然没有亲身到过沦陷区，但是看了友人的《揽辔录》，用想象的笔法，勾勒出一幅沦陷区人们热泪沾衣的画面。创作是需要联想力的，诗人做到了这一点。

隆冬天气，屋外风雨交加，屋内潮湿阴冷，陆游在小屋子里，脚边的猫儿蜷缩起来安静地睡着。

他躺在床上，听着外头的雷声轰隆，风吹动树叶发出哗啦的声音，还有雨滴敲打着窗户，心中泛起一阵愁绪，作诗《十一月四日风雨大作》二首：

风卷江湖雨暗村，四山声作海涛翻。

溪柴火软蛮毡暖，我与狸奴不出门。

僵卧孤村不自哀，尚思为国戍轮台。

夜阑卧听风吹雨，铁马冰河入梦来。

第一首主要写景，以及诗人当下的情景，语言精妙，基调沉郁饱满，让人仿佛置身于此景之中。

天色幽暗，大雨瓢泼，狂风呼啸，雨水包裹着整个村子，四周的山都被这大雨击打得发出轰隆的声响，就像巨浪翻滚的声音一样。在这样风雨交加的夜里，屋里的景象却截然不同，诗人用柴火点燃小火堆取暖，屋里散发出火光和暖意。诗人裹着毡子，感到非常暖和，他和猫儿都不愿出门。

第二首诗人跳进梦中，写梦境，也写回忆。他虽然躺在荒僻的山村中，但并不会因为这样的境遇而感到悲哀。他还想着为祖国戍守边疆。深夜躺在床上听着疾风狂雨，听着听着就睡着了，梦见自己随着金戈铁马，闯过冰冷的河流，去收复失地。

第二首诗沉郁激昂，气势磅礴，表达了诗人抗战报国之心越来越坚定。诗人年老多病，常常回忆过去，幻想着金戈铁马的生活，爱国情怀一天比一天热烈。

回首过去的日子，年轻时的理想抱负，中年时的各种挫折遭遇，老年的失意和凄凉，统统都涌现出来。

自小就有着“上马击狂胡，下马草军书”的远大志气，寒窗苦读十几载，在参加科举的路上却屡次遭到奸臣的压迫和陷害，幸而到了中年有过一次短暂的军旅生活，从此便是多番地回味和咀嚼，而那段时光也成了人生当中最宝贵的日子，可惜到了老年，多番被扣上“嘲风弄月”这种莫须有的罪名，于是，凄清孤寂。

如果诗人不是对国家大事那么上心，如果他可以看透一点儿，彻底地置身事外，过着自己的退休生活，也许不会那么痛苦，就像寻常的老人家，享受一下天伦之乐，或者像陶渊明那样“采菊东篱下”，抛开时事政治，生活也许会快乐很多。

但是，那就不是陆游。

真正的陆游，没有这些如果，他选择了这条路，选择一辈子都将自己的身躯和灵魂贡献给祖国，就算不能，他也永远将国家大事摆在首位。

这坎坷的一生，确实值得悲凉和垂泪，换作其他人，到了这种境地，也许会终日落泪抑郁而死吧。

陆游心里何尝不悲凉，但是他的精神已经上升到一定的高度，他将个人恩怨与荣辱抛开，心里放着的是沦陷区人们的未来，是南宋朝廷的未来，是苍生，而非个人。

他都这么老了，几乎快要走到人生终点，还梦想着可以穿上战袍盔甲，骑着千里马，携着宝剑，到前线去冲锋陷阵。这辈子都没能做个武将，是他的遗憾，更是终生的遗憾。他多么渴望像抗金名将宗泽和岳飞，或者像李广、卫青等这些他

曾无数遍梦见过的爱国勇猛战士一样，为国家立下汗马功劳。

他之所以这么执着地想成为这样的人，也只不过是想为国家事业做点贡献。在他的认知里，大丈夫就应该英勇地上阵杀敌，干一番大事业，而非终日喝酒写诗，抚文弄墨，可是他一辈子能做的，也只有在文字上挥洒自己的豪情壮志。

这是局势所迫，他也无可奈何。

生活给了你什么，你无法改变之时，要学习与之共存，慢慢地突破它给你设置的局限，也许你会看到另一番风景。

陆游一生在抗金事业上执着，这份执着并没有摧毁他，反而成就了他在诗词歌赋上的辉煌。

这是生活给予他的馈赠。

有人说，你无法知道自己能够活多长时间，也无法延长生命的长度，但你可以无限扩大生命的宽度和厚度。

我想，陆游已经做到了将自己生命的宽度无限扩大。他在生老病死的面前，永远抱着一种积极向上的人生态度，就算消极低落，也抵不过他那波涛汹涌的豪情壮志。

他活得很随性，活得很颓放，但对人生非常严肃。他是一个灵魂非常纯粹和正能量的英雄。

这年冬天，最后一首诗，陆游写的是梅花，作诗《落梅》二首：

雪虐风饕愈凛然，花中气节最高坚。

过时自合飘零去，耻向东君更乞怜。

醉折残梅一两枝，不妨桃李自逢时。
向来冰雪凝严地，力斡春回竟是谁？

如果一生可以活得像梅花那样高风亮节，傲骨不折，也算是死而无憾。

第一首：纷飞的大雪，凶猛的寒风，无情地吹刮着大地万物，天气越来越凛然刺骨，而梅花却在这样恶劣的天气下傲然挺立，不屈不挠，堪称百花之中的气节之王。但是到了这个时节，它不会留恋世间，顺其自然地凋零到泥土里，不会向主管草木生长的司春之神乞怜。

此处诗人以梅花自喻，表示自己就算被朝廷闲置在乡村，也不会向当权者屈膝乞怜。他宁愿像梅花那样，零落成泥碾作尘，只有香如故。

第二首：醉中折下一两枝凋零的梅花观赏，别看逢时的桃李那么得意，到了冰雪覆盖大地的时候，是谁在努力挽回春光？

诗人借物抒情，赞誉梅花的同时，也表达了自己宽广的胸怀和高尚的情操。同时告诉世人并警惕自己，“宝剑锋从磨砺出，梅花香自苦寒来”，刀刃需要不断磨砺才锋利，捱过寒冷的冬天，梅花才会更加幽香。人也一样，需要经历磨难和历练，才能成就更优秀的自己。

时间的脚步没有因为诗人闲适的生活而慢下来，匆匆忙忙又翻过去一页。

绍熙四年（公元1193年），春回大地，诗人的心情出现一些黯淡的影子，使他想要逃避现实的一切。此时写有一首诗——《避世行》：

君渴未尝饮鸩羽，君饥未尝食乌喙。
惟其知之审，取舍不待议。
有眼看青天，对客实少味。
有口啖松柏，火食太多事。
作官蓄妻孥。陷阱安所避？
刀锯与鼎镬，孰匪君自致？
欲求人迹不到处，忘形麋鹿与俱逝。
杳杳白云青嶂间，千岁巢居常避世。

首联其意：就算口渴也没有去喝鸩羽，就算饥饿也不会去尝试吃乌喙。这一句是说诗人就算很消沉悲观，也没尝试轻生。

诗人知道得很周密详细，这当中的利害得失已经再清楚不过，不用再多的商议，知道该采取什么或舍弃什么。

很多时候仰望着天空思考，归隐之后，没有兴趣去应酬宾客。

在大自然中有什么就直接吃什么，以此来喂饱肚子，点火

烧饭煮菜这种事情觉得太麻烦了。

做官赚取金钱来养活妻子和孩儿，在官场上见识了勾心斗角，深陷其中，现在是否该找个隐秘的地方避开世事呢？这些年各种灾祸和遭遇，哪一样不是自己招致的？

想要找个人迹罕至的地方生活，与麋鹿一起，忘却世事。在幽暗深远的山林之中，白云飘浮的蓝天之下，找一颗大树营巢而居，避开现实的纷扰和世事。

诗人看透世间纷扰，产生这种避世隐居的念头，不足为怪。

这首诗反映了他当时思想处在低潮中，郁郁寡欢。

可是他又觉得这种念头不可行，所以他马上又下笔写了一首《稽山农》：

华胥氏之国，可以卜吾居；
无怀氏之民，可以为吾友。
眼如岩电不看人，腹似鸱夷惟贮酒。
周公礼乐寂不传，司马兵法亡亦久。
赖有神农之学存至今，扶犁近可师野叟。
粗缯大布以御冬，黄粱黑黍身自春。
园畦剪韭胜肉美，社瓮拨醅如粥酴。
安得天下常年丰，老死不见传边烽。
利名画断莫挂口，子孙世作稽山农。

开头前四句为诗人的想象。华胥氏之国，可以作为我居住

的地方。无怀氏的人民，可以和我成为好朋友。

“华胥氏之国”引自《列子·黄帝篇》：“（黄帝）昼寝而梦，游于华胥氏之国。……其国无帅长，自然而已；其民无嗜欲，自然而已。”这里说的是道家的理想之国。“无怀氏”是上古帝号，《路史·禅通记》载：“当世之人甘其食，乐其俗，安其居，而重其生。”

这里说的也是道家思想下的社会状态。诗人自小受道家思想的影响，喜欢研究道经，所以经常引用。

诗人双目炯炯有神，目光如炬不看别人，肚量就像用来装酒的皮质口袋一样宽广。放下了周公礼乐这种儒家思想，也很久没有看司马兵法这类兵书了。唯有农业技术方面的知识学了还留存到现在，在田里耕种扶犁，旁边就有农民可以做我的老师，教我怎么种田。

过寒冬穿的用的都是粗糙的布料，吃的是自己耕种和收割的黄粱黑黍。自己在菜园里种的蔬菜，比肉还鲜美，陶瓮里存放的没有经过酿制的酒非常醇厚浓烈。

希望天下苍生都能过着这么安稳和乐、知足幸福的生活，就算到死也不会看到边塞的烽火传来，不用经历战争。把价值贵重的名画取下来，不要再挂在门口了，子子孙孙都做稽山的农民。

从诗中可以看出，诗人开始面对现实，接受这种乡下的耕种生活。他对道家中所提及的理想王国非常向往。人们自食其力，快乐幸福，遵循大自然的法则，简单地生活。同时也对

农村的淳厚简朴之风大加赞赏，将美好的愿望寄托在诗句中。最后来警惕子孙，不要争名逐利，要踏踏实实地活着。

陆游潜意识里还是不甘于现实。但目前看来，除了安于现状，也不能做什么了，但他的思想和精神十分激进和奋发。

他虽老，偶有病痛，但老而弥坚，思想活跃，对生活充满敏锐的触觉，看事情一针见血，写诗的角度宽阔，题材丰富，立意新颖，比如这年初春他写的一首《僧庐》，讲的是统治阶级大兴土木，修建寺庙，对老百姓进行压榨和剥削，手段残忍粗暴，侧面反应了当时统治者和朝廷高官的昏庸无能，腐败不堪。同时也警示着君王，要做贤明勤政的领导者，体恤民情，多做些有利于老百姓的事。

僧庐土木涂金碧，四出征求如羽檄。
富商豪吏多厚积，宜其弃金如瓦砾。
贫民妻子半菽食，一饥转作沟中瘠。
赋敛鞭笞县庭赤，持以与僧亦不惜。
古者养民如养儿，劝相农事忧其饥。
露台百金止不为，尚愧七月周公诗。
流俗纷纷岂知此？熟视创残谓当尔！
杰屋大像无时止，安得疲民免饥死？

朝廷下令修筑佛教寺院，大兴土木，要用黄金碧玉来雕琢

装饰。到处征集这些黄金材料，就如同那些很紧急的文书那样急迫。

那些富商高官贵族有很多积蓄，可以像瓦砾一样随时被征去。但是贫苦的老百姓只能将豆子野菜掺杂在米饭中食用才能吃得饱，还有很多人因为没有粮食而死在沟壑之中。

朝廷征收严重的赋税，让老百姓无力承担，交不出来只能被衙门官府的人用鞭笞来侍候，官府的公堂都流满了老百姓的血。官府就是用这种手段，来榨取老百姓的血汗钱，赠送给寺院中的和尚，一点儿也没有痛惜之意。

前半段诗人描绘这么一幅压榨民脂民膏的场景，与那些富商贵族的挥霍形成了鲜明的对比。画面生动真切，情感浓烈真实。

后半段诗人的情绪更加激愤。

从前，统治者对待老百姓就像对待自己的儿子一样好，勉励和帮助农民，担忧他们的生活过得好不好，吃不吃得饱。君王要修建灵台，也不会用百两黄金。现在，朝廷看着那些被打伤的百姓变成残废，好像觉得那是应当的事情。雄辉的庙宇不知道什么时候才能修建好，难道要让这些老百姓一直忍受饥饿而死，又或者因为交不出税而被打死吗？

陆游的诗从来不拘于一格，在春深之际，也写清丽雅致的小诗来怡情。如今他在农村过着田园生活，自然少不了田园诗。

而说到田园诗，自然是离不开陶渊明的，陆游在闲余时

间，心情比较轻松的状态之下，常常会读陶渊明的作品，因此效仿他也是合理的。陆游在《读陶诗》中这样写道：

我诗慕渊明，恨不造其微。
退归亦已晚，饮酒或庶几。
雨余锄瓜垄，月下坐钓矶。
千载无斯人，吾将谁与归？

这首五言律诗风格清新脱俗，有陶诗的味道。

诗人在学诗的过程中，对陶诗一见倾心。他非常仰慕陶渊明，但恨自己未能学习到陶诗的精髓以及达到他那么深远的境界。

如今退隐到山村中生活，虽然比陶渊明那时晚了许多，但是喝酒写诗的状态是差不多的。雨后拿着锄头去田里种瓜，入夜时坐在池边钓鱼，诗人过着悠闲的农村生活。自从陶渊明死去之后，多少年来都没有后人能够比得他的田园诗，我还能够追随谁呢？

陆游早年就开始痴迷陶诗，曾经在文章《跋渊明集》当中就这样写过："吾年十三四时，侍先少傅居城南小隐，偶见藤床上有渊明诗，因取读之，欣然会心。日且暮，家人呼食，读诗方乐，至夜，卒不就食。今思之，如数日前事也。"可见少年的陆游对陶诗多么沉迷，读到如此废寝忘食的地步。

如今他自己也过起乡间生活，和陶渊明当年的归隐生活类

似，更加引发了诗人对陶诗的喜爱。

但是他的归隐和陶渊明有所不同，他不够彻底，他的主导思想仍然是国家大事、抗金斗争、统一中原这些方面。

所以才不断创作出《书叹》《书愤》《怀昔》这类诗歌。

在《书叹》中这样写道：

少年志欲扫胡尘，至老宁知不少伸！
览镜已悲身潦倒，横戈空觉胆轮囷。
生无鲍叔能知己，死有要离与卜邻。
西望不须揩病眼，长安冠剑几番新。

年少时的志向就是出兵北伐，扫清金兵，但是到了老年，这个抱负还没能得到施展。拿着镜子照一下自己衰老的容颜，一身潦倒，让人感到非常悲伤。拿起宝剑试着挥舞，觉得气魄还在，但是没有用武之地。

人生在世的时候没有像鲍叔牙这样的知己朋友，死的时候也要找像要离这样的义士作为邻居。临安城里的达官贵人生活奢侈，醉生梦死，莺歌燕舞，他才不会在这荒僻的山村里为他们流泪呢。京城里的官员已经换了一批又一批，但是国家的衰微、中原的沦落又有谁关心呢？

诗人感叹时光匆忙，活了大半辈子，不仅没有实现心中的抱负，也没有像鲍叔牙那样的知己朋友，但这些都不是最重要的，重要的是看看朝廷那班腐败的官员，国家的前途还有谁来关心？中原地区的遗民有谁能去解救？诗人忧国忧民的思想尽显出来。

在《书愤》中这样写道：

山河自古有乖分，京洛腥膻实未闻。
剧盗曾从宗父命，遗民犹望岳家军。
上天悔祸终平虏，公道何人肯散群？
白首自知疏报国，尚凭精意祝炉熏。

国家分裂，山河破碎这种事情虽然从古就有，但是像长安和洛阳这样长期被敌人占领着，在历史中简直是闻所未闻、奇耻大辱之事。

为了抵抗金兵的侵略，北宋的大将军宗泽带领着义军抗战。沦陷区的人们还在盼望着朝廷能派像岳飞所带领的军队那样的人们来解救他们。

希望天意转变，南宋最终可以扫清敌人。抗金爱国是全国人们意志统一的事情，有谁敢背离？陆游知道自己已经老了，报效祖国的能力和机会越来越少，但依然会凭借一颗忠贞的爱国之心烧香祈祷。

陆游认为人们是爱国的，都站在抗金的那一边，只是统治阶级太昏庸，没能任用像宗泽和岳飞这样的人才。他如今也不能为朝廷做什么贡献，但仍然希望国家可以早日解救沦陷区的人们，统一中原。

在《怀昔》中这样写道：

昔者戍梁益，寝饭鞍马间。
一日岁欲暮，扬鞭临散关。
增冰塞渭水，飞雪暗岐山。
怅望钓璜公，英概如可还。
挺剑刺乳虎，血溅貂裘殷。
至今传军中，尚愧壮士颜。
岂知堕老境，槁木蒙霜菅。
泽国气候晚，仲冬雪犹悭。
曩事空梦想，拥褐自笑孱。
胡星未陨地，大弓何时弯？

昔日在南郑从军，睡觉和吃饭都在军营里。有一天，临近傍晚时分，骑着马到大散关去。厚厚的冰层阻塞了渭水。岐山被大雪覆盖，看起来很昏暗。怅然地看着远方，目及当年姜太公垂钓之地，他的英雄气概依然留在那里。

拔剑刺杀凶恶的母老虎，鲜血溅到了衣服上。诗人当年刺虎之事，如今还在军营里流传着，尚且使一些年轻士兵感到自愧不如。

诗人知道如今自己老了，就像枯木上蒙着的雾霜。

山阴三山这个地方气候已经很冷了，仲冬的大雪纷纷扬扬地下着。诗人常常会想起当年短暂的军旅生活，心中还仍然有着报国的梦想，但没有办法实现，只能抱着粗糙的衣服，自我嘲笑这副孱弱老去的身躯。金人还没有消灭，什么时候还能拿着兵器上阵杀敌呢？

陆游那颗想要战斗的心，永不消失！

这年冬天，天气寒冷反常，大雪下到让人绝望。陆游从回忆中走出来，看到窗外白茫茫一片。他了解到，天气异常，有雪灾的可能，农作物被冻死，老百姓饥寒交迫。

然而朝廷的官僚们却认为是瑞雪兆丰年，还向君王道贺献媚。

君王向来不顾民间的疾苦，只会在后宫挥霍着富贵的生活。

陆游实在看不过眼，愤然提笔作诗《癸丑十一月下旬，温燠如春，晦日忽大风作雪》：

今年一冬晴日多，草木萌甲风气和。
百钱布被未议赎，老翁曝背儿行歌。
吾侪小人虑不远，积雪苦寒来岂晚？
青天方行三足乌，不料黑云高巇崄。
明朝雪恶冻复饿，儿啼颊皴翁噤卧。
九重巍巍那得知，阁门催班百官贺。

今年的冬季本来多是晴日，草木有的已经萌芽，风和丽日，天气温和。拿去当铺换钱的被子还没换回来，因为暖和

不需要用到。老人家让太阳晒着背，孩子们一边走一边唱歌，很欢乐开心的样子。我们这些小百姓思虑不周全，不知道严寒大雪的天气来得晚。晴天太阳才刚刚出来，不料很快就乌云满天，像屈曲的高山一样覆盖了整个上空。

第二天大雪纷飞下个不停，人们又冻又饿，小孩子的脸上被冷风吹得皲裂，老人家睡觉都因为寒冷而打战。这一切，深宫里的统治者怎么会知道呢，百官都在恭贺他，以为是好的兆头，忙着献媚呢！

这年结束之前，诗人还写过两首“曲”，分别是《赛神曲》和《明妃曲》，同是诗歌，形式上比较特别，内容有指向性，更显别致。

在《赛神曲》中这样写道：

击鼓坎坎，吹笙呜呜。绿袍槐简立老巫，红衫绣裙舞小姑。乌桕烛明蜡不如，鲤鱼糁美出神厨。老巫前致词，小姑抱酒壶：愿神来享常欢娱，使我嘉谷收连车。牛羊暮归塞门闾，鸡鹜一母生百雏。岁岁赐粟，年年蠲租。蒲鞭不施，圜土空虚。束草作官但形模，刻木为吏无文书。淳风复还羲皇初，绳亦不结况其余。神归人散醉相扶，夜深歌舞官道隅。

这是一首写农村祭神的诗歌，诗人形象生动地刻画了民间祭神活动时的热闹画面，传神入目，逼真鲜活。

封建社会，人们对神灵非常信任，他们年年祭奠，祈求神明保佑，风调雨顺，阖家安康，朝廷能够少征收赋税，不求大富大贵，只求安乐和美地过日子。

农家人们心境单纯，他们宁愿祈求神明，也不敢去奢求朝廷百官的庇佑，既可看出人们知足常乐的乐观心态，又折射出朝廷的腐败无能。

在《明妃曲》中这样写道：

汉家和亲成故事，万里风尘妾何罪？
掖庭终有一人行，敢道君王弃蕉萃。
双驼驾车夷乐悲，公卿谁悟和戎非！
蒲桃宫中颜色惨，鸡鹿塞外行人稀。
沙碛茫茫天四围，一片云生雪即飞。
太古以来无寸草，借问春从何处归？

这首诗歌表面写王昭君出塞，实质抨击南宋朝廷的腐败无能和苟且偷安。

此诗和那些赞美昭君高尚品格的作品不同，用汉元帝派昭君和亲的典故，喻指南宋政府向金国进贡财物，以换得片刻安宁，这种行为简直是羞耻。

汉朝派昭君出塞和亲变成了一个流传千古的故事，但是昭君要经历万里路的风尘，她有什么错呢？后宫总要派一个人出行，敢问是皇帝嫌弃昭君的容颜憔悴吗？出嫁的车马在异族

的声乐中离开，朝廷中的诸位你们觉得和亲真的是好主意吗？

蒲桃宫中一片凄凉景况，塞外行人稀少。茫茫四周只有沙子在吹动，天空中积起乌云，大雪即将要来了。这个地方自古以来都荒凉得不长草，请问春天从哪里来？

这首诗几处都是用质问的语气，可见诗人对朝廷的行为感到激愤。

一寸孤愁

绍熙五年（公元1194年），诗人的生活出现了问题。

贫困，成了他眼下的大难题。

他一生与统治阶级作斗争，与主和派作斗争，与坎坷的命运作斗争，如今年老，落入贫困的境地，也着实凄凉。

不过放翁就是放翁，是那个随性颓放的不被轻易打败的老者。

在《蔬食》中这样写道：

今年彻底贫，不复具一肉；
日高对空案，肠鸣转车轴。
春荠忽已花，老笋欲成竹；
平生饭蔬食，至此亦不足。
孰知读书却少进，忍饥对客谈尧舜。

但令此道粗有传，深山饿死吾何恨！

今年彻底地陷入贫困的生活状态，没有肉吃。白天对着空空的盘子，饥肠辘辘，肚子发出的声音就像车轮滚动似的。

春天到了荠菜开花，老笋快要长成竹子，要拿这些来做粮食充饥。平日里已经习惯了吃素食，但是到这时觉得吃这些东西有些乏味了。

知道自己读书太少但很积极，在这种时候还能忍着饥饿和客人谈论尧舜。希望尧舜治理国家之道可以流传下去，那么我在深山中饿死也没有遗憾了。

诗人贫困到连吃都成问题，还那么乐观积极地读书传道，这种豁达的精神实在让人佩服。

就像他的偶像陶渊明一样，“夏日长抱饥，寒夜无被眠”，但还是非常自如地过着自己的生活。

有时候精神富足确实能够短暂地战胜身体的困顿。

贫困对诗人来说不是最痛苦的，最痛苦的还是夜不能寐时想及国家大事，想及沦陷的人们，想及国土的破碎。

春雨连绵的时节，他病了，精神上更是煎熬万分，作诗《三月二十五夜达旦不能寐》（二首选一，其一）：

愁眼已无寐，更堪衰病婴？
萧萧窗竹影，磔磔水禽声。

捶楚民方急，烟尘虏未平。

一身那敢计，雪涕为时倾。

他病卧在床，无法入睡，写下这首五言律诗，流露出一种凄凉感。

终日塞满忧愁的眼睛已经合不上，睡不着，比这严重的是忍受着生病带来的痛苦。

窗户上投射着外面竹子晃动的影子，听见鸟鸣声和水禽的声音。

被用以杖刑的时候才知道着急，才想起中原地区金人还没被消灭。哪敢计较个人的荣辱得失，眼泪是为了国家而流的。

四月，送走了春天，气温回暖，诗人的病好了，脑子里又生出别具一格的想法。

他看了唐朝诗人张藉的《山头鹿》一诗，受到启发，创作了一首同名诗，但切入点和手法完全不一样。

呦呦山头鹿，毛角自媚好。

渴饮涧底泉，饥啮林间草。

汉家方和亲，将军灞陵老。

天寒弓力劲，木落霜气早。

短衣日驰射，逐鹿应弦倒。

金槃犀箸命有系，翠壁苍崖迹如扫。

何时诏下北击胡，却起将军远征讨？

泉甘草茂上林中，使我母子常相保。

这首诗的特色之一就是诗人既用第一人称的角度，又用第三人称的角度，最后六句用鹿的角度来表达自己希望朝廷早日收复失地，让人们过上安定生活的思想。

呦呦叫的山头鹿，毛角生得可爱而美好。渴了的时候喝山涧泉水，饿的时候吃山林草木，生活多美好。

朝廷和金人签订了和议条约，将军们只好在灞陵安享晚年。这些将军不用去打仗，仅用打猎来消磨时光。

天气寒冷的时候，山林草木都早早结上雾霜。他们穿着戎装驰猎，逃跑的鹿纷纷被弓箭射倒。

我们这些鹿注定是要被放在珍贵的餐具中供将军们食用的，苍翠的山林里，鹿的身影都不见了。什么时候朝廷才能下诏出兵北伐，再次召回这些将军们去远征讨伐敌人呢？

这些将军们去远征，我们在茂密的深林里才可以安享太平，我们母子俩才可以在这片肥沃的土地上相依为命，长久地生存下去。

此诗灵动，别致，又不失陆诗特质：不拘一格。

炎热的夏季到来，贫困的生活有了些好转。

诗人看着阳关送别图，想到此地至今还在金人手里，就感到愤慨不已，作诗《题阳关图》：

谁画阳关赠别诗？断肠如在渭桥时。
荒城孤驿梦千里，远水斜阳天四垂。
青史功名常蹭蹬，白头襟抱足乖离。
山河未复胡尘暗，一寸孤愁只自知。

提及阳关，令人不禁想起唐朝诗人王维《渭城曲》当中的一句名句："劝君更尽一杯酒，西出阳关无故人。"而此处的阳关图，就是依据此诗而画的。

这是一首题画诗，他用一句反问来切入，写景抒情，又寄情在画中。

谁把阳关送别的诗画成了图画？极其悲伤地在渭桥边送别友人。身在荒凉的都城，孤单破败的驿站，梦里总是想到很远的地方去。远处的渭水被落日斜阳笼罩着，天色开始暗下。

青史功名之类的东西我都没有，总是潦倒失意，到老了还是坚持远大抱负，总是和别人格格不入。破碎的山河还没收复，我的一片丹心，只有我自己知道。

陆游在七十岁的这个时候，仍然发出"一寸孤愁只自知"，他的愁，确实只有自己能够品尝得到。

他的愁，在醉后更加无法排遣，对镜自照，原来自己真的老得朱颜尽改。

七十岁，确实垂垂老矣，但是想想，不是还有八十岁还东

征辽东的李勣吗？那么七十岁，还是有机会啊。

陆游有感而发，作诗《看镜》二首：

凋尽朱颜白尽头，神仙富贵两悠悠。
胡尘遮断阳关路，空听琵琶奏石州。

七十衰翁卧故山，镜中无复旧朱颜。
一联轻甲流尘积，不为君王戍玉关。

镜中的自己，头发花白，容颜衰老，已超过追逐名利富贵的年纪。金兵割断了交通大道。只能听着琵琶声，想念着沦陷的石州。

七十岁的我在故乡山阴居住，镜中已老去的容颜无法回到年轻时。曾经穿过的戎装战衣已经铺满了灰尘，年老又不被重用，不能为君王去守卫玉门关。

诗人那份爱国之心，依然灼热，跃动于诗词之间。

这种激进的人生态度，在当时并不是很多人能够理解的。

不过他很坚定，很执着，将这种爱国思想贯彻了整整一生。

无论何时何地，他都不会摒弃这种思想。

但是，永远回不去的军旅生活，是他心中的一根刺，此生都无法拔除。

诗人觉得宋孝宗做得最对的事情大概就是派自己到南郑去吧。

说起这位皇帝，其实诗人是感谢他的知遇之恩的，至少在文学上，皇帝很看重和赏识他。

尽管如此，这位君王终究没能像诗人希望的那样，完成收复失地的大业，有些遗憾。

这年六月，宋孝宗去世。

诗人伤心感怀，写了挽诗——《孝宗皇帝挽词》：

便殿咨询早，深宫宴乐稀。欲颁传位诏，犹索未明衣。

寿损名方永，身癯国愈肥。孤臣泣陵柏，心折九虞归。

此诗将宋孝宗写得很正面，勤政亲民，励精图治。虽然宋孝宗并非真的这么贤明，但是这种歌颂，也许是对死者的一种尊重和哀悼吧。

宋孝宗去世，南宋朝廷发生了一次政变。

这次政变还要从孝宗立光宗那时候说起。

光宗本就不是当皇帝的材料，他比孝宗和高宗更加无能，而且处处受制于皇后李氏。孝宗爱子心切，光宗不能理解，又怕李后，因此对孝宗形成了不满和对立。

孝宗病重的时候，光宗不去探病，孝宗死的时候，光宗也不出席丧礼。朝廷内外都知道他们不和，人心惶惶，有很多

官僚辞官离开都城，百姓也开始逃难，似乎要发生着什么大事情。

为了稳定人心，当时的左丞相留正对光宗提意见，说不如立太子吧，光宗同意。留正第二日就把草拟的文书递上去，光宗批复了八个字："历事岁久，念欲退闲。"

留正参不透这八个字的意思，看光宗好像对立太子一事不上心，他不知道如何是好。

到上朝时，留正心里没底，加之又不小心摔倒，认为这是不吉祥的征兆，马上辞官回乡。丞相一走，朝廷的气氛更加紧张诡异，官僚们都惴惴不安。

留正走后，第二大的赵汝愚就去找太皇太后（高宗的皇后），想要立光宗的大儿子赵扩为王，但是以他的职位，不好直接拜见，于是就托人找了知阁门事韩侂胄。此人是太皇太后的侄女婿，有亲戚关系，可以帮忙进言。

赵汝愚拟好了文书，得到太皇太后的赞同，立赵扩为宁宗皇帝，尊光宗为太上皇，李后为太上皇后。

很明显，这件事就是直接将光宗推下台，朝政大权就落入赵汝愚手中。而这个完美计划是工部尚书赵彦逾提出的，成败的关键是靠韩侂胄。

事后赵汝愚升职，为右丞相，推荐朱熹担任焕章阁待制。而赵彦逾和韩侂胄却没有得到什么升迁。

虽然韩侂胄的侄女被宁宗立为皇后，他有一定的权势，但是后来还是形成了赵汝愚、朱熹与韩侂胄、赵彦逾对立的局面。

这次政变陆游并没有参与，他在山阴，不过他和朱熹向来交往甚深，朝廷的消息他是知道的，所以后来赵汝愚失势的时候，陆游多少受到了牵连。

可是他的主战思想却又和韩侂胄那边相同，所以无法站队。

八月间，朝廷正处于风起云涌、云谲波诡之时，在山阴的诗人还不知道，仍然沉浸在自己的世界里，作诗《忧国》：

恩许还山已六年，誓凭耕稼饯华颠。
养心虽若冰将释，忧国犹虞火未然。
议论孰能忘忌讳？人材正要越拘挛。
群公亦采刍荛否，贞观开元在目前。

这首诗中陆游对自己的状况作了说明，虽然决心在山间安度晚年，但仍然无时无刻不关心着民情和国事，只希望朝廷能够做些对老百姓有利的事情。

辞官回归山阴生活已经六年了，发誓从此就做个农民种田，安度晚年。修心养性，对以往的恩怨都冰释了。可是向来担忧着国家的未来，觉得自己的爱国之心还不够强烈。议论国家大事的时候，个个都诸多顾忌不敢畅所欲言，有才干的人正受到了束缚。你们诸位大人肯采纳老百姓的意见吗？如果可以做到，像唐朝那样的贞观之治和开元盛世就在眼前了。

担忧国家大事之余，诗人也自娱自乐。他终日躲在书斋里，若是倦了，就到外面小园去走走，看看风景，呼吸新鲜空气。悠闲踱步，看到庭前的梅树枝影婆娑，闻着墨香，有几分情调。

他叹道：

美睡宜人胜按摩，江南十月气犹和。
重帘不卷留香久，古砚微凹聚墨多。
月上忽看梅影出，风高时送雁声过。
一杯太淡君休笑，牛背吾方扣角歌。

这首《书室明暖终日婆娑其间倦则扶杖至小园戏作长曲》，流露出诗人的闲情逸致，写景状物十分精巧，从视觉、嗅觉、听觉几个角度充分体现出当下景色。

不过，世人对他这类诗歌似乎评价不高。

比如《红楼梦》中讲香菱学诗，她说："我只爱陆放翁的'重帘不卷留香久，古砚微凹聚墨多'，说得真切有趣。"但是林黛玉却说："断不可看这样的诗。你们因为不知诗，所以见了这浅近的就爱，一入了这个格局，再学不出来的。"

其实，诗，深远固然好，只是这种通俗的诗歌，也有它特有的美感，不是吗？

有时在夜里突然来了兴致，诗人便马上提笔创作，比如

《十一月五日夜半偶作》：

草径江村人迹绝，白头卧病一书生。
窗间月出见梅影，枕上酒醒闻雁声。
寂寞已甘千古笑，驰驱犹望两河平。
后生谁记当年事，泪溅龙床请北征。

通往山村的小路人烟稀少，杂草丛生，早已白发苍苍的诗人经常生病躺在床上。

窗外的月亮出来了，将梅树的影子照落在窗上，在枕上醒过来，听到外面有大雁飞过的声音。

早就甘心寂寞地被世人取笑，但他仍然希望为国家而战，期盼着早日收复黄河南北。

年轻人有谁还记得当年的事情，他曾多番在朝廷中慷慨激昂地提出抗金北伐的主张。

这年十一月，朝廷政变已成定局，新皇帝登基。

在山阴的陆游听到消息，心里不安，他庆幸自己没有参加这次政变，但同时又为国家的前途感到更加忧虑。

朝廷内部都不团结，还怎么对抗外敌呢？

他忧心忡忡，在《书逆旅壁》中写道：

百忧袭暮年，怀抱日骚屑。虽云归故乡，何异万里客。

穷冬迫寒饿，凛有在陈厄。驾言适近村，惨惨天欲雪。
人沽村市酒，马啮山坡麦。旅炊杂沙土，得饱何暇择。
手皲若龟兆，面槁无人色。士穷自其分，所幸全大节。
功名已甑堕，身世真瓦裂。不学玉关人，饥鹰方夜掣。

山阴和临安距离很近，新帝登基之事，让陆游唏嘘不已，朝廷的一切发生得那样快，变幻莫测，猝不及防。他小时候就体会过北宋的灭亡，深知统治阶级内部的矛盾对国家发展极其不利。

没想到宋光宗在位期间这么短就下台了，才不过五年，江山就换了主人，南宋的年号也改成了庆元。

政变的余波还未过去，赵汝愚才揽了大权没多久，便遭到言官的弹劾，很快就被拉下马。

朝廷的政局在短短的时间里又变了，虽然陆游人在山阴，但赵汝愚被罢斥，一众党羽必定受到牵连。陆游尽量避免去蹚这趟浑水，尽量规避和远离灾区中心。

从他这个时期所写的几首诗当中，可以看出陆游的这种态度。

比如《舟中戏书》：

平生万事付之天，百折犹能气浩然。
试问软尘金络马，何如柔橹月侵船？
英雄到底是痴绝，富贵但能妨醉眠。
三百里湖随意住，人间真有地行仙。

又或者是《自规》：

陆君拙自谋，七十犹粝食。著书虽如山，身不一钱直。
默自观我生，困弱良得力。转喉畏或触，唾面敢自拭。
世路方未夷，机阱宁有极。但能常闭门，尊拳贷鸡肋。

再如《闲中书事》：

一亩山园半亩池，流年忽逮挂冠期。
卖花醉叟剥红桂，种药高僧寄玉芝。
午枕为儿哦旧句，晚窗留客算残棋。
登庸策免多新报，老子痴顽总不知。

此时的陆游持一种置身事外的心态，他更愿意将视线放到自己生活中接触到的事物上去。

春色还没消散的时候，他执笔落下一首《农家叹》：

有山皆种麦，有水皆种秔。
牛领疮见骨，叱叱犹夜耕。
竭力事本业，所愿乐太平。
门前谁剥啄？县吏征租声。
一身入县庭，日夜穷笞搒。

人孰不惮死？自计无由生。

还家欲具说，恐伤父母情。

老人傥得食，妻子鸿毛轻。

山村里，山头都种满了麦子，有水流的地方都种了水稻。农村的牛瘦得皮包骨头，依然在耕田。农民竭尽全力耕种，只希望生活安乐天下太平。

门前谁在敲门呢？原来是官吏来催缴税收。可是一旦交不出这繁重的赋税，就会被抓进衙门，日日夜夜被鞭打身体。

谁能逃过死的命运呢，自己考虑过已经没有办法继续生活。回家之后想将实际情况都告诉家人，却害怕父母担心。年老的父母能够不饿死，老婆和孩子都顾不上了。

此诗描绘出在官吏的残暴统治之下，农民生活困难，赋税繁重使他们没办法安居乐业。对当时朝廷的统治者进行了侧面的批判。

朝廷如今那么乱，内部矛盾激烈，哪还有时间管老百姓呢？

陆游想到当年杜甫也是这样忧国忧民，他们一生的遭遇实在太相似了。他怀念杜甫，就拿出他的诗歌来欣赏，读到感触的地方，便执笔蘸墨创作《读杜诗》：

城南杜五少不羁，意轻造物呼作儿。

一门酣法到孙子，孰视严武名挺之。

看渠胸次隘宇宙，惜哉千万不一施！
空回英概入笔墨，生民清庙非唐诗。
向令天开太宗业，马周遇合非公谁？
后世但作诗人看，使我抚几空嗟咨！

诗中充满对杜甫的敬佩之意，为杜甫不被当政者欣赏和重用感到不平，正因为自己也如此，所以才对杜甫当时的遭遇深感同情。

不久，诗人到村里去看演出，演出内容是流传于农村的民间故事，关于一个叫蔡郎中的书生，大概是说蔡郎中上京考科举，但一去就杳无音信。乡下的父母在灾荒中死掉了，妻子赵五娘将公婆埋葬，天上降下来一个琵琶，于是赵五娘就一边卖唱一边到京城找蔡郎中。蔡郎中被牛相国招为东床，后来被雷劈死了。

诗人看了演出，颇有感触，在《小舟游近村舍舟步归》中这样写道：

斜阳古柳赵家庄，负鼓盲翁正作场。
死后是非谁管得？满村听说蔡中郎。

多事之秋

此时已经是庆元元年（公元 1195 年）十月，山阴的天气变冷。

陆游依然关注着朝廷的动静，尽管他不参与其中。

每到夜幕降临，他躺卧在陋室里，辗转反侧，总是能够冒出许多的念头，有时候简直思绪万千，作诗一首——《枕上偶成》：

放臣不复望修门，身寄江头黄叶村。
酒渴喜闻疏雨滴，梦回愁对一灯昏。
河潼形胜宁终弃？周汉规模要细论。
自恨不如云际雁，南来犹得过中原。

被投闲置散的臣子已经不奢求再回到临安去，就一直住在江头黄叶村好了。

听到外面的雨声稀稀疏疏，想到自己很久没有喝过酒，很想喝一杯。

一觉醒来，屋里只有一盏孤灯昏暗地照着他。

黄河、潼关这些险峻山岭难道要这样放弃一直不管吗？想想周朝汉代的时候，他们都以黄河和潼关这一带作根基，南宋政府是不是要慎重仔细地考虑一下收复这两个地方呢？

恨自己不能像天边的大雁一样，南来时还能够有机会经过中原地区！

诗中表达了诗人对收复失地的热切渴望，希望朝廷能够出兵北伐，收复破碎的山河，他甚至羡慕天上的大雁，证明他对沦陷区人们的情况非常同情和关怀。

朝廷的政变让诗人感到心寒，他有时候想起来，也会动摇，人生是否不应该那么执着于这些纷扰的政事呢？或许做一个隐士更好，但他自己又做不到两耳不闻窗外事，一心一意地过着归隐生活。也正因自己做不到，所以才会羡慕做到的人吧。

他曾在不少诗中提及镜湖中的一位隐士，有时听到湖边传来若隐若现的笛声，他就开始艳羡这位隐士。

在《夜坐闻湖中渔歌》中，他叹道：

少年嗜书竭目力，老去观书涩如棘。

短檠油尽固自佳，坐守一窗如漆黑。
渔歌袅袅起三更，哀而不怨非凡声。
明星已高声未已，疑是湖中隐君子。

在《题庵壁》中，他又叹道：

万里东归白发翁，闭门不复与人通。
绿樽浮蚁狂犹在，黄纸栖鸦梦已空。
薄技徒劳真刻楮，浮生随处是飞蓬。
湖边吹笛非凡士，倘肯相从寂寞中？

在寂寞中，诗人于镜湖隐士的笛声中，找到共鸣之意。

在这种隐隐透露出逃避现实的感叹中，万物又迎来了新的一年。

诗人到野外散步，新年了，他又老一岁，七十二岁，虽然多病，步伐还是矫健的，可能因为春天吧，人也清爽起来。

看到朗润的山川，湖水粼粼，柳色青青，大自然这么美这么有活力，但是和腐朽的朝廷一相比，简直令他心伤。

他不禁仰天悲歌，作诗《春望》：

天气回春律，山川扫积阴。
波光迎日动，柳色向人深。

沾洒忧时泪，飞腾灭虏心。

人扶上危榭，未废一长吟。

这一年也是多事之秋，开春后，朝廷有些动静。去年被罢斥的赵汝愚，气得患了重病，回乡途经衡州，病情急转直下，而当时的衡州知州对他落井下石，百般羞辱，赵汝愚一时想不开，选择自杀。

赵汝愚一死，本来同他站在一条线上的官员，都因宁宗的一句“伪学之党，勿除在内差遣”而得到处分。“伪学”是因为有言官以这个理由来弹劾赵汝愚。罢斥的五十九人中，有周必大、朱熹等等，陆游和他们是至交，不过好在陆游没事，他的地位只在边缘，擦边而过。

但就算是这样，他仍旧没有放弃自己的主张。

在《寒夜歌》中，他这样写道：

陆子七十犹穷人，空山度此冰雪晨。

既不能挺长剑以抉九天之云，

又不能持斗魁以回万物之春。

食不足以活妻子，化不足以行乡邻。

忍饥读书忽白首，行歌拾穗将终身。

论事愤叱日若炬，望古踊跃心生尘。

三万里之黄河入东海，五千仞之太华磨苍旻。

坐令此地没胡虏，两京宫阙悲荆榛。

谁施赤手驱蛇龙？谁恢天网致凤麟？

君看煌煌艺祖业，志士岂得空酸辛。

这首诗表达了陆游由始至终坚定的立场，就是抗金作战、收复中原。朝廷应该将注意力回归到这个事情上，而不是一味地制造各种内部矛盾。

诗人七十多岁还是一个穷人，在空山里度过一个又一个像这样的冰冷的早晨，既不能拿着长剑去刺破极高的天空，又不能斗柄使万物回春。

此处出自《庄子说剑》中："上抉浮云。"

在温饱上，不能养活妻子和孩子，自己的德行也不能够感化乡邻。忍着饥饿寒窗苦读，一回首忽然就白了头发，时间匆匆，这一生都要一边悲歌一边拾稻穗。

谈论起国家大事就愤怒地叱责，激愤得目光如火。想起先人的丰功伟绩就感到欢欣鼓舞、心情澎湃。

三万里的黄河之水汇入东海，五千米高的西岳华山直耸天空，但这些雄伟壮丽的山河却沦落在金人手中。洛阳和长安的宫殿里都长满了杂草，荒芜至极。

谁能空手将金人驱逐？谁能网罗人才，招引贤人志士？你看看宋太祖赵匡胤的辉煌成绩，有志之人怎能徒然悲伤！

诗人满腔悲愤！

闲居乡间，流连山水，来来去去就那几个地方，镜湖、稽

山之类的，范围非常有限，不像他曾去各个地方做州官那样，虽然奔波，但看过很多的风景。

他如今老了，经常回忆以前的事，曾经看过的风景，曾经的流金岁月。

那些点点滴滴的回忆都能够成为他笔下的诗歌。

鹤鸣山下竹连云，凤集城边柳映门。
当日不知为客乐，如今回首却消魂。

骏骡西过雨漫天，千里江山在眼前。
二十四年如昨梦，凭谁闻讯带枷仙。

狼烟不举羽书稀，幕府相从日打围。
最忆定军山下路，乱飘红叶满戎衣。

这三首《怀旧》绝句，虽然辞藻不华丽，也没有一贯的恢弘气势，似乎偏向浅淡的感觉。但是细细品味，意境不俗。诗人淡淡地缓缓地给你讲当年他在南郑的日子，在回忆中，有柳色青青的城边，有壮丽的千里江山，有飘落的枫叶，往事如烟如梦，从回忆的大门中纷至沓来。

时光匆匆，岁月如梦，二十几年前的事情，仿佛还在昨天，醒来却早已是白发苍苍的老人了。

诗人沉浸在怀旧中，回过神来的时候，自然而然地又想起

了中原至今还在敌人的手中，就忧愤起来，作诗《感事》（四首选二，其一、二）：

鸡犬相闻三万里，迁都岂不有关中？
广陵南幸雄图尽，泪眼山河夕照红。

堂堂韩岳两骁将，驾驭可使复中原。
庙谋尚出王导下，顾用金陵为北门！

邻国非常相近，鸡犬的声音都能听见，关中地区非常安宁，可以迁都到这个地方，当年金人南侵的时候，朝廷上下都逃避到扬州，后来又到临安定都，至于那收复失地的念头已经没有了。一边看着夕阳照红了破碎的山河一边流眼泪。

军队里有韩世忠和岳飞两名大将军，如果重用他们，一定可以收复中原地区，可是南宋朝廷却视若无睹。

朝廷在江南一隅苟且偷安，却将金陵看作是北方边门，不知道好好利用地势，趁机出兵，一直都是畏首畏尾，浑浑噩噩地度过了那么多年，放着属于自己的江山不理不顾，任敌人侵占。

诗人对朝廷这种行为和状态简直觉得不可理喻，他对统治者们也是恨铁不成钢的感觉。

这两首诗直抒胸臆，毫不遮掩内心的真实感受，赤裸裸地批判南宋朝廷的腐败无能。

虽然南宋朝廷无力，他自身经历排挤和压迫，但他的抗金主张和救国抱负仍旧是存在的，而且热情并没有随着年岁的增长而消退，反而更加坚定和激进。

陆游希望农村的朋友能够和他一样，团结起来，将来要靠他们去征战，如果有一天皇帝突然心血来潮要北伐，他就会带着他的农村朋友们拿着武器去帮忙。

七年收朝迹，名不到权门。耿耿一寸心，思与穷友论。
忆昔西戍日，孱虏气可吞。偶失万户侯，遂老三家村。
朱颜舍我去，白发日夜繁。夕阳坐溪边，看儿牧鸡豚。
雕胡幸可炊，亦有社酒浑。耳热我欲歌，四座且勿喧。
即今黄河上，事殊曹与袁。扶义孰可遣？一战洗乾坤。
西酹吴玠墓，南招宗泽魂。焚庭涉其血，岂独清中原！
吾侪虽益老，忠义传子孙。征辽诏傥下，从我属櫜鞬。

这首《村饮示邻曲》表现了诗人当下对朝廷感到极其失望，他的一生都错负给了南宋朝廷，无论怎么努力，始终没能在抗金事业上有所建树。

他幻想有朝一日出现奇迹，可以和老百姓一起去战场上消灭敌人。

已经有七年不上朝，权贵之门当中没人提到他的名字了。他始终对朝廷和国家忠心耿耿，经常思考怎么与敌人作战，和农村里贫穷的朋友一起讨论国家大事，还想到到中原去讨伐

敌人。

陆游淳熙十六年（公元 1189 年）被罢官，陆游只能在山阴里闲居度过晚年。年轻的容颜已经逝去，头上的白发日益增多。

落日时分，夕阳西下，坐在溪边，看着村童在喂养家畜。幸好还有雕胡可以煮来吃，也有社祭的酒可以喝。酒后想唱歌，但是在座都不要听他唱。

在当今黄河之上，东汉末年时曾发生过曹操和袁绍的战争。保卫正义谁敢退缩？轰轰烈烈地打一场就能够将如今的局势扭转。

向着西边名将吴玠的陵墓将酒洒下，用来祭奠他，又向南边招来抗金名将宗泽的魂魄。烧毁金国的宫殿，从金军的血肉之躯上踏过，岂能不肃清中原，收复我朝的大好河山！

这一辈虽然都老了，但是要把忠义精神传给子子孙孙，如果有一天皇帝下令北伐金人，你们一定要跟随我，拿着武器一起出征杀敌，保家卫国！

此诗铿锵有力，前半段主要在写诗人的现状，后半段情绪开始澎湃激昂，到了最后一句，更是发出有力的呼吁。

保家卫国，从来就不是一个人的事情，而是一个民族的事情。就算老了，也要有这种热烈的爱国情怀。

这年下半年，诗人几乎都是在这种怀旧和感愤中度过，朝廷的政局还不稳定，昔日风光的官臣，可能如今罢官的罢官，

归乡的归乡，势力出现一面倒的形势，赵汝愚死后，韩侂胄一派占了主要的权利地位。

韩侂胄和陆游的主张思想是一致的，或许这是一个好的转变。

但目前为止，在抗金和收复国土这方面还没有什么实质性的进展。

一日早晨，诗人起来后看着镜中衰老的自己，心生叹息，作诗《晨起》：

齿豁不可补，发脱无有栽。清晨明镜中，老色苍然来。
余年亦自惜，未忍付酒杯。抽架取我书，危坐阖复开。
万世见唐虞，夔龙获亲陪。寥寥三千年，气象挽可回。
岂以七尺躯，顾受世俗哀？道在无不可，廊庙均蒿莱。

用早晨起来照镜子落笔，切入点新颖，语言精练且生动，将暮年平静的生活贴切地跃然纸上。

他又在《书怀》中这样写道：

萧飒先秋鬓，龙钟未死身。
不惟今日老，已是一生贫。
食菜从儿瘦，关门任客嗔。
世间余一念，河洛尚胡尘。

和前一首的宁静比起来，此诗多了几分凄薄之意。萧飒的秋风，吹得诗人头发又白了几缕，诗人现在已经老态龙钟，一生贫穷。

这里这么写，有夸张之意，是为了渲染气氛。

生活中受气，非常潦倒不堪。如今就只有一个盼望，就是希望朝廷赶紧收复中原。

诗人写诗，兜兜转转，几乎都是寄托了自己那颗想要报国的心，以及渴望朝廷收复国土的理想。特别是入秋之后，老人的情绪更加容易受到波动，不是夜不能寐，就是早早起来读书。

思绪又随着那书籍上的字句跳到了千里之外，心也跟着动荡不安，作诗《九月二十八日五鼓起坐，抽架上书，得〈九域志〉，泫然有感》：

一事无成老已成，不堪岁月又峥嵘。
愁生新雁寒初下，睡起残灯晓尚明。
天地何由容丑虏，功名正恐属书生。
行年七十初心在，偶展舆图泪自倾。

《九域志》全称叫《元丰九域志》，是宋代一本记录地理环境的刊物，诗人一大早翻看这本书，伤感涌上心头，开始流眼泪。

这辈子一事无成，老来做什么都来不及，岁月变得不堪又凛冽。

正愁思万千的时候，外面有大雁飞来了，寒冬即将来临，睡到五更再也睡不着，就坐起来，昨晚燃烧过的残灯还能够照亮未天亮的屋子。

天地怎么能够容得下侵占我朝土地的金人呢？国家大业恐怕要靠读书人来完成。

经历了七十年的人生，那颗抗金复国的初心仍旧在，偶尔打开地图一边看一边流泪。

诗人作为一个读书人，一个文官，对国家山河的破碎尚且感到那么痛苦和愤慨，那么前线守卫的战士们，也一定是无限悲愤的吧！

可是如今朝廷无心与金国对抗，作为一名战士，似乎没有存在的实质意义，那是多么可悲的事情。

在《陇头水》中，陆游这样写道：

陇头十月天雨霜，壮士夜挽绿沉枪。
卧闻陇水思故乡，三更坐起泪数行。
我语壮士勉自强，男儿堕地志四方。
裹尸马革固其常，岂若妇女不下堂？
生逢和亲最可伤，岁辇金絮输胡羌。
夜视太白收光芒，报国欲死无战场。

十月，陇头开始下雪了，壮士们夜晚抱着颜色深沉的武器，躺下听着《陇头流水歌》思念着故乡，三更时睡不着坐起来流眼泪。

诗人勉励这些壮士，要发愤图强，男子汉大丈夫就应该志在四方。在沙场上杀敌作战而死是十分平常的事情，岂能够像妇女那样足不出门？

诗人这一生碰到了宋金两国签订和议条约，这件事情对他朝来说是最大的耻辱。

朝廷每年都要用车子运送金银财宝给金国，作为进贡之礼。看看那夜空中的太白星，多么暗淡无光，正预示着朝廷腐败，为了苟且偷安，只会屈膝求和。你们这些战士想要报效国家、以身殉国都没有战场可以施展呢！

从前线的战士们的思乡之情切入，表现的还是报国无门的愤慨之情。

写这首诗的时候已经是冬天，诗人之前以提举建宁府武夷山冲祐观的名义领取俸禄，但如今已经到期，他上疏请求续任，朝廷批准。

他确实需要领这些钱，不然就真的又穷又凄惨，因为次年五月，陪伴他几十年的妻子王氏去世了。

尽管当年母亲强行拆散他和唐琬，让他娶了王氏，父母之命不可违，一开始他确实悲伤难过，但是第二任妻子贤良淑德，毕竟相处了这么多年，夫妻间日久生情，相伴过了大半生，死别的时候哪有不伤心的道理。

诗人非常伤心，几十年的结发夫妻，终究是要面临岁月的最后一道考验——死亡。

他作诗《自伤》，悼念亡妻：

朝雨暮雨梅子黄，东家西家鬻兰香。
白头老鳏哭空堂，不独悼死亦自伤。
齿如败屐鬓如霜，计此光景宁久长？
扶杖欲起辄仆床，去死近如不隔墙。
世间万事俱茫茫，惟有进德当自强。
往从二士饿首阳，千载骨朽犹芬芳。

亲人的离世之痛，让诗人消沉了一段时间，等到缓过来，他的注意力和心思又放到国事之上。

庆元三年（公元 1197 年）的春天乃至入秋，诗人的作品一直围绕着年华老去、志气犹存这个主题。

例如开春时写的一首《书志》：

往年出都门，誓墓志已决。况今蒲柳姿，俯仰及大耋。
妻孥厌寒饿，邻里笑迂拙。悲歌行拾穗，幽愤卧啮雪。
千岁埋松根，阴风荡空穴。肝心独不化，凝结变金铁。
铸为上方剑，衅以佞臣血。匣藏武库中，出参髦头列。
三尺粲星辰，万里静妖孽。君看此神奇，丑虏何足灭！

这首爱国诗流露出诗人的壮心未泯。风格沉郁悲壮，从开篇到结尾，都饱含着一股豪迈浩荡的杀敌气概。

自从离开了临安城，诗人就发誓不再做官。如今年老体质衰弱，身躯像蒲柳一样飘零，一眨眼就已经是七十三岁的老人。妻子和孩儿厌恶诗人贫穷落魄，邻居笑诗人迂腐笨拙。

乡间的生活虽然穷苦，却节操高尚。诗人死后要被埋在千年松树之下，阴风吹着墓穴。身体会腐烂但是忠贞不移的心不会消失，凝结成钢铁，拿来铸造上方宝剑，用卖国贼的血来祭奠诗人的这把宝剑。

将这把拔剑收藏在军队的武库之中，等到出征的时候，它要排在前头，加入作战的队伍中。这把宝剑比天上的星辰还要灿烂耀眼，万里之内的敌人妖孽都能消灭。你看看这把如此神奇的宝剑，是怎么将金人全部消灭的！

后半段，诗人将自己拟物化，成了一把神奇的宝剑，可以去消灭敌人，表现了他抗金之心的热烈。

这年春季，诗人还写有两首《书愤》，都是表达他灭胡之心犹存，一有机会就想着舍生报国，这种思想早就在他的脑袋里深入，扎根。

白发萧萧卧泽中，只凭天地鉴孤忠。

阨穷苏武餐毡久，忧愤张巡嚼齿空。

细雨春芜上林苑，颓垣夜月洛阳宫。
壮心未与年俱老，死去犹能作鬼雄！

镜里流年两鬓残，寸心自许尚如丹。
衰迟罢试戎衣窄，悲愤犹争宝剑寒。
远戍十年临的博，壮图万里战皋兰。
关河自古无穷事，谁料如今袖手看！

从咏史到抒情，到最后的立志，无不表现出诗人那坚贞不屈的爱国精神。

在《暮春》这首诗里，诗人从惆怅的情绪入手，用镜湖的景色来悲歌：

数间茅屋镜湖滨，万卷藏书不救贫。
燕来燕去还过日，花开花落即经春。
开编喜见平生友，照水惊非曩岁人。
自笑灭胡心尚在，凭高慷慨欲忘身。

到了盛夏，诗人又病倒了，在枕边日夜感到悲哀，岁月总无情，春去秋来，一年复一年，就这么轻易地将人的一生翻到最后的边界。

他心中不痛快，因为自己的主张一直都没能实现。夜晚，

孤灯照着病容，他支撑着衰弱的身体写下了一首《病中夜赋》：

客如病鹤卧还起，灯似孤萤阖复开。
苜蓿花催春事去，梧桐叶送雨声来。
荣河温洛几时复，志士仁人空自哀。
但使胡尘一朝静，此身不恨死蒿莱。

最后一句，只要朝廷可以出兵收复中原，自己像杂草那样死了也无所谓。

死对他来说，早已不是可怕的事情，到了这把年纪，就像蜡烛燃到尽头，只要还能够照亮别人，哪怕花尽最后一丝力气，也要将自己物尽所用，那才死得其所。

他虽然多病痛，但是寿命还是很长的。

这个时候的他，距离仙游还有十几年寿命。

这年年末，寒冬而至，诗人和朱熹来往一如往常那样紧密。朱熹虽然被罢斥，但他还十分关心这位老朋友，知道他生活在乡下不容易，俸禄有限，看着入冬寒冷，就给他送来了纸被，这些东西都是诗人非常需要的。

在勾心斗角的官场上，还能够结交这样的知心好友，对他关怀备至，真是幸事，难得的是朱熹的前途也好不到哪里去却还能这样想着他，陆游感动万分，在《谢朱元晦寄纸被》诗中对朱熹表示感谢：

木枕藜床席见经，卧看飘雪入窗棂。
布衾纸被元相似，只欠高人为作铭。

纸被围身度雪天，白于狐腋软于棉。
放翁用处君知否？绝胜蒲团夜坐禅。

这个冬天因为朱熹的关照，感到温暖，他可以在暖床上，残灯前，再次细细地回忆过去，作诗《忆昔》：

忆昔从戎出渭滨，壶浆马首泣遗民。
夜栖高冢占星象，昼上巢车望虏尘。
共道功名方迫逐，岂知老病只逡巡。
灯前抚卷空流涕，何限人间失意人！”

从前在南郑从军的生活又历历在目，看到军车在侦察敌情，很多人都说这是建功立业的机会。可惜啊，已经又老又病，只能在灯前落泪，人间失意之人何其之多，自己不过也就是其中一个罢了。

惊鸿照影

过了严寒的冬季，到庆元四年（公元1198年），春夏之间，陆游身体状况不太好，七十四岁的老骨头，浑身是病，也时常伤感，但还是执着得很。读书作诗，都不分昼夜和地点，只要有感，就要书写出来。

他有太多太多的感触和情绪需要倾诉。

春末写有十首《杂感》，其中一首这样写道：

劝君莫识一丁字，此事从来误几人！
输与茅檐负暄叟，时时睡觉一频伸。

从这些字句中，可以看出诗人的消极，作为一个满腹才学的学者，劝别人最好不要识字，有些讽刺。

他这一生在诗歌上的建树是伟大的，彼时的他已经是一个

名声大噪的诗人，可是也只能是生活在这样的山村里，过着苍凉的日子，大概有些不甘心罢了。

他一直以来都不甘心，因为他才华横溢，又能文能武，军事上的谋略不输给朝廷那些武官，但是他一直得不到重用，甚至仕途坎坷，以致抱负未能实现，这成了他这辈子的痛。

不过，不管到了何时，他对抗金事业的热情都不会消减。

虽年老，但依然豪壮和激烈，甚至比年轻时更加磅礴。

比如《感秋》一诗：

秋色关河外，秋声天地间，壮志感此时，朝镜凋朱颜。
一身寄空谷，万里梦天山，噫呜怒眦裂，愤激悲涕潸。
古来真龙驹，未必置天闲；长松倒涧壑，委弃同蓁菅。
得志未可测，谈笑济时艰，凛然出师表，一字不可删。

虽然眼下看起来无法实现宏图大志，但是有谁说得准呢？人生本来就难以预测，《出师表》是一定要有的，万一哪天统治者真的用到自己的主张和策略呢！

说到《出师表》，诗人想及自己曾经写的平戎策，心中向往有一天可以为国家建功立业，于是他作诗四首《太息》，其中两首是这样写的：

早岁元于利欲轻，但余一念在功名。

白头不试平戎策，虚向江湖过此生。

书生忠义与谁论，骨朽犹应此念存。
砥柱河流仙掌日，死前恨不见中原！

第一首，诗人想起年轻的时候，心中有着远大的抱负，一直想建功立业，但是到老了还实现不了自己的理想，所写的平戎策也没有得到利用，他就这么虚度一生。

第二首，心中的宏图大志没有人可以一起讨论，但是到了七老八十仍然有着这样坚定的念头。

诗人此生唯一的遗憾就是死前都不能见到中原大地回归到南宋的怀抱里。

这是最大的遗恨。

这年冬天，朝廷仍旧处于水深火热的政治斗争之中。

眼看着自己俸祠又要期满，他权衡了一下，决定不再申请。

如果不拿朝廷给的“退休金”，他的生活可能会更加贫困，但相较于处于士大夫和权贵的对立之中，他还是选择了前者。

就算要过着贫穷艰苦的日子，他也不想去沾染任何关于功名利欲的事情，他是很想建功立业，但是目前没法做到，那就干脆两袖清风。

他在《病雁》一诗中写道：

芦洲有病雁，雪霜摧羽翰，不辞道路远，置身湖海宽。
稻粱亦满目，鸣声自辛酸，我正与此同，百忧双鬓残。
东归忽十载，四忝侍祠官，虽云幸得饱，早夜不敢安。
乃知学者心，羞愧甚饥寒，读我病雁篇，万钟均一箪。

诗人的批注是“祠禄将满，幸粗支朝夕，遂不敢复有请而作是诗”，从这里以及诗中都能看出他的态度，觉得心中羞愧比起饥寒来说更加难以忍受，宁愿忍受身体上的痛苦，也不愿精神感到羞愧。

对于不复请俸禄这件事情，他在《祠禄满不敢复请作口号》一诗中也写道：

祠庭八载窃荣名，一饱心知合自营。
牍后落衔便手倦，月头镌俸喜身轻。
弊衣不补惟频结，浊酒难谋且细倾。
赖有东皋堪肆力，比邻相唤事冬耕。

他可以不靠朝廷的俸禄，反而可以活得更加轻松自在。

这也无意中流露出诗人那种不与权贵高层同流合污的高尚情操。

朝廷自然不会再挽留他，官衔也撤掉。某种形式上，他离政治中心更远了。

但即使如此，一向傲骨的他，反而更加自在。

“生理虽贫甚，胸中颇浩然”，心中的负担似乎轻了不少。

他可以细细地回顾自己的一生，就像杜甫写《同谷七歌》来讲述在贫穷中如何振奋向上，陆游写了《三山杜门作歌》（五首）来对自己的一生做了精彩的表述。

我生学步逢丧乱，家在中原厌奔窜。
淮边夜闻贼马嘶，跳去不待鸡号旦。
人怀一饼草间伏，往往经旬不炊爨。
呜呼！乱定百口俱得全，孰为此者宁非天！

高宗下诏传神器，嗣皇御殿犹挥涕。
当时获缀鹓鹭行，百寮拜舞皆歔欷。
小臣疏贱亦何取，即日趋召登丹陛。
呜呼！桥山岁晚松柏寒，杀身从死岂所难！

中岁远游逾剑阁，青衫误入征西幕。
南沮水边秋射虎，大散关头夜闻角。
画策虽工不见用，悲咤那复从军乐。
呜呼！人生难料老更穷，麦野桑村白发翁。

晚入南宫典笺奏，滥陪太史牛马走。
忽然名在白简中，一棹还家倾腊酒。
十年光阴如电雹，绿蓑黄犊从邻叟。

鸣呼！古来肮脏例倚门，况我本自安丘园。

宽恩四赋仙祠禄，每忍惭颜救枵腹。
五秉初辞官粟红，一瓢自酌岩泉绿。
天公乘除不负汝，宿疾微平岁中熟。
鸣呼！字字细读逍遥篇，此去八十有几年？

第一首写童年和少年时期的奔波经历。

生逢乱世，金人南下侵略北宋，朝廷开始南迁，诗人随着家人到处避难。

本来家住在中原，但是因为战争而不得不逃往别处。

到了夜晚，他们在淮河边上听到金军乱贼的马匹嘶叫，还没等到天亮就得马上逃走。

每个人都在怀里揣着干粮，不敢生火做饭怕引来敌人。唉！战乱之后时局稍微安定，一家百口人居然都能活着，难道不是老天爷的庇佑吗？

第二首写青年时期刚刚入仕途的情形。

宋高宗下令传位于宋孝宗，孝宗感动得在御殿流眼泪。当时他出任枢密院编修官，也在上朝官员的行列里，跟着百官拜见皇帝的时候都是哽咽着。他才疏学浅，朝廷却也能够任用，后来还赐予进士出身。啊！真的非常感谢孝宗的赏识！

第三首写中年时期在南郑的流金岁月。

去南郑从军的时候经过剑门，本是书生的诗人好像误入了

南郑的幕府似的。

还记得当年秋天在沮水一带打猎刺死了老虎，还有参加大散关的那次战事。那时虽然写了平戎策，可是没有得到任用，后来幕府就散了。

诗人悲伤感叹着，什么时候才能回到那段从军的日子呢？唉！人生难测，没想到老了的时候境况这么凄凉，在桑村麦野中成了一个白发苍苍的老人家。

第四首写罢官之后在山阴的日子。

晚年，做了礼部郎中等职位，后来被言官弹劾，只能罢官还乡。回到山阴，正好是将要过年的时候。十年光阴一下子就过去了，现在诗人只是农村里的一名普通老人，下雨穿着蓑衣牵着牛从邻居门前走过。诗人慨叹自己是一个高亢正直的人，就这么安分地守着家园。

第五首写眼下的状态。

真的万分感恩朝廷连续四次都给俸禄。诗人每次都忍着愧疚感拿这个俸禄充饥。第五次奉祠岁满的时候诗人不再申请了，只是自酌一瓢绿岩的泉水。他知道老天爷不会亏待他的，病好了，收成也不错。老天爷很公平，虽然没有俸禄，在其他方面却保佑着他。细细地品读着《庄子》中的《逍遥游》，想起离八十岁已经没多少年了！

五首诗，诗人将他的一生做了系统的概括，风格沉郁，透露出丝丝的苍凉之感。也可将此诗看作诗人为自己所作的自传。

庆元五年（公元1199年）的春天，已经七十五岁的陆游重游沈园，脑海中忽然浮现出那个曾经的惊鸿倩影，回忆排山倒海而来。

那个曾经爱过的人，那段割舍不了的爱情，一直都尘封在他的内心深处，完好无缺。再回首，仍旧是痛得肝肠寸断。

对于他来说，唐琬，是这辈子都无法忘记的人。

城上斜阳画角哀，沈园非复旧池台。
伤心桥下春波绿，曾是惊鸿照影来。

梦断香消四十年，沈园柳老不吹绵。
此身行作稽山土，犹吊遗踪一泫然。

这两首《沈园》爱情诗，怀念旧爱唐琬。

第一首：西斜的落日照在城墙上，画角发出悲哀的歌声。再次来沈园这个地方，但早已物是人非。在如此美好的春光里感到伤心欲绝，想起唐琬曾经那美若天仙的容貌和身姿。

第二首：唐琬已经死了四十年，沈园的柳树早就不再飘絮。不久之后自己也会死去，尸骨将埋在稽山之下，变成泥土，在这里凭吊着已经死去的爱人，诗人感到非常痛惜。

陆游的爱情诗不多，都是想起唐琬时所写。其中情意连绵，凄美哀婉。诗人对唐琬的爱，以及他们曾经的那段感情，

终将陪伴他直到死去。

除了这两首之外，他在八十一岁的时候，回忆这段感情，也这么写过：“路近城南已怕行，沈家园里更伤情。香穿客袖梅花在，绿蘸寺桥春水生。”“城南小陌又逢春，只见梅花不见人。玉骨久成泉下土，墨痕犹锁壁间尘。”（《十二月二日夜梦游沈氏园亭》二首）

他怕经过沈园，怕触景生情，怕陷入无限的眷念和悲伤之中。

此外，八十二岁的他还写过：“城南亭榭锁闲坊，孤鹤归飞只自伤。尘渍苔浸数行墨，尔来谁为拂颓墙。”（《城南》）

八十三岁时写过：“故人零落今何在？空吊颓垣墨数行。”（《禹祠》）八十四岁写过：“沈家园里花如锦，半是当年识放翁。也信美人终作土，不堪幽梦太匆匆。”（《春游》）

这些哀婉缠绵的诗句，都是对唐琬深深的眷念。

后世对这些爱情诗有着很高的评论。

比如《宋词精华录》当中对《沈园》评曰：“无此绝等伤心之事，亦无此绝等伤心之诗。就百年论，谁愿有此事？就千秋论，不可无此诗。”

文学家钱锺书这样说：“爱情，尤其是在封建礼教眼开眼闭的监视之下那种公然走私的爱情，从古体诗里差不多全部撤退到近体诗里，又从近体诗里大部分迁移到词里。除掉陆游的几首，宋代数目不多的爱情诗，都淡薄、笨拙、套板。”

这年陆游的诗歌不算很多，夏秋有几首七言绝句，有生动雅致的《蝶》：

庭下幽花取次香，飞飞小蝶占年光。
幽人为尔凭窗久，可爱深黄爱浅黄。

有咏史诗两首《项羽》《曹公》，这两首诗分别对项羽和曹操进行了描绘。

八尺将军千里骓，拔山扛鼎不妨奇。
范增力尽无施处，路到乌江君自知。

二袁刘表笑谈无，眼底英雄不足图。
赤壁归来应叹息，人间更有一周瑜！

还有一首别致的《赠鹭》：

雪衣飞去莫匆匆，小住滩前伴钓篷。
禹庙兰亭三十里，相逢多在暮烟中。

此时，诗人心情宁静，与大自然非常接近，他经常到附近出游，在归家的路途中遇到一只白鹭，他想和这只白鹭多相处片刻，劝它不要离开得那么匆忙。

此诗不仅语调清新，还富有浪漫的艺术色彩。

诗人放弃俸禄之后的乡村生活，除了拮据一些，其他一切都没有改变，包括那炽热的爱国之心，仍旧燃烧得很旺盛。

在他的期盼中，时间这本书又翻过去一面。

庆元六年（公元 1200 年），杨柳飘絮的三月，陆游忽闻朱熹去世，不禁无限伤感。

他为朱熹写了祭文：“某有捐百身起九原之心，有倾长河注东海之泪，路修齿髦，神往形留，公殁不亡，尚其来享。”

精简的祭文中表现出陆游对朱熹的认可。

活到这把岁数，看着昔日相识的好友一个个地离开，心中的滋味，大概连他最喜爱的酒都稀释不了吧！

第六章

王师北定中原日，家祭无忘告乃翁

步入晚年的陆游，纵然白发苍苍，但依然非常热爱生活。此时，他的诗作风格逐渐散去了中年时期的激烈愤慨以及豪放之气，而是归于闲适恬淡。虽然已经年老，但他依然对创作有着强烈的欲望，依然心怀国事。

老骥伏枥

自古以来，江山易主，改朝换代，都不过是一瞬间的事情。

在南宋短短的一百五十多年中，登上帝位的君王就有九位，而年号也频繁地更改。

庆元六年（公元 1200 年）之后，年号改为嘉泰。

宁宗登基，其中韩侂胄的功劳不小，赵汝愚一等人被清除之后，朝政上官臣中权力最高者就是韩侂胄。

陆游虽与韩侂胄在主张和思想上有所共鸣，但他们到目前为止还没有打过照面。

不过陆游为韩侂胄写过文章——《南园记》，据推算是写于庆元五年至庆元六年（1199—1200 年）。

本来是要请杨万里写的，可是杨万里宁可弃官也不写，触怒了韩侂胄，韩侂胄才另请陆游。

写这个记作时，诗人已经没有一官半职。他没有因为写了这个作品，就去向韩侂胄求官，他只是完成自己认为该做的事情而已。

嘉泰元年（公元1201年），陆游七十七岁。

他在山阴的生活非常稳定平静，甚至丰富多彩。但是心中没能放下的，始终是对国事的关心。

春色盎然的正月，他写有五首咏史绝句——《追感往事》，其中一首如下：

诸公可叹善谋身，误国当时岂一秦。

不望夷吾出江左，新亭对泣亦无人！

诸位大人你们都善于为自己的利益打算，那谁为国家打算呢？误国岂止秦桧一人，你们也有责任！我已经不敢奢望有像管仲这样的政治家出现来拯救江山了，即使对着新亭哭泣也找不到人了。

诗人严厉地批判了朝廷中那些主和派多番误国的行为，语言辛辣直接，毫不避违，用质问的语气来表达自己对朝廷的失望和愤怒。

国家的烦恼就是他的烦恼，国家的问题也是他关心的问题。这么多年，始终如一。

他的执着实在让人佩服。

史上最爱国的诗人，非陆游莫属！

国家前途茫茫，自己又何尝不是走到人生的尽头，报国无门不但是这辈子最可恨之处，也是最可惜之处。作诗《夏日杂题》，其中两首如下：

憔悴衡门一秃翁，回头无事不成空。
可怜万里平戎志，尽付萧萧暮雨中。

衰疾沉绵短鬓疏，凄凉圯上一编书。
中原久陷身垂老，付与囊中饱蠹鱼。

这两首诗描绘的正是一个壮志难酬的老翁，也就是放翁自己。

第一首：在简陋的屋子里有一个憔悴衰老得没有头发的老翁，回想自己这一生，什么功业都没有做成。可怜心中还抱有远大的灭金理想，最终都白白散尽在淅淅沥沥的暮雨之中。

第二首：衰老病痛一直都折磨着孱弱的身躯，使得本来就不多的头发更加稀少。向朝廷提出的抗金主张和策略都没有被使用。中原大地已经落入金人手中很久了，久到都快八十岁还没收复。那些抗金的计划和策略只能都喂了蠹鱼。

诗句苍凉凄薄，心中满是悲凉之感。

陆游已年近八十，可如果有机会，国家需要他的话，他会

不惜一切去建功立业，甚至牺牲自己也所谓。

就像他在和客人闲聊时所谈那样："征西幕罢几经春，叹息儿音尚带秦，每为后生谈旧事，始知老子是陈人。建隆乾德开王业，温洛荣河厌虏尘，倘得此生重少壮，临危敢爱不赀身。"(《客去追记坐间所言》)

诗人又何止一次幻想自己回到少壮的时候，拿着武器去杀敌呢？

那是他最美好的梦，也是永远都不会实现的梦！

他是一个读书人，愿意为国家效劳，但因他的傲骨，他不愿意因为这一点而去求官，趋炎附势。

所以他很苦恼，入秋时节，这把老骨头，在思想活跃之下，又睡不着，枕边，孤灯，夜雨，都在笔下展现，衬托出他心中的感怀，他作诗《不寐》叹道：

丽谯听尽短长更，幽梦无端故不成。
寒雨似从心上滴，孤灯偏向枕边明。
读书有味身忘老，报国无期涕每倾。
敢为衰残便虚死，誓先邻曲事春耕。

恍如隔世

朝廷的政变风波过去好些年，当中有些主要的人物相继离世，让局面发生了微妙的变化。

随着周必大被复为少傅和观文殿大学士，陆游也复职了。

嘉泰二年（公元 1202 年）五月，朝廷给了陆游一连串的官衔，中大夫、直华文阁、提举祐神观，兼实录院同修撰，兼同修国史。

朝廷体恤他年事已高，就免去他参加朝贺，但他还是要去临安任职。

在此之前的春天，他写有几首诗，表明自己在政治斗争当中的态度和立场。

他在云谲波诡、你死我活、残酷无情的政治斗争中始终保持着一颗澄明的心。

虽然他这一生从灵魂到肉体都饱受着孤独和痛苦，但因为信念坚定，所以活得有价值。

《雪后龟堂独坐》一诗道：

丈夫自重如拱璧，安用人看一钱直，
箪食豆羹不虚受，富贵那可从人得！
读书万卷行愧心，幽有鬼神为君惜，
龟堂乐处谁得知，红日满窗听雪滴。

反问的句式，生动地表现了诗人光明磊落的心境。

在尔虞我诈的官场，诱惑很多，压迫很多，很多官僚利欲熏心，或者不能坚守自己的立场，摇摆不定，终究都会被这政治斗争的旋涡吞没。

而他却始终有自己的思想和主张，澄明而坚定，就像有着傲骨的梅花一样。

作诗《梅花绝句》，其中两首是这样写的：

当年走马锦城西，曾为梅花醉似泥。
二十里中香不断，青羊宫到浣花溪。

闻道梅花坼晓风，雪堆遍满四山中。
何方可化身千亿？一树梅花一放翁。

诗人酷爱梅花，一生写了许多咏梅的诗词。

这两首诗用词精妙，风格雅致，寓意深远。

第一首回忆了当年在四川的军旅生活，四川成都盛产梅花，而且都是绝色的梅花，诗人喜爱观赏梅花，非常痴迷。

第二首写梅花在雪中盛开的姿态，还有那独特的香味，都令他向往。他甚至不招待客人，就是为了观赏梅花，幻想着自己变成很多个分身站立在每一朵梅花的跟前。

梅花自古以来都被赋予了高洁傲骨的品格，经常用来比喻那些有着高尚人格的君子。

诗人爱梅，大概也是因为如此吧！

初春除了赏梅，闭门不见客，闲来也从不放下手中的书籍和笔墨，作诗《夜赋》：

八十衰翁久挂冠，今年无酒敌春寒。
乱云入户雨方急，断雁叫群灯未残。
蠹简幸存随意读，蜗庐虽小著身宽。
支离自笑心犹壮，忧国忧家虑万端。

将近八十的老人家，没有酒来抵御这料峭的春寒。

到了夜晚雨下个不停，外面传来孤雁的叫声，屋里灯光还

是很亮。

在这简陋逼仄的旧房子里，随便翻翻被虫咬过的书。

虽然如今身体已经孱弱不堪，但是心里仍然为国家大事感到忧心焦虑。

在山阴闲居的十几年，日夜想的都是国家大事，如今重新被任用，有种恍如隔世的感觉，这一次的他，心境没有之前那么躁动和波澜了。

他读着《陈蕃传》，感触良多："莫笑书生一卷书，唐虞事业正关渠。汉廷若有真王佐，天下何须费扫除。"

陈蕃是东汉时期的一名大臣，他反对宦官专权，不畏权贵，很多太学生都十分敬重他。诗人想如果朝廷能够重用这样的人才，天下就会被治理得更好了。

其实，他希望能够成为像陈蕃这样的人。

这年六月，诗人出发去临安，开始他的工作。

在朝廷创办的史院，他担任主要的编撰工作。

这些工作不难，还是和文学打交道，所以他十分乐意。

初到史院时的情况，作诗《开局》：

八十年光敢自期，镜中久已发成丝。
谁令归踏京尘路，又见新开史局时。

旧吏仅存多不识，残编重对只成悲。

免朝愈觉君恩厚，闲看中庭木影移。

诗人内心平和，对于朝廷的再次任用，他感到愉快，虽然已经年近八十，但是朝廷没有嫌弃他，这一点，他还是十分感激的，在《史院书怀》中这样写道：

后死与斯文，犹能读典坟。

虽惭千载事，要是一生勤。

石硙霏霏雪，铜炉袅袅云。

扶衰又秋晚，何以报吾君。

在史院里工作，陆游和韩侂胄得以见面。

以韩侂胄为首的一众官僚，在抗金的主张上达到了前所未有的一致。

诗人盼望多年的北伐战争，似乎就要实现。

而这个时期的他，任务不轻，编史书，兼顾秘书监的工作，但他乐此不疲。生活上有幼子子聿的服侍，其他儿子也都陆续在仕途上有所出路。工作之余，他还可以出游、喝酒、赏花，吟诗，又或者怀念故乡的美。

大概和人老了有关系，在临安的这些天，虽然过得挺快乐，但他却怀念起家乡的一草一木，他在《春晚怀故山》里

对故乡的景色进行了一番真切的描绘：

吾庐烟树间，正占湖一曲。远山何所似，发髻千髻绿。
近山何所以，连娟两眉蹙。涧蟠偃盖松，路暗围尺竹。
海棠虽妍华，态度终不俗。最奇女郎花，宛有世外躅。
虽云懒出游，闭户乐事足。年来殊失计，久耗太仓粟。
淖糜不救口，断简欲满屋。兀兀不知春，青灯伴幽独。

诗人在临安待了超过九个月，比预定中要长，他已经完成了史院的编撰工作，还应韩侂胄的之请，写了《阅古泉记》。

之后他只想回到山阴。

嘉泰三年（公元1203年）四月，他就递了札子请求还乡，五月初事情就定了下来。

五月十四日，他欢快地踏上了归家的路途，前前后后，他在临安待了十二个月整。

他此时心情欢悦："人生快意事，五月出长安"。

这和抗金作战的事情有所进展离不开干系。

回到山阴之后，他对幼子子聿进行了一番苦口婆心的教诲，希望他能够好好读书，不要追逐名利。

他在《杂言示子聿》一诗中对子聿说："福莫大于不材之木，祸莫惨于自跃之金。鹤生于野兮何有于轩？桐爨则已兮岂慕为琴？古今共戒玉自献，卷舒要似云无心。庐室但取蔽

风雨，衣食过足岂所钦。我今余年忽八十，归耕幸得安山林。逢人虽叹种种发，入塾尚忆青青衿。吾儿殆可守孤学，相与竭力穷幽深。”

他用自己一生的经历和所总结出来的经验来教诲后代。

这年的夏天，他回山阴途中遇到刚好在此处担任浙东安抚使的辛弃疾。

辛弃疾和陆游素来也是很要好的朋友，因此借着这个机会经常相聚。

辛弃疾的人就像他的词一样豪迈爽朗。

他看陆游所居住的房子太简陋了，好像风雨一来随时就能够吹倒的样子，心中不是滋味。

大家都在朝廷为官，是同僚，更是朋友，怎么放翁竟到了这番境地呢?

辛弃疾心中有些酸涩，提出要帮他修葺房子，想让老人家过得舒服一点儿，可是没想到，陆游拒绝了。

辛弃疾由衷敬佩这位老朋友，淡泊名利至此。

两人相聚一些时日，又面临分别。

嘉泰四年春天，朝廷紧急召回辛弃疾，怕是北伐的事情有所进展，辛弃疾急急忙忙地拜别陆游。

诗人不舍地送别友人，为他写下送别诗——《送辛幼安殿撰造朝》，字字真挚诚恳。

稼轩落笔凌鲍谢，退避声名称学稼。
十年高卧不出门，参透南宗牧牛话。
功名固是券内事，且葺园庐了婚嫁。
千篇昌谷诗满囊，万卷邺侯书插架。
忽然起冠东诸侯，黄旗皂纛从天下。
圣朝仄席意未快，尺一东来烦促驾。
大材小用古所叹，管仲萧何实流亚。
天山挂旆或少须，先挽银河洗嵩华；
中原麟凤争自奋，残虏犬羊何足吓！
但令小试出绪余，青史英豪可雄跨。
古来立事戒轻发，往往谗夫出乘罅。
深仇积愤在逆胡，不用追思灞亭夜。

这首七言长诗，生动地刻画了辛弃疾一生传奇多彩的经历，对他的才华谋略以及爱国精神进行了高度的赞誉，最后期盼着他能够在抗金事业上取得丰功伟绩，为国家贡献力量，还细心地叮嘱他小心奸人，处处谨慎。

可见两位英雄才杰之间的深厚情谊。

辛弃疾，字幼安，号稼轩，陆游称呼他为稼轩。

稼轩的文笔远远超过于南宋著名的诗人鲍照和谢灵运，却

淡泊明志，退到上饶带湖种田十年。

过了十年的隐居生活，已经参透了生命的意义，有了很高尚的修养。

建功立业是意料之中的事情，并且修葺完房子，办完了子女们的婚事。

辛弃疾一生创作非常丰富，藏书很多，饱读诗书，学识深厚渊博。

你忽然被任命为知绍兴府兼浙东安抚使，迎接上任的仪仗队多么雄伟壮观。皇上觉得这个职位还不能最大限度地发挥你的才能，就给了你更大的任务，朝廷发出诏书催促你赶快进京。

自古以来都感叹人物的大材小用，你的才能和管仲萧何比，一点儿都不逊色。如果你哪天要去领兵出征，最好先考虑收复河南和陕西一带的沦陷区。

中原地区的英雄豪杰们，一定会团结起来支持你，金人命数已尽，哪里受得了打击。只要你稍微发力，就能将敌人消灭，成为名留青史的英雄人物。

向来所有事情都不要轻举妄动，往往有市侩小人趁机破坏好事，所以你要谨慎小心。要将对金人的深仇大恨发泄出来，打败他们，以国家利益先行，忘记个人的恩怨小事，就一定能够成功。

辛弃疾回到临安后，陆游不断收到关于中原的消息，消息都是指金人内部混乱，南宋朝廷正在拟定作战计划，出兵只是朝夕之事。

诗人认为，胜利是属于南宋的了。

这些消息使他振奋和痛快。

他在《闻虏乱次前辈韵》中写道：

中原昔丧乱，豺虎厌人肉；
辇金输虏庭，耳目久习熟。
不知贪残性，搏噬何日足！
至今磊落人，泪尽以血续！
后生志抚薄，谁办新亭哭？
艺祖有圣谟，呜呼宁忍读！

对于前线的战事准备，他密切地关注着，自己比要上战场的将士们还要紧张和激进。

他在《壮士吟次唐人韵》里说：

士厌贫贱思起家，富贵何在发已华。
不如为国戍万里，大寒破肉风卷沙。
誓捐一死报天子，兜鍪如箕铠如水。
男儿堕地射四方，安能山栖效园绮。

塞云漠漠黄河深，凉州新城高十寻。

风餐露宿宁非苦，且试平生铁石心。

此时的他已经是一个八十岁的老人家，却还能写出如此磅礴的爱国诗，心中的那团火，是多么的炽热不减！

他梦寐以求的国家大事，终于有所起色，能不激动吗？

虽然南宋这边还没正式出兵，但是正在积极的准备中。

为表决心，朝廷出了公告，改年号为开禧。

开禧元年（公元1205年）初夏，诗人的心情仍旧处于一种激动之中。

“诸将初北首，易水秋风寒，黄旗驰捷奏，雪夜夺榆关”这样的战争想象已经不是一遍两遍了。

不过日子一天天过去，正式发兵的消息还是没有传来，静得他仿佛产生了根本没出兵这回事的错觉。

这次朝廷准备太久了，从韩侂胄发动这个事情以来，已经数月，积极的陆游等不及，他甚至怀疑统治者是否有个确切的决定。

他一向对宁宗是不看好的，君王一代不如一代，宁宗比光宗还要昏庸无能，若不是韩侂胄以及一众大臣，恐怕局势会变得更加吃紧。

此时他不免烦躁，遇到了临安城里来的客人，与之交谈，

情绪愤然，在《客从城中来》写道：

客从城中来，相视惨不悦。
引杯抚长剑，慨叹胡未灭！
我亦为悲愤，共论到明发。
向来酣斗时，人情愿少歇；
及今数十秋，复谓须岁月；
诸将尔何心，安坐望旄节！

和来客谈论起眼下的战事，都对南宋朝廷的畏首畏尾感到愤愤不平。

临终示儿

战事有所进展已经是开禧二年（公元1206年），宁宗下了诏书，对金国发起进攻，战争终于在万众期待之下爆发了。

诗人颇有感慨，《老马行》一诗中道：

老马虺隤依晚照，自计岂堪三品料？
玉鞭金络付梦想，瘦稗枯萁空咀噍。
中原蝗旱胡运衰，王师北伐方传诏。
一闻战鼓意气生，犹能为国平燕赵。

他将自己比作成孤苦无依的老马，一生的坎坷都在诗中尽显出来，但是一听到朝廷讨伐敌人，瞬间就振奋起来，精神抖擞。

就像曹操笔下所言“老骥伏枥，志在千里，烈士暮年，壮

心不已”，陆游就是这样，老归老，但精神永远不老！

可惜的是，就算他如何激进，还是没能看到胜利。

战争节节败退，危难的时刻，居然有将士将同僚交给敌人作俘虏，然后自己逃跑了，实在不可理喻。

虽然收复小部分的地区，但是大局势仍旧处于下风，不出多日，南宋战败。

开禧三年（公元1207年）四月，宋金两国又一次签订和议条约，次年，南宋的年号改为嘉定。

一切，仿佛又回到过去，历史重演。

八十几岁的陆游，老泪纵横，作诗《书叹》：

遗蝗出境乐秋成，多稼登场喜雨晴。
暗笑衰翁不解事，犹怀万里玉关情。

雨夜孤舟宿镜湖，秋声萧瑟满菰蒲。
书生有泪无挥处，寻见祥符九域图。

陆游一生写了很多以《书叹》命名的诗歌，这是最后两首，仍然保持着沉郁苍凉的风格。诗中有秋色，有乡间的景物，也有自己那颗壮志难酬的赤诚之心。

这一生的抱负和心中的理想终究没法实现。就连蝗虫都取笑自己这个不切实际的愿望。

真是有泪无挥处！

嘉定二年冬（公元1210年），八十五岁的他病重，到了弥留之际，他写下了绝笔诗《示儿》：

死去元知万事空，但悲不见九州同。
王师北定中原日，家祭无忘告乃翁。

即使到了生命的最后一刻，即使他将尘世间的纷扰往事看通看透，他心中惦记的，仍旧是国家没能统一的事情。

万事虽空，却唯有这件事情刻在心头，已经入了骨髓入了灵魂深处。

到最后，还是那么的悲壮，相信将来的某一天国家能够取得胜利，他叮嘱子孙切记要告诉他。

陆游的爱国精神，实在令人佩服。

而他的诗歌词赋，已经流传千古，为世人所传颂。

这些诗词，就像诗人的灵魂一样，有着饱满的生命力，永远活跃在文学的舞台上，经久不衰！